Paul Kaufmann – Amanda Lears

Schweißnackt

42 Erzählungen aus Sexpartys und
Fetischnächten

Bibliografische Information der Deutschen Nationalbibliothek:
Die Deutsche Nationalbibliothek verzeichnet diese Publikation in der
Deutschen Nationalbibliografie; detaillierte bibliografische Daten sind im
Internet über http://dnb.dnb.de abrufbar.

Teil der Kap Kishon Romanlandschaft

www.kapkishon.com

www.amandalears.wordpress.com

Covergestaltung: Paul Kaufmann

Herstellung und Verlag: BoD – Books on Demand, Norderstedt

ISBN: 978-3-7504-8072-8

Inhalt

Vorwort

„Schweißnackt" – was für ein Titel! Dieses Wort gibt es nicht. Wir haben es montiert aus „Schweiß" und „nackt". Wir saßen im Auto, die Amanda und ich, und suchten nach einem Adjektiv, nach einem Begriff, der beschreibt, wie es auf diesen Partys ist. „Schweißnackt" ist ein Treffer, denn es trifft ziemlich gut.

Sexpartys, Fetischfeten, Erotikpartys, Swingertreffen, Chemsexpartys – Sodom und Gomorrha!

Kennt man es nicht, sind die Vorstellungen davon, was auf diesen Partys passiert, und vor allem wie, vollkommen verzerrt. Sie sind falsch. Der Sex steht gar nicht im Zentrum der Partys. Sex ist nur das Schmiermittel. In Wahrheit sind es die kleinen und großen Szenen und Begebenheiten, die Lieben, das Entstehen und Vergehen, das ist es, was diese Partywelt ausmacht! Alles ist intensiver, schneller, sichtbarer. Das Sexuelle wird nicht verdeckt dort und das muss intensiv sein, denn nichts auf der Welt hat mehr Macht als Sex! Keine andere Kraft ist so stark.

42 Erzählungen dieser Partys, und dem Davor und Danach. Das Terrain ist unerforscht, dabei pulsiert nirgendwo mehr Leben als dort. Ich habe schon immer gesagt, und alle der „Szene" stimmen mir zu: Anthropologen brauchen nicht in ferne Länder reisen, die müssen nur zu uns auf die Partys kommen. Sie hätten Jahrzehnte zu tun.

Seit Jahren streune ich durch diese Partywelt und kann es nicht lassen. Das hat verschiedene Gründe, aber der mächtigste ist die Intensität: Mehr Leben geht nicht! An einem Tag kannst du mehr erleben dort als in einem biederen Jahr.

Auf den Partys ist nicht alles toll und alle sind entspannt. Im Gegenteil. Die gleichen Kämpfe werden gekämpft wie im normalen Leben, nur schneller läuft es ab und nicht so verdeckt.

So nach und nach haben sich Geschichten angesammelt, kleine Anekdoten. Einige sind wahr, einige erdacht, einige sogar untertrieben, die meisten aber sind montiert aus Fragmenten mehrerer Nächte und Tage. Sehr persönlich gefärbt ist das alles. Es sind nur zwei Blickwinkel - unsere. Es ist subjektiv, und das soll auch so sein. Wir finden das gut.

Ich bitte um Verzeihung, wenn du mit diesem Buch nicht das erhältst, was du erwartet hast. Das Buch ist keine Onaniervorlage. Es wird nicht gestöhnt und geschmachtet und gespritzt auf Teufel komm raus. Solltest du davon enttäuscht sein, so tröste dich: So geht es dem Sexpartygänger am Anfang auch. Du erwartest Sex und findest Menschen.

Erst wenn du verstanden hast, dass der Sex nicht das Ziel, sondern der Treibstoff ist, setzt das wahre Erleben auf diesen Partys ein.

Mit diesem Buch hört für mich, Paul Kaufmann, das Schreiben über die Partys auf. Sieben Jahre! Ich habe es auserzählt. Partys werde ich besuchen, auf jeden Fall, aber ich schreibe darüber nicht mehr. Anderes wartet.

Eine schöne Idee ist es, in so einem Buch eine andere Stimme zu Wort kommen zu lassen, eine weibliche Stimme, denn Amanda Lears ist eine Frau. Und so gibt Paul Kaufmann nach vier Fünftel der Seiten, den Stab weiter an Amanda Lears, die das mindestens genauso gut macht mit dem Erzählen wie er. Es sind fünf Erzählungen und ich finde, sie schließen den Reigen wunderschön.

Jetzt aber, endlich:

42 Geschichten aus heißen, dunklen, verschwitzen Nächten

Paul Kaufmann

Und ich denk an Anne

Die Caro ist einfach umgefallen, gerade eben. Platsch – da lag sie. Der Kreislauf. NDMA, ein Dreckszeug, das kann passieren. So eine Fete ist nichts für schwache Konstitutionen. Keine Sorge, Caro wurde evakuiert. Zwei von uns bringen sie ins Hotel. Es gibt da eine gewisse Routine. Alles ist wieder normal.

Feuer! Da ist Feuer. Flammenwerfer werfen Flammen über die kreischende Menge. In fünf Meter Höhe fauchen sie quer durch den Saal, drei Meter lang. Alles tanzt, alle tanzen, die Beats wummern, Laserlicht flackert, Schwarzlicht illuminiert. Samstagabend im Mai, Party Bizarr.

Tausend Menschen feiern hier. Der Saal ist riesig, es ist unübersichtlich, es ist heiß, es ist ein Inferno aus Musik, halbnackten Menschen und Licht. Hier geht es um Rausch, um Tanz, um „gesehen werden" um Finden und um Sex – und alles findet gleichzeitig statt.

Ich liebe es. Trotzdem: Ich gehe dann mal eine rauchen. Ich mache mal kurz Pause. Muss auch mal sein.

Ich arbeite mich durch die Menschenmenge. Es ist sehr voll. Es dauert fünf Minuten bis ich aus der Tanzfläche heraus, den langen Gang entlang endlich in den Raucherhof gelange. Frischluft! Etwas kühl ist es, genau richtig! Durchatmen. Auch hier sind überall Menschen. In Grüppchen stehen sie um die Heizpilze. Es wird einem schnell kalt, ist man halbnackt und verschwitzt. Da drüben steht Doreen mit dem Dings, da gehe ich doch mal hin, stelle mich dazu. Man kennt sich, ich nicke in die Menge, lache kurz zu einem Halbfremden hin. Wir grüßen einander. Ich zünde meine Zigarette an, nehme einen tiefen Zug, reibe mir mit der Hand über die Glatze. Schweiß. So eine Nacht schlaucht. Was tut man sich da eigentlich an? All diese Gestalten in Schwarz…

Meine Gedanken wandern, ich lasse mich mal kurz treiben mental. Ich lächle. Ich denke an Anne. Anne! Vor der Fete im Hotel - es ist gerade einmal fünf Stunden her – als ich da auf dem Bett lag und auf meine Begleitung gewartet habe, da klingelte mein Telefon. Es war Anne. Wir kannten uns nicht. Es war unser erstes Telefonat. Wir hatten ein wenig geschrieben im Netz, hatten Nummern getauscht, weil wir vermuteten, wir fänden uns nett.

„Hallo Anne", sagte ich und dann … ein Wunder! Ich kann mich nicht erinnern - zumindest ist es lange her - dass mir jemand so, also das jemand so, also SO gewinnend am Telefon war. Drei Sätze und mir war warm. Diese Stimme… Anne klang so… so echt… so lieb… so …

„Anne…", sagte ich „du klingst aber toll. Du bist so lieb, so Frau, so gewogen." „Ja bin ich ja auch. Ich bin lieb.", sagte sie und lachte. Wie schön Anne! Ein lieber Mensch. Anne, weißt du eigentlich, wie selten das ist? Ja sie wusste es, denn naiv ist Anne nicht.

Eine Stunde! Eine Stunde Telefonat folgte, das wunderbarer nicht sein kann. Eine Stunde geschenkte Zeit mit einer Sofortnichtmehrfremden wie es schöner, weil normaler, weil echter nicht sein kann. Die Anne, eine Anne, die völlig intakt irgendwo hundert Kilometer weiter südlich von Montag bis Freitag im Bioladen steht und bestimmt einfach Anne ist, was gar nicht einfach, sondern erarbeitet ist. Das hat sie erzählt. Sie muss eine Künstlerin sein. Es ist so schwer, einfach zu sein.

„Da kommt mein Mann.", sagt sie. „Hallo Mann", begrüßt sie ihn und ich hörte mit durchs Telefon. Sie kicherte.

Anne hat mich. Anne hat mich gefangen.

Ich tauche wieder auf, bin wieder im Jetzt. Jemand lacht laut. Es ist wieder Nacht, ich rauche und vor mir stehen Menschen in Schwarz. Nadine wirft ihr Haar zurück. Sie lacht im Gespräch, ihre Brüste wackeln. Ronnie sitzt angezählt mit irgendeiner Blonden auf den Stufen vorne links. Sie sind müde, beide. Wir haben drei Uhr. Der Zenit der Nacht liegt hinter uns. Wer jetzt noch hier ist, der nimmt den Rest auch noch mit, egal ob erschöpft, ob mit Fußschmerzen, ob high oder mitohne Rausch.

„Kommst du mit rein?", fragt Doreen und ich nicke. Also geht es wieder hinein in die Schlacht, zu den Beats, dem Gedränge, dem angestoßen werden, dem Tanzen, dem Gevögel, all diesen Wahnsinnigen … Wieso gehe ich dort rein? Es ist laut, heiß, Leiber zucken, man schreit sich an, rempelt, überall fremder Schweiß, ständig Körperkontakt mit Idioten, Testosteron in der Luft, Rausch, Abgrund, Schmerzen, Schläge auf nacktes Fleisch, gefesselte wimmernde Menschen gibt es auch, Sodomie und Orgie und der nächste Tag ist eine Qual. Was soll das? Das ist doch eine Vorhölle.

Genau aus diesen Zutaten ist die Hölle gemacht. Wieso tue ich mir das an?

An der Türschwelle blicke ich zurück, nur ganz kurz blicke ich. Der Gedanke an eine andere Welt huscht vorbei, es ist der Gedanke an Anne! Ich lächle. Einen Schritt nach vorne mache ich, ich trete über die Schwelle, trete ein und dann verschluckt mich die Nacht.

P.S.: Anne war ein Arsch. Nur ihre Stimme war nett.

Der Idealfall

Wisst ihr, was ein Ideal ist? Ein Ideal ist, wenn alles ideal ist. Das meint, wenn alle Bedingungen, oder Eigenschaften den Vorstellungen und Erwartungen optimal entsprechen.

Soweit die Theorie. In der Praxis gibt es das nicht. Ideale gibt es nicht. Ideale sind immer nur Idee, nie Objekt. Irgendetwas stimmt immer nicht; irgendwo ist immer der Wurm drin oder dran. Außer bei mir. Bei mir nicht. Bei mir ist Ideal. Nicht dass ich ein Ideal wäre, nullo, gar nicht, nein, so meine ich das nicht. Nein, nein, aber ich habe ein Ideal, welches es wirklich gibt, so in real, physikalisch, so in echt.

Jeder hat ja eine Idealvorstellung von einer Frau. Das muss jetzt nicht die sein, auf die er im Traum onaniert. Das ist meist die Nachbarin, oder noch häufiger, jaja ihr seid nicht alleine damit: noch häufiger die eine Klassenkameradin, noch immer die eine von damals, oder eine Phantasiegestalt mit Anteilen von Klassenkameradin darin.

Nein, eine Idealfrau wäre ein Kunstprodukt, es wäre eine synthetische Frau. Es wäre eine Montage all der Eigenschaften und Attribute, die eine Frau zu einer optimal guten Frau machen.

Mit „gut" ist attraktiv gemeint, sexuell attraktiv, steil, geil. Hey, hier schreibt Paul Kaufmann, da geht es darum, was unten wirkt, nicht darum, was oben funktioniert. Das ist ein Unterschied.

Auch ich habe so ein Ideal einer Frau, so ein Destillat all dessen, was mir das Blut in den Schoß treibt. Ich will euch jetzt nicht langweilen, ich mache es kurz, die Rahmendaten sind so: Sehr schlank, sehr lange Beine, wenig Brust, schlankes Becken, lange Haare, spitzes Gesicht. Das bitte alles in blass und fragil. Wenn sie jetzt noch das Kinn hoch trägt, und abfällig bis mittelgelangweilt in der Gegend herum blickt ... super! Und wenn sie jetzt obendrauf in einem unbeobachteten Moment verzweifelt wirkt, dann, ja dann bin ich hin und weg. Mehr brauche ich nicht für den Abend. Dann gehe ich nach Hause, ziehe mir die Decke bis zum Kinn und träume nur so dahin. Dann bin ich verzaubert, also sexuell verzaubert.

Und diese Frau, diesemeine ideale Zauberfrau gibt es! So in echt, so lebendig. Sie ist ein feuchter Traum. Sie passt bis ins Detail hinein passgenau in meine Lust. Ich sehe sie so etwa jeden Monat, manchmal auch alle zwei Wochen. Sie geht auf die gleichen Partys wie ich. Wir stehen da und tun so, als ob es den jeweils anderen nicht gibt.

Und wie sie steht! Und wie! Ich achte sehr auf Bewegungen. Bewegungen triggern mich und sie, denn sie steht maximal feminin: Die Beine gestreckt und parallel, nur selten leicht nach innen eingeknickt ein Bein, was dann noch femininer wirkt. Den Po rausgestreckt, etwas Hohlkreuz, eine Hand mit Handtäschchen an den Körper gelegt, die andere unnatürlich gespreizt. Sie kapriziert, zelebriert und hält gerne die Hand exaltiert. Gerne streicht sie sich durch das Haar, hält den Kopf dabei schief, das Kinn aber niemals tief. Sie lächelt nie. Ihr Blick wandert hin und her leicht genervt, gerne schaut sie etwas in die Luft oder durch die Menschen hindurch. Stundenlang könnte ich zuschauen. Tue ich auch. Es ist so verführerisch. Mein Gott muss diese Frau heiß sein hinter dieser Fassade aus Eis.

Ihr Dress ist immer perfekt. Sehr viel Pastell, alles farblich abgestimmt. Schleifen, Schleifchen, Bändchen, überall, Mädchen halt, oder doch Frau? Extreme Heels, Halterlose in hell, Strapse, einen winzigen Slip über oder in ihrem winzigen Po, der genau, genau, genau meinen Wünschen entspricht, genau so!

Corsage, oder was von einer Corsage übrigbleibt, wenn man sie entbeint. Handschuhe gerne passend dazu, das Haar glatt und lang. Geschminkt natürlich passend pastell-hell. Mit einem Wort: Diese Frau ist perfekt!

Schlank wie eine Gerte steht sie da, die Beine gern etwas verstellt. Endgeil. Eine Gerte in Bonbontextil, so erscheint sie mir.

Ich kann es nicht lassen ihr zuzusehen. Ich kann das recht gut, mein Gaffen bemerkt man nicht. Zusammengefasst nach Stunden der Betrachtung kann ich beichten: Sie ist perfekt! Ich habe noch nichts entdeckt, was mir nicht gefällt, und seit immerhin sechs Jahren sehe ich sie so. Ich meine die Optik, das Erscheinungsbild, ihr Körper, der Habitus, also all das der physischen Welt ist an ihr mein privater Himmel. Physisch ist sie für mich perfekt, von Fahrgestell bis Haaransatz.

Hochproblematisch allerdings ist ihr Männergeschmack. Steht sie vor einem Mann, ändert sich ihre Mimik und Haltung komplett. Dann wird sie geschmeidig. Die Hände und Unterarme zwar noch immer extravagant, lächelt sie jetzt und strahlt. Jetzt springt ihr Blick. Auch hält sie den Kopf schief und streicht sich das Haar in der Art, wie man es aus der Shampoowerbung kennt.

Ich habe sie studiert aus der Ferne, so gut das eben geht nebenbei. Ihre Hauptzielgruppe sind Muskelmänner. Jene Typen, die völlig aufgepumpt gerade aus dem Fitnessstudio, respektive Anabolikashop, wankend zurückgekommen sind. Plumpe Proleten mit verkürzten Muskeln sind das und ausgeprägter Kinnpartie. Die, die einen Mundwinkel heben, bevor sie mit Sprechen beginnen, was dann immer so ein wenig wie Till Schweiger klingt. Nicht missverstehen: das ist kein Kompliment.

Diese Fraktion der Muskelmänner ist nicht klein auf unseren Partys und wenn ich die Typen nicht alle verwechsle – sie unterscheiden sich nur in winzigen Details – dann kennt sich meine Göttin bei diesen Typen ganz gut aus. Die kennt die und ich ahne auch wie. Darauf steht dieses Flittchen also, primitiv wie sie ist.

Ich muss allerdings zugeben, dass da an dieser Stelle bei mir die Frage aufleuchtet, wer primitiver ist, sie oder ich? Sorry, sorry, ich komme halt nicht drauf klar. Ich bin neidisch. Teil ihrer Zielgruppe wäre ich so gern. Bin ich aber nicht. Ich möchte so sehr und da werde ich immer etwas giftig so etwa ab Jahr vier, sie tanzt ja vor mir.

Wo wir bei der Frage wären, warum ich sie noch nicht angesprochen habe. Die Frage stellt sich ja. Ich habe überlegt. Folgendermaßen rede ich mich heraus: Auf diesen Partys gibt es Peergroups. Freundeskreise, man kennt sich, geschlossene Zirkel, in die einzudringen nicht leicht ist. Und sie und ich haben komplett unterschiedliche Freundeskreise. Es gibt wirklich null Komma null Überschneidungen. Ich habe alles abgeklopft. Üblicherweise überbrückt man diese Freundeskreisgrenze beim Rauchen. Draußen beim Rauchen unter dem Heizpilz, da werden die Brücken gebaut zwischen den Peergroups, denn da spricht man unverfänglich mit allen, egal ob Freund oder ob Feind. Oder Frauen. Oder es läuft über Frauen, die man irgendwie irgendwoher kennt. Das geht auch. Meine Idealfrau raucht aber nicht. Sie ist nicht im Raucherbereich. Nie! Und andere Frauen meiden sie. Kein Wunder, ist sie doch so kalt, dass es auf jede Nebenbuhlerin schneit.

Einmal haben wir uns unterhalten. Das war ganz kurz. Drei Sätze nur. Die war total nett. Hätte ich nie gedacht. Ist Jahre her.

Wie auch immer. Ich wollte einmal eine Geschichte über sie schreiben, weil sie ideal ist, weil sie so maximal steil ist, weil ich einen Kloß im Hals vor lauter Lust bekomme, weil sie meine perfekte Onaniervorlage ist. Wäre, natürlich nur wäre, Konjunktiv, ich onaniere natürlich nie.

Davon wollte ich endlich einmal berichten. Von dieser perfekten wunderscharfen Frau. Das juckt mich seit Jahren schon, man will es einfach erzählen. Raus damit. Sie soll, muss, darf, will beschrieben werden.

Vielleicht habt ihr so ein Ideal auch, dann wisst ihr ja, wie mir ist.

Und auch schreibe ich, weil sie am Samstag hinter mir stand. Und sie so absurd auf mich gestolpert ist, gestolpert der Natur, wie es physikalisch ohne Wollen unmöglich ist. Und immer ganz dicht war sie. Und das mit dem Handschuh, was die da gemacht hat mit dem Handschuh, - Klassiker - , zweimal, deswegen, deswegen, schreibe ich das hier alles auch.

verwegene Bande

Ich trete an die Rezeption. Dunkles Holz, Glas satiniert, eine Blume links von mir. Die Rezeptionistin schaut auf. Sie tut es zum zweiten Mal. Jetzt richtet sie sich auf und wendet sich zu mir. „Guten Tag", spricht sie brav. Ihr Blick ruht auf mir. Sie lächelt nicht. Das ist unprofessionell, aber ich verzeihe ihr. Sie ist hübsch.

Sie ist der sachliche Typ. Achtundzwanzig, vielleicht dreißig, Seitenscheitel, den Kopf hält sie geneigt um fünf Grad, gelangweilt tut sie, abgeklärt mimt sie. Sie ist das Modell „Untervögelt deshalb Verachtung im Blick". Ahh, ich mag das! Diese unterdrückte Sexualität bei einer Frau, dieses „Neinnein, ich lass es nicht raus, ich will nicht, ich…", es ist wunderbar. Es ist sichtbar hier. Das reizt mich. Das ist meine Spezialität. Da ist diese harte Front außen, doch innen, vor allem unten-innen, ist so viel zu tun…

Aber lassen wir das, sie liest meine Gedanken schon.

Ich lächle, denn jetzt wird es witzig:

„Kaufmann. Ich hatte diese Juniorsuite reserviert.", erkläre ich mich. Das ist ein schöner Satz. Den sagt man nicht oft. „Juniorsuite reserviert…" Das darf man ruhig genießen. Ich genieße bescheiden: Wie beim Obstkauf am Marktstand schaue ich zu ihr.

La recepcionista prüft in ihrem Computer. Sie schaut nicht auf. Sie drückt eine Taste ganz hart. Es klackt. Ein Drucker spuckt ein Blatt aus. Sie zieht Unterlagen und kleine Karten zusammen von links und von rechts, steckt sie ineinander, reicht mir ein Blatt, hält die Karten aber zurück.

„Bitte schauen sie, ob die Daten stimmen und unterschreiben dort." Mit einem Stift zeigt sie auf ein Feld. Die Hand zieht sie zurück, der Stift bleibt bei mir. Ich unterschreibe und schaue zu ihr.

Unbeweglich steht sie dort. Gelangweilt schaut sie zu mir mit zehn Prozent Vorwurf im Blick. Sie ist gut, so richtig gut. Ihr Blick ist noch nicht einmal kalt. Ich schiebe das Blatt zu ihr. Sie bewegt leicht den Kopf. Puhh ist die cool.

Sie öffnet den Mund. Lippenstift. Ihren Kopf bewegt sie nicht.

„Ich nehme an, ein Beistellbett brauchen sie nicht.", spricht sie. Keine Spitze im Ton, keine Süffisanz, sie spricht neutral. Es ist eindeutig: Sie hat Humor. Ihr Blick springt rechts an mir vorbei und wieder zurück.

Ich drehe mich herum, folge ihrem Blick. Da steht sie, meine verwegene Bande:

Ivette sucht etwas in ihrer Handtasche. Wie kann man am helllichten Tag in einem Latexkleid herumlaufen? Und vor allem: Warum? Aber ich weiß schon … Vor der Party, ist vor der Party, ist vor der Party.

Maria blickt zu mir. Die Augen kokainweit geöffnet, dreht sie eine Haarlocke um ihren Finger, rechtsherum hinauf und linksherum herab. Dieses Halsband ... Sie dreht den Fuß auf dem Absatz. Zwölf Zentimeter.

Jacky schaut irgendwohin. Jacky steckt in einer Röhre aus Strick. Grobe Masche. 92-62-82 Warum zieht sie überhaupt etwas an?

Und dann die Bea. Direkt vor mir. So niedlich der Blick, so gefährlich die Frau. Schwarz, rot, blass. Diese Frau ist eine Waffe. Sie spitzt den Mund, Schalk funkelt in sehr grünen Augen. Bea, wir heiraten, ja?

Ich drehe mich herum zur Rezeption. La recepcionista hat sich nicht bewegt.

Ich schüttle den Kopf. „Nein, wir kommen zurecht. Ein Beistellbett brauchen wir nicht." Ich beuge mich vor, zehn Zentimeter beuge ich mich hin zu ihr. Was für ein Spaß!

Ich spreche langsam: „Es ist nicht so, wie sie denken.", erkläre ich. Sie neigt den Kopf weitere fünf Grad, schaut mich stur an, schaut durch mich hindurch. „Ich kann das erklären.", spreche ich und zeige dezent nach hinten. Ihre rechte Augenbraue springt einen Zentimeter hinauf.

Ich lächle, ich kläre sie auf: „Zugegeben, eins zu vier wäre maßlos. So ist es aber nicht: Lars kommt noch. Er steht im Stau."

Kerstin küsst

Ihr werdet mich albern finden. Ihr werdet denken, ich sei vierzehn und in der Pubertät. Ich erzähle es trotzdem, auch wenn es kindisch klingt.

Vor einem halben Jahr, im Januar, da stehe ich mit meiner Peergroup auf einer Fetischfete im Rauchergang rum. Cool wie ich bin, gebe ich mit meinem coolen Benzinfeuerzeug einer coolen Blondine Feuer. Sie geht cool weiter und beachtet mich nicht. Wozu auch, cool wie wir alle sind? Wir sind ja hier schließlich nicht irgendwer in diesem Zoo, der hier feiert. Wir sind eine coole Gang, wir sind voll erwachsen. Wir sind ganz weit vorne, wir sind die ganz Harten, wir haben schon Dinge gesehen und gemacht, pah … Fetischfete, das hier? Dass ich nicht lache, voll im Kindergarten sind wir hier. Nur die Musik ist ganz gut, okay. Nur deswegen sind wir hier.

Ich stecke das Feuerzeug in meine coole Lederhose, da sehe ich neben Beate so eine kleine Blondine stehen. Moment mal, denk ich und zeige mit dem Finger auf sie. Sie schaut auch zu mir, runzelt die Stirn. „Bist du nicht die Kerstin?", frag ich und sie nickt.

Tjo, das war's dann mit meiner Coolness, die ist jetzt dahin. Oh Gott, ist das peinlich! Der Kerstin muss ich jetzt was erklären und das tue ich auch. Das bin ich ihr schuldig. Ich versinke im Boden vor Scham. Ich erzähle hier lieber nicht, was es war.

Die Kerstin – ich kenne sie ja nicht – ist gütig. Sie hat Verständnis. Da habe ich aber noch mal Schwein gehabt. Eieiei. Und überhaupt: Was haben wir denn da? Blonde Locken sind da um ein hübsches Gesicht und drahtig ist sie, die Kerstin. Sie ist kleiner als ich und irgendwie, hm, niedlich ist sie. Hübsch ist sie. Wir unterhalten uns ein wenig, so eine Minute schätze ich. Ist eh viel zu laut, wir verstehen nur die Hälfte und nicken verständig dazu. Sie schaut herauf zu mir und ich schaue herunter zu ihr.

Und dann passiert's: So von schräg unten kommt sie mir näher, sie taucht von unten zu mir herauf, ich sehe noch ihre rosa Lippen, sie legt beide Hände auf meine Schultern, dann ist ihr Gesicht ganz nah und dann, ja dann küsst sie mich. Bohhh. Was für ein Kuss! Ich kippe fast. Ihre Lippen sind so weich und trotzdem lebendig, das fühlt sich an wie der Himmel. Sie küsst wie ein Engel! Nur ganz wenig Zunge kommt und dann mehr und wieder zurück. Ich erwidere, so gut ich es kann. Sie presst sich an mich, intensiviert den Kuss, saugt sich ganz zart an mich heran. Sie dreht den Kopf, während sie küsst. Ihre Augen sind geschlossen, ich schließe meine auch. Dieser schäbige Rest der Welt kann mich mal. Kerstin küsst! Die Musik ist aus, ich höre nichts mehr. Kerstin küsst.

Ihre Hände sinken, gleiten von meinen Schultern zur Taille herab, wir schmiegen uns an aneinander. Das ist jetzt ganz dicht. Ich fühle die Kerstin, ich fühle ihren Körper an meinem, während sie küsst, während wir küssen. Ist das schön! Ist das ein Genuss! Sie schmeckt nach Honig und Milch. Ist das köstlich, mehr davon, Bitte! Und ich bekomme mehr. So unverhofft, ohhhh, das Leben ist schön!

Dann lässt sie ab von mir, lächelt mich an. Ach nein doch nicht, sie entscheidet sich anders, küsst mich erneut. Dann trennen wir uns. Aber wir trennen uns langsam. Es wird wieder laut, da sind wieder Menschen um uns. „Boh du küsst aber gut!", sagt sie. Sie? Das war mein Text! Ich bin noch gefangen. Da ist noch diese Milch auf meinen Lippen. „Das sagt die Richtige!", stammle ich. Mein Gott, wie diese Frau küsst!

Das ist ja schon verrückt. Das glaubt einem kein Mensch. Da steht man auf einer Sexfete, um einen herum Sodom und Gomorra, hier kannst du nackte Weiber, oder Männer mit Gasmasken an der Leine herumführen, Unbekannte mit Augenbinde Ficken, mal ne Rothaarige oder mal ne Schwarzhaarige auspeitschen, je nachdem wo weniger Leute anstehen; hier gibt es alles was Herz, Schwanz und Muschi begehrt. Hier, in diesem Vorhof der Hölle kannst du dir jeden Kick holen, den du dir holen willst – von den Drogen fange ich gar nicht erst an – und dann kickt dich ein Kuss! Ein Kuss!

Und das lag schon an der Kerstin mit dem Kusserlebnis. Das war nicht irgendwie die Situation oder die Stimmung, oder der Alkohol. Sie war da der entscheidende Faktor. Ich habe zwischendurch mal ne andere probiert, ne Andere geküsst, nur so zur Kontrolle. Ich glaube Kerstin hat das auch gemacht. Das war aber nix, ganz, ganz mau war das, billiger Abklatsch. Also haben Kerstin und ich das später wiederholt. Das Leben ist kurz.

Der Witz ist, es geht nicht nur mir so, das mit dem Küssen und der Kerstin. Das Schöne an uns Fetischfetenmenschen ist ja, dass man frei sprechen kann. Da kann man Erfahrungen austauschen, das geht sonst gar nicht. „Boh, die fickt wie der Teufel, musst du mal probieren." „Wenn der dann über dir ist und ihn reinsteckt…" „Die ist gut, da musst du von unten…" „Ja, ja kenne ich, der spritzt immer auf die Titten." So fangen nicht selten zwischen uns die Wortwechsel an. Man kennt sich ja. Man tauscht, nicht nur Erfahrungen, auch die Partner. „Die Kerstin, die fällt so in einen rein beim Küssen. Die taucht in dich rein irgendwie. Ein irres Gefühl.", fachsimpelt meine beste Freundin Tage später mit mir. „Ja genau! Meine Worte! Ich hätt es nicht schöner sagen können.", erwidere ich.

Es war also keine Einbildung. Es ist so. So ist es, wenn Kerstin küsst. Sie ist ein Supertalent.

Ich habe Kerstin nicht wiedergesehen. Nur einmal kurz in Amsterdam, doch dann war sie weg, versank in der Menge. Hm.

Ach ja, ich schwärme. Ich bin heute Teenie, tut mir leid. Aber was soll ich machen? So harmlos, ich meine: Hey, es war nur Küssen! Aber manchmal sind es die einfachen Dinge. Manchmal bedeutet ein Kuss mehr als alle Saltos, Extrema und Extravaganzen. Manchmal reicht ein Kuss und reich ist die Nacht.

Das ist jetzt ein halbes Jahr her, ein halbes Jahr! … und doch… wo ich jetzt daran denke… da ist dieser Milchgeschmack, dieser Honig auf meinen Lippen und es prickelt. Es prickelt, wo ihr Körper an meinem lag. Toll! Das war toll.

Ich habe sie nie wiedergesehen.

Belüge ich mich

Sie zieht ihr T-Shirt an, bindet ihre Haare zum Zopf, dreht sich zu mir und schlüpft unter die Decke. Ich lächle.

Es gibt da so einen Code: Wenn du mit einer Begleitung auf einer Party warst und eine gemeinsame Übernachtung war ausgemacht zuvor, dann zeigt das T-Shirt an, wie es weitergeht. Zieht sie das Shirt beim Zubettgehen abgewandt von dir an, so will sie keinen Sex. Das ist eine goldene Regel. Stimmt fast immer. Ich habe das eruiert. Es ist ein Erfahrungswert.

Aber wir rücken zusammen, sie und ich, das schon. Wir mögen uns ja. Kennen, wirklich kennen, tun wir uns nicht. Löffelchen, dicht an dicht sie und ich liegen wir. Ihr Haar kitzelt mich. Ihr Kopf liegt auf meinem Arm und mit der anderen Hand schlüpfe ich unter den T-Shirtrand, umfasse ihre Taille Haut auf Haut. Das ist schön. Das ist erlaubt.

Sie dreht ihren Kopf zu einem kurzen Kuss auf den Mund. Ganz flüchtig. „Gute Nacht." Dann drückt sie das Becken gegen das meinige, atmet einmal tief und wendet den Kopf erneut. Es folgt ein längerer Kuss. Sie steckt sich. Okay. Die goldene Regel gilt heute nicht.

Was für ein fight! So klein die Maus auch ist, so müde wir auch sind, der Sex ist knallhart. Die Küsse sind wild. Sehr schnell sind wir klitschnass geschwitzt. Längst sind wir nackt.

Sie ist klein, geradezu zierlich. Das macht die Sache einfach. Mit der Linken drücke ich ihren Hals nieder aufs Bett. Mit der Rechten habe ich sie im Griff. Der Griff ist gut. Sicher liegt ihr Becken in meiner Hand. Den Daumen in ihrer Muschi, Zeige- und Mittelfinger in ihrem Arsch. So halte ich sie fixiert. Sie kann nicht viel machen. Strampeln könnte sie vielleicht noch, tut sie aber nicht. Drücke ich ihren Kopf nach oben und ziehe ihr Becken nach unten mit meinen Fingern in ihr, so wird sie auf eine natürliche Weise sehr weiblich gestreckt. Ihre Brüste springen heraus. Das ist schön anzusehen. Sie ist winzig und ich bin doppelt, vielleicht drei Mal so stark wie sie. Sie hat gar keine Chance. Sie weiß das. Genau das fühlt sich wohl sehr gut an für sie. Ich strecke sie, lasse nach, strecke, lasse nach, strecke. Da ist gar nicht viel Bewegung im Spiel. Es ist die

Spannung, die es macht. Und die macht: Sie kommt! Sie kommt klein, bebt kurz. Ich lasse nicht nach. Mit meiner rechten Hand, die Finger weiterhin in ihr, drücke ich mit der Handspanne gegen ihren Damm, rolle hin und her mein Fingergelenk dort. Ihren Hals lasse ich los. Sie windet sich, fasst ihre Brüste. Sie kann nicht weg, will nicht weg. Ich habe sie. Mein Daumen und meine Finger in ihr und beide dabei gekrümmt umfassen von innen ihr Schambein. So kann ich sie führen, ihr Becken nach meiner Lust und Laune dirigieren, drehen, wenden auf, in und unter ihr. „Boh, eh was machst du?", brüllt sie und fällt wieder zurück in die Kissen. „Grrr", zischt sie, bäumt sich auf und genießt. Sie kommt. Wieder klein. Wieder Beben.

Meine Finger gleiten aus ihr heraus. Ich steige über sie hinweg und wechsle die Seite. Sie liegt und ringt nach Atem, hält ihre Augen mit dem Unterarm verdeckt. Ich hocke mich neben sie, beuge mich vor und Spucke auf ihren Schlitz. Dann hebe ich ihr Becken an, verteile die Spucke von hinten-unten um ihren Hintereingang und gleite bestimmt und entschieden mit dem Zeigefinger in ihren Hintern hinein. Ich forme einen Haken in ihr, hake mich in ihren Anus ein. Meine Handfläche liegt jetzt zwischen ihrem Po. Die Hand lasse ich so. Mit dem rechten Arm quetsche ich mich unter ihrem Brustkorb hindurch und packe von unten um sie herum mit spitzen Fingern ihre von mir abgewandte Zitze. Ich packe sie fest. „Arghh", kreischt sie. Ihre schlagende Hand ignoriere ich. Ich ziehe die Zitze nach unten und zu mir und hebe zugleich ihren Hintern hoch zu mir heran. Es ist eine Rotation. Sie muss meiner Bewegung folgen, muss sie einfach; aufgespießt ist sie. Sie kann gar nicht anders und eh sie sich versieht, ist sie im Vierfüsslerstand und biegt den Hintern in die Luft. Ihr Anus ist ganz fest und ich verlasse ihn jetzt.

„Halte still.", sage ich und sie hält. Ich zupfe an ihren Zitzen und Schlage auf ihren Arsch mit der anderen Hand. Drei Dutzend Schläge und rot wie ein Apfel glüht er. Heiß und weich wird er. Schlagen macht das Fleisch weich. Sie mag das, hält still, so gut sie kann. Sie macht das gut. Ich lasse ihr überhaupt keinen Raum, keine Besinnung, immer neu, immer anders; sie wird Reaktion pur, schwimmt in Lust. Schön.

Später, Stunden später, hält sie die Beine brav gespreizt, während ich Ihre Scham schlage. Sie macht einfach, was ich will, denkt nicht mehr. Ihre Scham ist dunkelrot, geschwollen und weich. Sie wimmert jedes Mal, wenn ich mit den Fingern in sie hinein und hinaus und stop und hinein und hinaus. Und wieder ein Schlag und hinein und spritzen und kommen und küssen und „bitte nicht" und „ja" und „Scheisse" und Japsen und irgendwann ist sie wund und zerschlagen und alles fließt nur noch aus ihr heraus, wirklich alles, und sie kommt gewaltig und aus.

Draußen erwacht der Tag. Der Himmel leuchtet orange und orange glitzert die Kante am Fensterglas. Ich rauche und sie schläft. Sie liegt hingegossen zwischen Kissen und Decke, hübsch und matt. Ich streiche über ihren Arm. Seidig ist er.

Ich schmunzle. Zurück auf Anfang. Ich denke vier Stunden zurück: Von ihr in den Arm genommen zu werden, von ihr aus, von ihr zu mir, das wäre schön gewesen. So ganz weich und warm und nah. Und dann, ja und dann, ja, dann hätte sie geflüstert: „Schlaf mit mir?" Das wäre schön gewesen. Dann hätte ich auch eine Erektion gehabt, denn so etwas wünsche ich mir. So etwas. So!

Macht nie Eine. Kommt nicht vor. Komisch eigentlich.

„Vielleicht nächstes Mal", belüge ich mich.

Die Eine

So, ich bin jetzt fünfundvierzig Minuten auf dieser Sexfete hier und könnte eigentlich wieder gehen. Ich habe mein Ziel verfehlt. So geht das nicht. Heute geht nichts mehr.

Auf so einer Fete will man Leute kennen lernen, sich tummeln unter Gleichgesinnten. Flirten will man und Andocken an Frauen; vielleicht sogar mit einer auf die Matte gehen will man. Es geht um offenen Kontakt mit diesen tollen Wesen anderen Geschlechts. Das ist es. Diese Hoffnung treibt einen hier hin.

Dummerweise habe ich jetzt SIE gesehen. Es war vor drei Minuten und jetzt bin ich blockiert. Es war nur ein Blick, vielleicht waren es zwei. Ein Zwinkern von ihr und von mir. Das waren drei Sekunden. Das hat gereicht. Jetzt sitzt SIE in meinem Kopf und hat mich infiltriert. Die EINE. Sie ist die EINE, nicht irgendwer.

Mau ist alles Andere und mau sind alle anderen jetzt. Was zählt, ist SIE, die EINE. Das kann einem die ganze Fete verderben. Ich kenne das. Das passiert dann und wann. So zwei Mal im Jahr ungefähr passiert das mir. Häufiger ist das nicht. Es ist etwas Besonderes. Da sieht nicht einfach nur eine Frau gut aus, oder gefällt besonders oder so. Nein, es ist mehr. Ich sehe dann diese Frau und es schlägt ein. Es ist wie ein Schlag, ein Peitschenhieb. Ich weiß es sofort und es hält vor. Sie gefällt auf diese besondere Art. Es geht blitzschnell. Ich habe mich noch nie getäuscht. Mit diesen Frauen geht viel. Theoretisch. Und diese EINE von eben ist so eine. Theoretisch. Im Prinzip ist die Fete für mich jetzt vorbei.

Ich habe mich in den Raucherbereich gesetzt. Hier bin ich auf Abstand zu ihr und trinke meinen Sekt. Auf der Bank schräg vor mir sitzt ein Typ und seine Frau steht vornübergebeugt. Sie bekommt es von hinten besorgt von einem Dritten. Der Dritte ist schon der dritte Dritte. Hier geht es nach der Reihe. Sie bekommt es der Reihe nach von Fremden besorgt. Ihr Typ beschimpft sie dabei, oder erklärt ihr, was zu tun sei. Ziemlich überflüssig ist das, weiß sie doch Bescheid. „Halt einfach dein Arschloch hin.", ruft er gegen die Musik, so laut, dass ich es verstehen kann. Sie stöhnt vor Begeisterung. Der dritte Dritte ist fertig und der Typ blickt zu mir. Ich bin dran. Ich könnte jetzt. Wenn ich jetzt aufstehe, bräuchte ich ihn nur reinzustecken. Wäre gar nicht schlecht. Die Frau ist gut. Aber irgendwie… ne, das ist nicht mein Sex.

Ich hole mir mal noch ne'n Sekt.

Fickende, baggernde Paare. Alles ist flach hier und körperlich. Es ist zu simpel für mich. Es ist Geschlechter aneinander reiben, wohin ich auch sehe. Bloß das ist es. Es kommt mir flach vor, jetzt, heute. Es ist auch Neid dabei. Ich bin alleine hier.

Ich finde das nicht schlecht, eigentlich nicht. Ich mag Swinger. Wenn ich zum Beispiel dort rüber schaue zu diesem Paar im Gegenlicht, sie sitzt auf ihm und fickt ihn in schöner Silhouette, das ist toll. Ich finde das gut. Ich will das auch. Ich schlucke. Ich will das auch und bin alleine heute. Ich will das auch ... Egal.

Die EINE klopft in meinem Kopf. Die auch noch.... Ich sollte gehen! Ich bin hier falsch. Vollkommen falsch bin ich hier, falsch durch sie. Ich möchte nichts Beliebiges. Ich möchte nicht einmal tauschen mit dem Typen im Gegenlicht, so geil es mir scheint. Es muss etwas mehr sein, irgendwie, die EINE vielleicht? Ich schlucke.

Ich hole mir mal noch ne'n Sekt.

Natascha rät mir, beim Tanzen die Augen zu schließen, dann käme ich in den Flow. Wie soll ich Natascha erklären, dass ich den Flow gar nicht will? Ich will die EINE. Wollen im Sinne von Gegenüber mit ihr. Im Sinne eines Gegenübers auf allen Kanälen, körperlich und geistig. Ich will beides, das ist der Kick. Ich will mich mit ihr austauschen, etwas tauschen, das „einander wollen" tauschen. Jetzt keine Philosophie oder so, so ist das nicht, aber ein bisschen mehr als nur Fick.

Klingt verrückt, ich kenne die EINE gar nicht, aber ich weiß, was ich will und ich weiß es wäre gut. Es würde funktionieren. Das ist so ein Rundumding. Da ist alles drin. Ich will wissen, wer sie ist. Ich will diese Dialoge mit ihr, diese Dialoge mit nach dem Sex verwuschelten Haaren von ihr. Auch das wünsche ich mir.

Und ich will wissen, ob es ihr ähnlich ist mit mir. Könnte ja sein. Schöner Gedanke. Boh, wäre das groß, wenn sie mich…. Das wäre…

Mein Glas ist leer. Ich hole mir mal ne'n Sekt.

Was ist die Mehrzahl von EINE? EINES? ZWEIEINES? Nein. Das geht gar nicht. Mehrzahl von EINE gibt es in der Grammatik nicht, im Leben gibt es das schon. Es gibt viele EINE. Mein Leben ist voll von solchen EINEs. Das ist ein ganz wichtiger Punkt. Dreh und Angelpunkt meiner Kontakte, meines Beziehungsgeflechtes, sind solche EINEs, Frauen die für mich etwas Besonderes sind. Das kommt nämlich zustande. Wir finden uns fast immer. Dieses Gefühl, diese Verbundenheit, dieses einander wollen ist selten nur einseitig. Wir finden uns. Es ist ein Gesetz. Es dauert nur und dieses Dauern ist fürchterlich. Ich mag das nicht und genau da bin ich jetzt. Ich weiß nicht, ob der Kontakt entstehen wird. Denn einander finden, einander erkennen ist das Eine, ob es etwas wird, ist etwas Anderes. Meistens wird es nicht, leider. So ist das halt. Nicht alles wird, was kann.

Ja, viele EINEs. Mehrzahl. Vielfalt. Diese Frauen begleiten mich eine Weile im Leben. Wir treffen uns, halten Kontakt. Wir teilen Leben miteinander, ein wenig. Das kann mit und ohne Sex sein, sogar beides zugleich. Das kann über Jahre gehen. Das kann nach einem Monat vorbei sein. Wir tauschen ein Stück vom Herz und geben es nie wieder zurück im Idealfall.

Dann bleibt es. Wenn ich durch Zufall eine alte EINE treffe nach Jahren, ist das Alte sofort wieder zurück. Wir verlieren uns nie, wir verlieren höchstens den Kontakt. Wir nehmen mit das Stück vom Herz des Anderen irgendwie für immer. Das hat etwas mit Liebe zu tun, oder vielleicht nicht Liebe, aber ganz sicher ganz viel mit Respekt.

Die Alix, die Natascha, die Dani, die Andrea, die Sandra, die Bigi, die…. Das klingt beliebig, ist es aber nicht. Das sind einfach unterschiedliche Stückchen vom Herz. Man kann sein Herz für viele öffnen, wenn man ehrlich ist. Das ist sehr wichtig für mich. Ich verkümmere sonst. Ich brauche Frauen, die mir verbunden sind. Ich brauche mehrere und keine so ganz. Nur ein Stückchen vom Herz ausgetauscht, keine Hälften. Braucht das nicht jeder? Nein, angeblich können viele das nicht. Hm.

Bin ein wenig einsam heute. Ich drehe mein Glas in der Hand. Die Einsamkeit fällt mir gerade besonders auf, im Nebenraum neben der EINEN, die eine meiner EINEN sein würde, würden wir uns kennen. Würde, würde, würde…

Ich hole mir mal noch ne'n Sekt.

Die Location hat Gänge, Nischen und Ecken. Die EINE bleibt in einem Raum, das ist garantiert. Das macht es mir einfach. Ich meide sie. Ich spreche die EINE nicht an, dabei wäre es gar kein Problem. Ich habe keinen Schiss, nein, das ist es nicht. Nein, ich schäme mich. Ich schäme mich.

Sie ist so jung. Schon wieder eine junge EINE. Ich suche mir das ja nicht aus. Der Blitz schlägt ein, wo der Blitz trifft. Immer wieder sind es junge Frauen. Einige Bekannte von mir zerreißen sich schon das Maul, weil ich ständig mit jungen Dingern ankomme. Das Absurde ist: Das Alter ist mir völlig egal. Ich glaube nicht an das Konzept namens Alter. Ich mag nur keine alten Seelen. Viele Menschen schlafen ein, bleiben stehen, fressen sich irgendwie fest im Kopf. Das mag ich nicht. Alte Seelen sind hässlich und mir ist nach Schönheit.

Auch viele junge Menschen haben alte Seelen. Das ist häufig. Verfrühte Seelenalterung, ist eine Seuche, denen passiert das auch. Bei Älteren ist es häufiger, ist ja klar. Sie hatten mehr Zeit um stehen zu bleiben im Kopf. Das erhöht die Wahrscheinlichkeit, dass junge Seelen bei jungen Frauen zu finden sind. Bei Männern gilt das auch.

Junge starke Seelen, die wissen wie und wo in ihnen das Sexuelle zu finden ist. Das ist meins. Das kickt mich und so eine ist die EINE. Ich kann das sehen. Es ist ein Gefühl, ein Kurzschluss zwischen ihr und mir, verpackt in einem Blick. Naja. Vielleicht bin ich auch einfach geil auf sie, spiele ich es herunter und belüge mich.

Ich hole mir mal noch ne'n Sekt.

Ich unterhalte mich mit Oli. Lange nicht gesehen haben wir uns.

An mir huscht eine Bedienung vorbei in einem rosa Body. Scharfe Teile sind das, sowohl Das in rosa wie auch Das darin. Ich mag Bedienungen. Ich mag Menschen die Arbeiten. Das ist mir irgendwie sympathisch und ich mag diese Bewegungen, die man macht beim Arbeiten. Da ist so viel Selbstverständnis drin. Arbeitende Menschen sind konstruktiv.

Die Dame in rosa kommt zurück. Dreht ihren Körper durch die Menschen hindurch, zupft kurz an ihrem BH. Das ist ein schönes Bild. Ich mag schöne Frauen. Sie ist schön. Schöne Frauen stimulieren. Mich allerdings heute nicht. Ich bin blockiert. Ich leere das Glas. Ich ärgere mich. Mir ist stumpf hier.

Boh, was bin ich denn betrunken? Das passiert mir doch sonst nicht. Ich bin ja total blau! Naja. Egal. War ja ganz nett, doch der Abend ist dahin. Können muss ich heute nichts mehr.

Mein Blick verfängt sich an dem Kopf einer Blondine. Er geht auf und ab auf seinem Schoß. Hat der es gut. Mein Herz ist eng irgendwie. Ich will etwas und kann nicht. Mein Kopf schwimmt, ich schlucke, atme. Mein Bewusstsein schwimmt in Sekt.

Wieso saufe ich denn heute so viel? Und vor allen Dingen? Warum eigentlich Sekt? Das ist doch gar nicht mein Getränk! Die Rennerei ist doch voll lästig! Naja egal, auf ein Neues:

Ich hole mir noch ne'n Sekt.

Ich gehe durch den Gang an der großen Blonden mit dem schiefen Gesicht vorbei. Die Theke erscheint im Blickfeld. Ich bin angekommen, stehe zwischen den Barhockern. Beide sind leer, der rechts und der links. Wir haben drei Uhr.

Ich schiebe meine Getränkekarte zu der Bedienung. Schwarze Haare, glatt, munteres Gesicht, warmer, wacher Blick. Die EINE. Da steht sie die EINE. Sie sieht mich und grinst. „Lass mich raten: Sekt?", neckt sie mich. „Setz Dich.", sagt ihr Blick.

Skyhigh

Es war Nacht, die Kinder schliefen und leise summte der Lüfter. Ich surfte durch das Internet, rutschte durch die Gästeliste der Fetischfete der vorvorletzten Nacht. Lang war die Teilnehmerliste. Vierhunderteinundzwanzig Menschen waren da. Nein, das stimmte nicht, es waren mehr. Viele kamen ja als Paar.

Vierhunderteinundzwanzig Bildchen schoben sich den Monitor hinauf. Hinter jedem dieser Bildchen steht ein Mensch, manchmal auch zwei. Klickt man die Bildchen an, erscheint auf dem Bildschirm ein Profil. Ein Profil ist Selbstdarstellung pur. Zuallererst prangt da ein Bild. Das ist ein Aushängeschild. Man stellt sich aus. Man zeigt den Körper und-oder das Gesicht. Man räkelt sich, oder posiert halbnackt, viele gerne ganz. Einen Nicknamen erfindet jeder sich. Darunter sind Alter und Wohnort aufgeschrieben. Oft wird geschummelt, selten mit der Stadt.

Ich erkannte viele wieder, nicht nur von besagter Nacht. Man kennt sich ja, man grüßt sich nicht und meint zu wissen ganz genau: So gut findet einen der andere nicht.

Die Monique erkannte ich. Im Netz heißt sie „Ichweißnochnicht". Sandra nennt sich „Sarafee" und Steve versteckt sich mit „Domatrix81". Ich fand sie alle. Diese Nicknames…

Ich glitt weiter durch die Bilder und der Zufall lenkte meinen Blick auf dieses eine Bildchen: „Skyhigh". Ich erkannte sie. Ihr Bild klickte ich an. Es war Instinkt, ein wenig Neugier auch. Ich kannte sie vom Sehen, nur vom Sehen. Jeder kennt sie vom Sehen, nach einer Fete schon. Skyhigh ist groß, schlank, schön, topgestyled und ist der Typ Frau, der Furcht einflößt, ist man empfänglich für die Kraft der wirklich starken Frauen. Skyhigh spricht man nicht einfach an. Skyhigh ist in der Fetenhierarchie ein Oberhaupt der Kategorie „erwachsene, ungebundene Frau". Die Hierarchie der Fetischfeten ist gnadenlos und weit verzweigt. Ganz unten stehen gebundene Solomänner über vierzig. Ganz unten, da bin ich.

Skyhigh, - ich gebe zu, ich hatte sie beobachtet, ein wenig, ganz kurz, eine Stunde vielleicht – ist sehr freundlich. Ihre Art schien mir warm. Sie ist zu schlau, um fies zu sein, sie ist zu stark, um gemein zu sein. Ohne Hochmut gibt sie Audienzen. Wohldosiert verteilt sie ihre Aufmerksamkeit. Wohldosiert bedeutet zugewandt. Sie spricht lieb und fasst den anderen am Unterarm gewogen. Währenddessen an der anderen Hand hält sie den bestaussehensten vierundzwanzigjährigen Mann. Am späteren Abend halten ihre Hände gerne auch zwei. Skyhigh ist dreiundvierzig. Auf der Matte wählt sie das Beste aus, was verfügbar ist und das ist viel! Sie kann alle!

Sie tut, weil sie kann. Sie bekommt, weil sie ist. Sie ist turmhoch. Skyhigh.

Ich las ihren Profiltext. Das hatte ich noch nie getan. Ich war noch nie bei ihr, sie war mir unerreichbar irgendwie. Es war mir neu, was dort geschrieben stand, aber doch auch wieder nicht:

„…An alle Männer über Fünfunddreißig: lasst es einfach bleiben. Ich will die Jungen, die Guten, das zarte Fleisch, tut mir leid. Dumm darfst du nicht sein, unter eins achtzig keine Chance, mit einem Bauchansatz fliegst du raus und ach ja… ich suche dich aus, nicht umgekehrt, ist ja klar."

Wer kann, der kann.

Eine Frau wie Skyhigh, bekommt in einer Woche zweihundert Mails, einfach so. Ich weiß das, ich habe das bei einer Freundin gesehen. Deren Postkorb ist immer voll. Unbekannte schreiben, bewerben sich, bieten sich an als Freund im Geiste, oder ganz konkret für einen Fick. Diese Post wird gelöscht ungesehen. Da bewirbt sich alles, was mit einer Maus klicken kann. Die Bewerber hoffen. Sie hoffen einfach, hoffen, dass es reicht. Sie hoffen auf Glück, auf den einen Zufall, dass so eine Frau ausgerechnet bei ihnen hängen bleibt. Es ist ein Cocktail aus Verzweiflung, Wünschen und Geilheit. Ich verstehe das, ich kenne das auch.

Skyhigh – Mein Mauszeiger schwebte über dem Button „Profil schließen". Ich zögerte. Es war bizarr: Irgendetwas zog mich hin zu ihr und Geilheit war es nicht. Es war Instinkt.

Ich grinste. Ich war bis ins Detail das, was sie nicht will! Groß, jung, ungebunden, definiert – das will sie. Zu ihren Wünschen war und bin ich der Gegenentwurf. Mein Instinkt flüsterte. Er tuschelte in mir: Das ist, was sie schreibt, nur das!

Ich öffnete ein neues Fenster, lies die Maus los und strich über die Tastatur. Ich schrieb sie an. Ich wählte meine Worte gut, denn Skyhigh ist schlau. Warum denn nicht, so dachte ich: Füge ich doch einmal ihrer Sammlung der zweihundert Idiotenmails eine Zweiundeinste hinzu.

Das war vor einem Jahr. Es war an irgendeinem Abend in irgendeiner Nacht. Es ist nicht wichtig, fast vergessen. Doch ...

Anette steht neben mir und pustet über den Löffel. Er dampft. Darin duftet ihr liebstes Curry. Sie probiert und reicht den Löffel mir.

Ich habe mich getäuscht, in vielem, vor allem habe ich mich getäuscht in mir.

Anette und ich, wir, sind die engsten Freunde. Das gilt für Tisch, für Bett und jede Krise. Wir sehen uns nicht oft, sind immer aber in Kontakt. Freunde können viel! Nichts ist so intim, dass der andere es nicht weiß. Fehlt einer von uns auf einer Fete, so vermissen wir einander. So sehr sind wir miteinander lieb.

Anette ist zufrieden. Das Curry mundet. Sie nickt und legt mit schlanken Fingern den Löffel in die Spüle. Es blubbert im Topf. Sie schließt den Deckel und bedeutet mir: zehn Minuten noch. Es ist mir recht.

Woher ich Anette kenne? Ach, von irgendeiner Fete in irgendeiner Nacht. Sie ist Szene. Skyhigh heißt sie dort.

Gleich elf

Himmel!, es ist nicht immer leicht, auch im Himmel nicht. Es geht gegen elf und Alles sortiert sich, alle suchen sich ihre Maus für die Nacht, so da dort nicht schon Maus ist.

So langsam muss ich mich entscheiden. Entscheiden muss ich mich, für eine Frau. Man muss sich ja entscheiden. Eine sucht man aus und an der bleibt man dann dran.

Die Materiallage ist heute gut. Zur Disposition steht Cindy. Blond, langbeinig, schlank. Herr im Himmel ist die steil! Ist diese Frau ein geiles Teil. Und wie die sich so heute gibt und an mir reibt, ist der Fall eigentlich geritzt. Cindy wärs. Wenn da nicht der Haken wäre: Cindy ist so schrecklich dumm; das läuft schon fast unter richtig doof. Spricht sie, so tut es mir ein wenig weh. Die Logik schmerzt. Sie fehlt. Kenntnis fehlt von Allem ihr. Fehlt vorne und fehlt hinten und fehlt in der Mitte auch; in jedem Satz fehlt sie. Das fehlt dann mir. Ich kann das nicht. Eine so dumme Frau… nein, nicht einen ganzen Abend lang. Wenn ich mich nicht mindestens ein wenig unterhalten kann, dann zieht es sich. Dazwischen.

Bella hingegen ist da doch ganz anders. Sie hat Kaliber. Ihr Intellekt ist scharf und brillant. Auch sind wir uns verdächtig einig, verstehen was der andere meint, und wir teilen den Humor. Kurzum die Zeit mit ihr vergeht im Flug. Dummerweise ist ihr Name Hohn: Bella ist nicht schön. Im Gegenteil! Auch ihre Figur sagt mir nicht nur nicht zu, es ist viel schlimmer: Mir wird es mau bis gar nicht, lieg ich mit ihr im Bett. Ich habe sie gerade schon gesehen, vorne am Eingang stand sie herum. Begrüßt haben wir uns und alleine ist sie auch. Es wäre kein Problem. Wäre, wäre, wäre…

Elf Uhr, hm, wen hätten wir da noch? Die Auswahl ist ja gut, das hat man selten. Wer käme denn noch in Frage? Ich schau mich um…. Ich will jetzt hier kein Fass aufmachen und in fremden Ecken suchen. Heute nicht. Keine Lust. Ich bleibe bei denen, die ich eh schon kenn.

Ahh, Vanessa. Ja, Vanessa, die ist gut. An die muss ich gerade denken. Bestimmt fehlt sie heute nicht. Vanessa ist sehr lieblich und auch schön schlau ist sie. Unterhaltung mit ihr ist angenehm und wird nicht mau, nicht sofort. Sie ist jetzt nicht die hellste Kerze auf der Torte, doch wer braucht das schon? Auch ihr Aussehen ist mir angenehm. Den Atem raubt sie nicht, doch ist sie wohlgeformt. Sie gibt sich Mühe und eine Nacht mit ihr wäre bestimmt ganz schön. Hatte ich noch nicht. Vanessa prickelt schon, schon, schon. Ja, doch, schön.

So, welche nehm ich denn? Welche gehe ich jetzt an? Himmel, es ist nicht immer leicht, auch im Himmel nicht; sagte ich ja schon.

Kompromiss. Ich muss einen Kompromiss machen. Ein Kompromiss ist ein Handel mit sich selbst. Immer übrigens, immer nur mit sich selbst.

Kompromisse findet man. Oder man findet sie nicht. Der Prozess dahin ist ziemlich komplex. Man macht das so nebenbei und achtet gar nicht drauf, was ein großer Fehler ist, da fast alles, was man täglich tut, genau das ist: Kompromiss. Alles hat seinen Preis und beim Kompromiss gibt es sogar zwei, zwei Preise gibt es, mindestens.

Bei einem Kompromiss handelt man zwei Aspekte gegeneinander aus. Zwei oder mehr. Man sucht einen Punkt, ein Gleichgewicht, wo Aspekt eins und Aspekt zwei in ihren Preisen erträglich und nützlich sind zugleich.

Ich hier, um jetzt schon kurz nach Elf, muss abwägen zwischen sexueller Attraktion und Intellekt. Beides wiegt hier gegeneinander und hat seinerseits seinen Preis, denn er variiert, je nachdem was mir gerade wichtig ist. Cindy, Vanessa, oder Bella? Das sind die Optionen. Schönheit gegen Intellekt. Geilheit gegen Anspruch.

Bei Cindy zahle ich den Preis, dass Cindy unerträglich ist. Unerträglich, aber steil. Bei Bella fühl ich mich wohl, werde nur nicht geil. Man ahnt es schon, wo der Kompromiss zu finden ist: Vanessa wird es sein. Vanessa macht das Rennen, Vanessa ist ideal heute hier für mich. Der Abend ist lang und mit ihr wird es schön. Die kann das; sie hat von beidem etwas. Sie ist das beste Angebot, sie bietet beides ausreichend, ist schlau und scharf genug.

Das klingt jetzt grausam sachlich. Die Sache ist aber so und hier nur in klare Worte gepresst. Für die Wirklichkeit kann ich nichts. Partnersuche ist immer Kompromiss. Nicht nur auf den Partys und für eine Nacht, nein, auch im Leben.

Da mag der Himmel voller Geigen hängen und die Wolken rosarot; da mag der Neue noch so strahlend stehen auf seinem Podest und ganz, ganz sicher der ideale Partner für dieses und das nächste Leben sein (hormonell induzierte Annahme), jedem ist klar: Kompromiss ist auch dieser hier, auch dieses Exemplar.

Ein Kompromiss ist nie ideal, aber gut ist er immer. Er ist besser als nichts, da das Ideal so gut wie nie verfügbar ist. Er löst ein Problem und ist die optimale Variante in dieser Situation.

Natürlich gibt es schlechte Kompromisse. Jede Menge schlechte Kompromisse gibt es. Kein Wunder, es drohen gleich drei Fehler beim Kompromiss.

Man kann Aspekt Eins falsch einschätzen, oder Aspekt Zwei. So könnte ich denken, Cindy sei schlauer als geglaubt. Grober Fehler. Das passiert schnell, wenn man besser gucken als denken kann. Oder umgekehrt: Bella redet sich schön und man unterschätzt die optische Wirkung die einem unter einem, oder über einem droht. Das kann die Wirkung von Alkohol gut. Das ist in beiden Fällen ein schlechtes Geschäft.

Beim dritten Fehler jedoch, scheitert der Kompromiss komplett. Der dritte denkbare Fehler ist der, dass Dinge aufgewogen werden, die gar nicht aufzuwiegen sind. Sie einander abzuwägen macht von vorneherein gar keinen Sinn. Die ganze Sache ist von vorneherein ein Fehler, ein logischer Fehler. Es ist gar kein Kompromiss, es ist fauler Mist. Hier ein Beispiel aus der Natur:

„Treu musst du mir sein, dann kriegst du mich nur." Das ist faul. Es ist ja offensichtlich: Das Eine hat mit dem Anderen gar nichts zu tun. Das nennt man Manipulation.

Aber gut, Theorie hin oder her, eine Frau muss jetzt her. Intellekt gegen Optik. Das ist keine Manipulation, das ist ein Problem. Ich wiege dann mal, es ist viertel nach Elf, es wird Zeit....

Vanessa muss ich suchen jetzt. Es drängt. Schönen Gruß, ich muss.

Nachtrag: Ich hatte Glück. Vanessa war nicht da und Bella konnte nicht.

So erwachen

Ich erwache. Kein Kopfschmerz und das ist ein Wunder. Vielleicht ist Restalkohol im Spiel und er ist einfach noch nicht da, der Kopfschmerz. Das könnte gut sein, denn gestern war viel. So ganz weiß ich nicht mehr, wie es ausgegangen ist, mir fehlen Details. Was war das für ein Fest? Immerhin fällt mir spontan ein, wo ich war, das ist doch schon einmal was! Puhh. Ich habe Mühe mit dem Denken. Vielleicht kommt der Kater noch. Egal. Ein wenig trocken ist mir im Mund. Ansonsten geht es gut. Ich lasse die Augen geschlossen, breite meine anderen Sinne aus, fühle, wo ich bin. Das ist sicherer, ich kenne das. Da draußen, hinter den Augenlidern ist es bestimmt unangenehm hell. Es ist einfach schlauer mit geschlossenen Augen, denn mit dem ersten Blick ist der Kopfschmerz da. Ein Erfahrungswert.

Ich fühle saubere Laken, da ist Hotelzimmergeruch und vor mir, in mir, Löffelchen, ruht warm eine Frau. Das ist ein schönes Detail.

Ich liebe es, mit einer Frau im Arm zu erwachen. Nichts ist schöner als das! Ich liebe diese Wärme, diese Zartheit der Haut, das Haar, der Duft, das ist so vertraut. Frauen sind toll und man ist nicht allein. Und ... spielen darf man auch!

Wenn ich erwache, und dicht an dicht liege mit einer Frau, dann schmiege ich mich noch enger an sie, klemme die eine Hand zwischen ihre Oberschenkel knapp vor der Scham und umfasse mit der anderen Hand eine Brust.

Genau das mache ich jetzt: Ich rücke zu ihr, rieche an ihr, küsse sie auf die Schulter und in den Nacken, stecke meine Hände da hin, wohin sie gehören. Ihre Brust liegt in meiner Hand und mein Daumen streift beiläufig ihren Nippel, umkreist ihn drei Mal, streift ihn erneut. Er wird hart. Sie ist auf Empfang. Ich grinse mit geschlossenen Augen, atme ihren Duft.

Sie bewegt sich ein wenig, auch sie schmiegt sich an mich, dreht ihren Hintern. Vielleicht geht es ihr genau wie mir. Sie streckt das obere Bein. Eine Lücke entsteht. Das ist mir Erlaubnis. Meine Hand gleitet zu ihrer Scham. Sie ist pflaumenweich. Kurz ruht meine Hand. Einmal atmet sie laut ein, seufzt fast. Mein Zeigefinger streicht das Pflaumenweiche entlang, etwas hinauf und etwas hinab. Sie streckt das Bein mehr, drückt ihren Hintern an mich heran.

Hinauf und hinab nur zwei Zentimeter mit den Fingern, das reicht aus. Sie wird feucht. Eine Schamlippe ertaste ich und fahre darüber entlang mit zwei Fingern. Ganz heiß ist es dort, heiß und feucht. Meine Finger teilen ihre Schamlippen, zupft daran. Das geht wie von selbst: Ich gleite in ihren Schlitz einen halben Zentimeter, fühle die Perle, feucht und warm. Und wieder hinab, es wird feuchter, hinauf, ich verteile, gleite hinab, hinein. Eine schöne Stelle ist das. Ich küsse ihren Nacken mit geschlossenen Augen. Ihre Haare kitzeln.

Sie atmet, hebt und senkt den Brustkorb seicht, krümmt sich und macht sich hinten weich, öffnet sich. Ich biete Widerstand, meine Finger gleiten, kreisen, rotieren an und über ihre Scham, hindurch durch den Spalt, nass, weich und glatt. Sie dreht ihren Hintern, drückt meinen Schwanz, rückt ein paar Zentimeter hinauf, dann hinunter, etwas links. Ich dirigiere und ziele. Jetzt liegt er im Heißen. Es geht ganz einfach: Mein Schwanz rutscht hinein in die Spalte von hinten. Ich schlucke.

Mein Schwanz ist hart und pulsiert und er liegt von hinten vor ihrer Pforte. Ich streiche über ihr Bein mit der Hand, ziehe es an, mache Platz, es gleitet, ein Widerstand noch, dann dringe ich ein. Oh mein Gott, wer das erfunden hat…

Sie drückt ihren Hintern in meine Lende, ganz fest presst sie. Tief liegt mein Schwanz in ihr. Löffelchen: Mein Atem streift ihren Nacken.

Hinein und hinaus. Wie kann man so schnell so nass sein? Mein Schwanz schwimmt in ihr. Ich ziehe die Hand hoch, umfasse jetzt beide Brüste, zupfe kurz mit den Fingern an ihren Zitzen, sie aalt sich, drückt ihren Hintern an mich, tief dringe ich in sie hinein, ich dränge. Sie atmet aus, entfernt sich drei Zentimeter und kehrt wieder zurück, drückt tiefer hinein. Ich male Kreise um ihre Brüste, dann greife ich höher, drücke meine Arme durch und meine Hände liegen auf ihren Schultern. Sie hat verstanden: Sie macht ein Hohlkreuz, macht sich hart und jetzt treibe ich sanft, aber bestimmt, wieder und wieder in sie hinein. Ich gleite in ihr, ich drücke sie nach unten, sie drückt sich wieder hinauf. Ihre Hand greift nach meiner Hand. Finger quetschen Finger, wir drehen die

Hände ineinander. Ihre Haare, ich mag ihre Haare. Sie fühlen sich gut an, sie fühlt sich gut an, halte die Augen geschlossen. Kurz schiebe ich meinen Kopf vor. Ihr Nacken ist köstlich, ich beiße hinein. Sie wimmert. Meinen Schwanz drücke ich tief in sie. Ihr Rücken liegt an meiner Brust, sie drückt sich tief, fest, fester. Wir sind warm und verbunden. Ein Schaudern von ihr, sie zuckt, sie zischt, atmet tief ein, krampft, etwas durchstößt mich und ich komme in sie hinein. Ganz tief, so tief wie ich kann, drücke ich. Noch zwei Mal zuckt es in ihr. Ich höre sie atmen, küsse ihre Schulter, lecke an ihr. Sie dreht ihren Kopf, Haare gleiten an meinen geschlossenen Augen vorbei, streifen mein Gesicht. Mein Gesicht ertastet ihr Gesicht. Sie muss den Kopf nach hinten gewendet haben. Ihr Mund! Ich fühle ihren Mund, ihre Lippen. Wir küssen einen Kuss, noch einen Kuss. Mein Schwanz steckt noch in ihr. Er schwimmt.

Ich fühle ihre Hand an meiner Wange, noch ein Kuss. Ich fühle edle Lippen, eine Ahnung von Zunge. Sie hebt das Becken und ich rutsche aus ihr hinaus. Sie dreht sich herum. Ihre Hand umfasst meinen Schwanz. Er ist nass. Sie pumpt zwei Mal mit der Hand, sorgt für neue Erektion. Alles mit geschlossenen Augen. Mein Gott ist das heiß mit ihr, so schnell und so früh. Das war schön!

Ich spüre eine Bewegung, etwas Warmes, es ist ihr Eingang. Sie steckt ihn in sich hinein, ganz direkt ohne Zögern. Mein Schwanz liegt in ihr. Da gehört er hin. Genau da hin, nirgendwo sonst. Sie umarmt mich jetzt von vorne und legt sich halb auf mich drauf. Sie kreist ein wenig mit dem Becken, pumpt auf und ab drei, vier Mal. Ist das geil! Danach ist davor. In Flüssigkeit gleiten unsere Geschlechter. Ein Kuss von ihr und ihre Brust liegt auf meiner. Ihre Hand gleitet in meinen Nacken, ich umfasse ihren Torso zart. Sie räuspert und ich spüre ihr Haar.

Sie spricht, flüstert:

„So macht man Kinder. Du hast mich ohne Kondom gefickt.", haucht sie und krault mir den Nacken. Ihr Mund ist dicht an meinem Ohr. Ihr Atem ist warm. Mein Herz klopft schneller. Panik steigt auf. „Mist.", flüstere ich. Ich habe es nicht bemerkt, ich habe nicht dran gedacht, schlief noch halb. Sie krault weiter meinen Nacken. Rückt das Becken ein wenig nach rechts dann nach links.

Meine Erektion steigt an, die Panik hat Anteil daran. Sie pumpt mit ihrem Unterleib, gibt es dann dran. Schnell klopft mein Herz. „Ich kümmere mich morgen darum, keine Angst.", flüstert sie. Mein Puls sinkt. Ich vertraue ihr. Alles wird gut.

Jetzt kraule auch ich ihr den Nacken, halte die Augen weiter geschlossen, genieße, wie sie auf mir liegt. Ein Kuss wechselt zwischen uns. Ein wenig nach Bier riecht sie. Egal. Sie schmeckt toll. Ein wenig Zunge, Zunge an Zunge und ihr Kopf sinkt wieder auf meine Brust

„Schlafen wir?", fragt sie leise. Ich nicke. „Ja", hauche ich. „Fick mich wach später, ja? Ist jetzt eh egal.", flüstert sie in mein Ohr. Es zuckt um meinen Schwanz. Trotzdem, meine Erektion sinkt.

„Ja mache ich Liebes.", hauche ich. „Schlaf jetzt.", befehle ich sanft. Sie nickt. Sie atmet neben mir, liegt warm auf meiner Haut und sinkt in den Schlaf, ich langsam auch.

Locken. Locken kitzeln an meinem Gesicht. Das fühlt sich gut an. Meine Erinnerung taucht in die Party von gestern. Meine Augen sind geschlossen. Blind habe ich den Tag begonnen mit ihr.

Ich überlege, suche schläfrig in meiner Erinnerung. Locken? Ich kraule ihr langsam den Nacken, sie ist so weich dort. Sie hebt und senkt sich, sie atmet. Sie ist so weiblich. Sie schläft.

Locken? War da gestern jemand mit Locken? Wer sie wohl ist?, frage ich mich, dann schlafe ich ein.

Die hellste aller Sonnen

Sie sind ein Paar und was für eines! Sie fliegen durch die Reihen. Fetischfeten sind ihr Ding. Es ist ihnen ein Zuhause, es ist ihr Leben auch. Das Paar ist pure Energie, ihr Name ist Tatendrang und fröhlich sind sie immer. In einen Satz gefasst: Sie sind mein Lieblingspaar.

Sie sehen mich, begrüßen mich und strahlen. Er ist gut drauf, sie ist noch besser. Ihr Locken locken kräftig güldener als sonst.

Sie waren eine Weile nicht da. Sie haben den Sommer ausgesetzt. Für Monate mieden sie alle Feten dieser Szene. Ungewöhnlich ist das. Ich habe sie vermisst. Aber: Trara! Oktober ist es und sie sind da!

Ich konzentriere mich auf sie, das Weibchen. Nicht weil sie mir lieber ist, nein, der Grund ist anatomisch.

Sie ist so aufrecht heute.

Wir begrüßen uns. Sie drückt mich. Ich spüre ihren Bauch, ihre Brüste, ihren Körper. Sie drückt fester als sonst. Sie ist entschiedener, sie ist mehr Leib, fällt mir auf. Längst bin ich wach. „Was ist faul im Staate?", frage ich. Ich frage mich.

Sie dreht sich schneller zu dem und zu dem und zu ihr. Sie hat noch mehr Energie. Noch mehr als sonst! Sie ist immer Sonne, doch heute strahlt sie heller. Heller als alle Sonnen ist sie. Sie ist überall zugleich. Sie steigert, was nicht zu steigern ist, sie ist „überaller"; und höflich ist sie auch. Sie ist Zentrum aller, ohne herrschen zu wollen.

Sie überragt die Anderen. Auch das ist sie heute: Überragender als sonst. Sie ist größer. Es ist körperlich. Ich staune, doch ich erinnere mich der Biologie: mit vierzig wächst der Körper nicht.

Sie trägt einen BH in Schwarz, der Bauch ist straff wie immer, ihr Rücken ist gerader als sonst. Die Schultern hält sie hinten stolz. Das ist neu! Das war ihr Schwachpunkt immer. Groß wie sie ist, hielt sie die Schultern eingeklappt nach vorn. Als sei da etwas zu schützen, was dort Schwäche hat.

Ich beobachte sie. Ich kann nicht anders. Das ist mein Beruf, entschuldige ich mich vor mir selbst und vor Allen und vor ihr.

Dann sehe ich es: Es verrät sie die Entschiedenheit. Frontaler begegnet sie dem Leben. Sie ist besser gewappnet im gnadenlosen Körperkampf der Fetischszene.

Es ist nicht viel. Es ist ein Detail. Man sieht es kaum, doch macht es ihr die Welt wohl strahlend.

Jetzt nimmt sie ihren Mann am Arm. Wie sie sich freut, hier zu sein und jetzt und so nach dieser schlimmen Zeit getilgt!

Über zehn Meter fängt sie meinen Blick. Ich mache ein Zeichen mit der Hand und sie versteht. Sie strahlt und nickt und Grübchen bilden sich. Sie ist im Leben wieder ganz.

Denkt was ihr wollt. Ich finde es gut! Denn schaut: Sie ist die hellste aller Sonnen.

Ihre Brüste sind gemacht.

Geht geiler

Damals bei Klaus in dieser Einliegerwohnung im Haus seiner Eltern - eine Wohnung mit grauenvollen Holzvertäfelung an Decke und Wand - damals mit siebzehn, ja, dort auf diesem Eichentisch mit dem grünen Fliesen, da habe ich das erste Mal einen Playboy gesehen; und natürlich gelesen. Naja gelesen...

Das war nie mein Ding, auch später nicht. Pornographie hat mir nie viel gegeben, aber trotzdem, hey, vergisst man nicht, den ersten Playboy, hallo! Würde heute noch sein Cover identifizieren unter allen Covern, die es je gab, garantiert.

Playboy. Der hat schon was. Diese Centerfold-Bilder haben etwas und die anderen Bilder darin haben das auch. Komisch eigentlich. Was zieht daran an? Ausgezogene Frauen in lasziven Posen, warum ziehen diese Bilder an? Man weiß doch, wie nackte Frauen aussehen. Ist ja erforscht.

Der Playboy zeigt immer Ideale, oder er ist nahe dran am Ideal. Die Frauen sind perfekt fotografiert, inszeniert und manipuliert. Schön sind sie auch.

Aber darum geht es nicht. Es geht nicht um die Bilder, auch nicht um die Frauen. Um etwas Anderes geht es bei diesen Bildern, ja beim ganzen Playboy, geht es um etwas Anderes. Der Playboy ist etwas Anderes. Der ist gar kein Porno. Der ist viel weicher. Der zeigt keinen Sex, der macht das anders.

Er ist ein Brief aus einer fernen Welt, einer Wunschwelt, in der Frauen verfügbar, immerschön, schön drapiert und willig sind. Sex wird nie gezeigt, aber immer suggeriert. Das ist keine Prüderie. Das ist Absicht, es geht um Phantasie. Der Playboy ist ein Brief aus Phantasia. Wenn man diesen Brief öffnet, dann bekommt man eine Inspiration, was sein könnte, wie es sich bieten könnte, theoretisch ganz, ganz theoretisch, wenn man solche Frauen kennen würde; wenn man nicht der wäre, der man ist; wenn Mann solchen Frauen gefallen würde; wenn Mann das Geld hätte für so ein Leben an diesem Strand auf dem Foto und so weiter, und so weiter ... dann, ja dann könnte diese Frauen so liegen vor dir, direkt vor dir. Dann könnte es sein, dass Cindy Crawford genau so und nicht anders vor dir auf dieser Decke krabbelt, die ja dann die deinige Decke wäre!

Phantasia. Dann, dann dort, wäre es genau wie in dem Heft, und Vergessen wäre die Realität, zum Beispiel eine holzvertäfelte Einliegerwohnung mit grünen Fliesen im Tisch.

Das suggeriert der Playboy. Dabei weiß jeder, dass sogar Mrs. Crawford so nicht wirklich aussieht, sondern erst nach Photoshop, doch darum geht es nicht.

Es geht um Stimulanz. Die Schönsten der schönen Frauen und das nackt und nah und greifbar. Das wäre schön und der Playboy bietet ein wenig Zugriff darauf, bietet eine Ahnung, wie es wäre, ein Bild das man mitnehmen kann in seinen privaten Traum. Der Playboy ist eine Vorlage, ein Traumgeber. Unerreichbar. Schade eigentlich. Denn diese Frauen nackt und gegebenenfalls für mehr bleiben unerreichbar. Tja, so ein Leben bleibt Traum.

Deshalb funktionieren Playboylounges und Playboybars auch nicht. Die werden ja immer mal hier und da eröffnet irgendwo. Die gehen alle pleite. Das Lebensgefühl, der Traum aus dem Heft, stellt sich nicht ein, ist Mann dort zu Besuch. Der geht nämlich nicht, der Traum. Phantasia ist nur phantasiert. Zwei Voraussetzungen fehlen, deshalb klappt das nicht in Realität: Cindy Crawford fehlt und es fehlt der Mann in dir, der Cindy Crawford kann. Denn selbst unter eine Schaar Supermodels ergäbe sich Phantasia nicht mit dir, nicht das, was der Playboy verspricht. Es bliebe mau. Es fehlt der passende Mann, denn der Mann für Phantasia bist du nicht; das weißt du und deshalb ist es dir ganz lieb diese Weiber nur auf Papier anzuschauen insgeheim.

Nein, was der Playboy verspricht, so ein Cocktail aus Sex mit wunderschönen Frauen in Serie, oder mehreren zugleich, mal blond, mal braun, mal rot und das noch in edel und willig und unkompliziert, ist in diesem Leben leider nicht erhältlich. So ist die Lage. Das weiß man und blättert weiter im Heft.

So macht der Playboy traurig. Er erzeugt einen Wunsch, der sich so niemals erfüllt. Also nimmt man die Abkürzung. Man nimmt das Heft, schaut auf die Bilder und dann: Inspiration, Transpiration, Erektion, Ejakulation. Fertig! Was bleibt, ist ein wenig Wehmut und eine feuchte Hand.

Man träumt von diesen Frauen, man träumt von diesem Set am Strand, oder dem Set zu dritt. Dafür ist er gut, der Playboy. Dafür wird er gedruckt. Ich habe nie einen gekauft.

Aber, so kann man das machen: Den Playboy kaufen und träumen. Wahrlich, das kann man, davon kann ich berichten. Ich habe sowas von sehr von diesen Szenen geträumt, oh man.

Hoffen. Das nennt man Hoffen. Hoffen ist darauf warten, dass etwas passiert, auch wenn man nichts dafür tut. Hoffen ist die Standardvariante. Hoffen ist gar nicht schlecht. Es verbraucht kaum Energie. Der Playboyleser hofft: „Vielleicht habe ich ja Glück und so eine Szene mit so einer Frau ergibt sich einmal irgendwann." Oder er relativiert, das ist eine andere Strategie, die ohne Energieverlust funktioniert: „Der Playboy suggeriert Hochglanzträume; das gibt es nicht; das ist Phantasia und Phantasia ist nicht für mich. Es gibt wahrlich andere Ziele im Leben, die man verfolgen kann." Okay, stimmt. Gut gemacht. Nicht jeder hat dieses Zie,l Edelfrauen zu poppen, das ist okay. Nur eine Frage noch: Warum springt dann dein Blick dorthin, wenn du vor dem Regal mit den Zeitschriften stehst und nicht zu den Heften mit den Caravans.

Aber wenn doch, wenn einen der Playboy anmacht, ganz offiziell, wenn man diese Szenen will, diese Bilder nicht nur im Kopf, sondern real will, also so wirklich, so in echt, dann kann man auch etwas Anderes tun: Man kann sich zu einem Menschen wandeln, der solche Frauen und solche Szenen kann. Das Können dafür, können nämlich nicht viele. Dafür braucht man bestimmte Voraussetzungen und die bekommt man nicht geschenkt. Dahin muss man sich wandeln. Das ist Arbeit. Aber dann, kann der Mann es, dann kommen diese Szenen zu ihm, das findet sich dann. Es klingt unglaublich, ist aber so: Es kommt dann von selbst, denn die Welt ist voller schöner williger Frauen, voller Szenen am Strand und zu dritt, viert oder fünf. Das ist alles da, das ist alles möglich, alles erhältlich. Es ist ganz nah. Man kann bekommen, was man wünscht. Es gibt den Playboy in real. Echt!

Das Haus meines Jugendfreundes, das mit dem Holzpaneel, ist längst nicht mehr. Auch den Tisch mit den grünen Fliesen wird es wohl nicht mehr geben; nein, es gibt ihn bestimmt nicht mehr.

Wie komme ich denn jetzt auf dieses Playboy-Thema?

Ach ja. Ich war gestern an der Tanke. Ich war tanken. Ich gehe da so an den ausgelegten Zeitungen vorbei, da liegt da der Playboy. Auf dem Cover räkeln sich drei Wahnsinnsweiber zwischen Kissen. Das Foto ist wirklich gut gelungen, nicht nur schön, sondern warm und angenehm.

„Schön.", denke ich und muss an letzten Samstag denken. „Ja, so ist das" fühle ich noch.

Das ist ein Gefühl ...

Voll selten

„Soll ich dir was zu trinken bringen?" Sie richtete sich auf und griff in ihre Haare. Schwarz und nass waren sie. Strähnen aus Haar klebten an ihr. Die ganze Frau glänzte vor Schweiß.

„Boh, ja! Ein Wasser bitte! Super!", antwortete sie. Fast ächzte sie. Ihre Augen waren groß, ihre Begeisterung auch. Ich lächelte. Ich fühlte mich Samariter.

Ich bestellte ihr ein Wasser mit Eis. Mir bestellte ich ein Bier. Ich balancierte die Gläser durch die tanzende Menge. Überall wippten, standen und schwatzten halbnackte Gestalten betrunken oder high. Eine Stufe ging ich herunter zu ihrer Liege, blieb im Halbdunkel vor ihr stehen und gab ihr das Glas. Das Glas war kalt, die Luft war heiß. Vorsichtig nahm sie den simplen Drink mit beiden Händen.

„Danke,", sagte sie und strahlte. Sie trank gierig. Dann machte sie mir Platz auf ihrer Liege. Sie rückte nach links. Ihre Brüste wippten. Ihre Brüste waren groß und mittelfest. Zu groß für meinen Geschmack.

Ich setze mich, streckte meine Beine aus und sank neben sie in eine halb liegende Position.

Sie stellte ihr Glas auf ihr Bein. Mir war, als zische es. Sie rieb sich zwischen den Brüsten, dann massierte sie die linke mit der freien Hand.

„Hast du mir den Durst angesehen?", fragte sie mich. Sie rückte mir nah, die Musik war laut. Ich spürte ihre Wärme, eine Haarsträhne berührte mich steif und nass.

„Wer so fickt, muss einfach durstig sein.", antwortete ich. Sie lachte und trank.

„Wo ist er eigentlich?", fragte ich und zeigte diffus in der Luft herum. Ich kannte ihren Status zum Fickpartner nicht. Sie kannte ich auch nicht.

„Eine rauchen, glaube ich.", sagte sie und pustete über ihren Arm.

„Woher kennst du ihn?", fragte ich. Ich war neugierig, nur so. Mir war nach Konversation.

„Internet. Neuerrungenschaft.", sprach sie und zuckte mit der Schulter. „Er fickt wie eine Maschine. Für hier ist das optimal.", erklärte sie mir. Ich nickte. Mag sein. Ich kann das nicht.

„Ja habe ich gesehen und einen geilen Schwanz hat er auch.", merkte ich an nicht frei von Neid.

Die beiden waren mir aufgefallen. Ich weiß auch nicht warum. Sie hatte ihn geritten, fünf Minuten oder vielleicht auch acht. Wie eine Wilde hatte sie, einmal oben auf, nicht mehr aufgehört. Sozusagen durchgewalkt, ausgewrungen hatte sie seinen Schwanz mit ihrem Unterleib. Von vorne nach oben, nach links, nach rechts und nach unten und retour… na und das auf einem großen Schwanz, das sah gut aus. Das war fast beängstigend aus der Perspektive des Mannes.

„Allerdings", sagte sie „prächtiges Teil" Sie nickte und trank. Sie sortierte ihr Haar. Störrisch klebte es an ihr. Das war hoffnungslos. Die Haare verknoteten sich nur mehr, also gab sie es auf.

Wir unterhielten uns.

„Wie alt bist du?" … „Achtunddreißig"

„Wie lange bist du dabei?" … „Wo warst du neulich?" … solche Dinge redeten wir.

Halb saßen wir, halb lagen wir Seite an Seite. Es war eng. Feucht klebte sie an mir. Ihr Arm lag irgendwo auf mir herum.

Wir plauderten. Eine gute Aussicht hatten wir auf die Tanzenden. Ihr Glas war leer. Ich zeigte darauf.

„Noch eins?", fragte ich sie. Sie verdrehte die Augen, strahlte.

„Boh, das wäre großartig.", sprach sie erleichtert. Also nahm ich das Glas und brachte ihr ein neues Wasser. Auch das zweite Glas trank sie in großen Zügen halb leer.

„Hör mal, …" sprach sie zu mir, stützte sich ein wenig auf mir auf. „… ich würde mich ja erkenntlich zeigen, aber ich bin total geschafft.", erklärte sie und drückt ihre Stirn auf meine Schulter.

„Nene, so meinte ich das nicht.", antwortete ich in ihr Haar. „War wirklich nur als Wasserbringen gemeint. Du bist gar nicht mein Fall.", erklärte ich. Da schaute sie mich an und schmunzelte. Sie konnte ja nicht wissen, dass ich die Wahrheit sprach.

Ich nickte. Ihr Gesicht war nah. „Echt, kein Ding, mir ist gar nicht danach, ich kenne hier genügend und du bist versorgt, ist doch alles klar.", versicherte ich ihr und und log, denn ich kannte nicht viele. Unsere Blicke trafen sich. Sie neigte den Kopf, hob ihn wieder, schmunzelte in ihr Glas, nickte noch einmal und trank.

Sie schaute an sich herunter. Ein Shirt oder ein Rock war um ihre Taille verdreht. Ansonsten war sie nackt. Sie hob ihr Bein und ließ es wieder herunter. Dann beugte sie sich vor und schaute auf ihre Scham.

„Oh man!", sagte sie „Schau dir das mal an." Ich tat es ihr nach und beugte mich vor. Ihre Scham war dunkelrot, fast schien sie mir venenblau. Das Licht war nicht gut.

Ich nahm ihr das Wasser aus der Hand und goss einen dünnen Strahl auf ihr Geschlecht. Sie fauchte mich an, dann lachte sie und pustete zwischen ihre Beine. Wir lächelten einander an.

Ich angelte einen Eiswürfel aus ihrem Glas und reichte das Glas an sie.

„Neinneinnein!", sprach sie schnell sie.

„Dochdochdoch!", widersprach ich schnell und schob ihre Hand beiseite. Ich schmunzelte, wir schauten uns an. Ihre Scham war heiß. Sofort bildete sich ein Wasserfilm zwischen Venushügel und Eis. Sie verkrampfte. Mit drei Fingern schob ich das Eis über das kleine Gebirge und schließlich zwischen den Schamlippen entlang. Ich führte das Eis in sie ein. Nicht tief hinein drückte ich es, ich ließ es vornan, da wo es so weich und heiß sein kann. Mit zwei Fingern hielt ich ihre Schamlippen zusammen. Es war nicht leicht. Nasse Schamlippen sind glitschig, aber es gelang. Das Eis war in ihr gefangen. Es tropfte. Sie fauchte, hielt aber still. Drei Atemzüge war sie laut.

„Das macht Spaß.", sagte ich.

„Das ist kalt.", erwiderte sie.

„Soll es auch.", sagte ich.

„Kalt sein?", fragte sie.

„Beides.", sagte ich.

Sie entspannte und nippte an ihrem Glas.

Meine Finger blieben, wo sie waren und wir plauderten weiter.

„Ich glaube, dein Spielzeug hat sich verlaufen?", merkte ich an und meinte den geilen Schwanz, nicht das Eis.

„Bestimmt vor Erschöpfung verreckt.", lachte sie und streckte sich.

Wir lästerten über die Leute auf der Tanzfläche. Unsere Aussicht war gut, unsere Position war ideal. Ein dünner, drahtiger Mann an einer Gogostange vernichteten wir mit Kommentaren, aber dass er das konnte, das mit der Stange, das erkannten wir an.

Irgendwann nahm ich die Finger von ihrer Scham. Das Eis war geschmolzen. Mein Job war getan.

Ich beleidigte eine Bekannte von ihr. Aus Versehen, konnte ich ja nicht wissen, dass sie sie kennt. Wir schätzten, wer zu wem gehört und wer bei wem will, aber nicht darf. Das machte Spaß.

Dann war ihr Glas leer und meines schon lange.

„Also dann!", sagte ich und stand auf.

„Danke noch mal.", sagte sie. Wir zwinkerten einander zu und dann war ich weg.

Das war schön. Das war so selbstverständlich.

Wir haben uns nie wiedergesehen. Ich weiß ihren Namen nicht. Ich weiß auch nicht, ob der wichtig wäre.

Ich weiß nur, wie entspannt man sein kann, wenn beide erwachsen sind.

Zwei Erwachsene auf einer Liege. Voll selten.

Draußen rauchen

Steht ein Flittchen am Straßenrand, kommt ein Türke vorbei… Nee, so geht das nicht. So kann ich das nicht erzählen. So war das auch nicht. Das war ganz anders. Also: noch mal von vorne:

Vor Jahren war das, vor Jahren im Mai trat das Rauchverbot in Kraft, ganz plötzlich zum ersten Mai. Absolutes Rauchverbot in den Clubs. Das war voll die Zäsur. Darauf kamen wir nicht klar. Zum Rauchen mussten wir raus an die Luft, in den Hinterhof oder so. Der Haken an der Sache war: Nicht jeder Club hatte nen Hinterhof.

Da ging es vor die Türe zum Rauchen, wohin auch sonst? Und weil alles so neu war und keiner wusste, wie das alles so funktionieren soll ohne Hinterhof, wurde improvisiert. Das klingt albern, war aber so. Wohin mit den Rauchern?

Der Veranstalter hat eine spanische Wand vor die Türe gestellt. Das war ganz schön mutig. Hinter dieser spanischen Wand sollten wir rauchen. Wir alle! Wir alle zweihundert Mann. Hehe, wie lustig. Fetischfete – versteht ihr? Wir hatten alle nix an. Oder, sagen wir so: Das was wir anhatten, machte alles nur noch schlimmer: Alle in Lack, Leder oder Latex, die Frauen in Corsage, oben ohne, oder unten ohne, oder beides, auf jeden Fall in Highheels. Die Männer mit Harnisch, Leder, oder … ach, denkt was ihr wollt.

Auf so einer Fetischfete sind ein gutes Drittel Raucher. Das stellten wir dann plötzlich fest. Wusste ja keiner, es hatte ja noch nie einer die Raucher gezählt.

Rauchen ist wichtig! Der Raucherbereich ist wichtig. Das ist auch kein Wunder. Es ist der einzige Bereich, wo man sich unterhalten kann. Nur im Raucherbereich ist es nicht laut. Es ist das Zentrum der Kommunikation. Der Raucherbereich ist der Kontakthof. Hier lernt man sich kennen, hier stellt man einander vor. Es gibt nicht wenige, die nur auf diesen Partys rauchen. Sie rauchen, weil es so gesellig ist.

Und überhaupt: Sprich doch mal eine nackte Schönheit in einem Club an ohne deine Absichten zu eindeutig zu zeigen? Das ist gar nicht so einfach. Im Raucherbereich: „Hast du mal Feuer." – zack! Problem gelöst. „Hast du mal Feuer." Die Frage ist steinalt und immer noch harmlos, aber es funktioniert und beide sind glücklich.

Fetischfetenbesucher sind die zivilisiertesten Partygänger, die man sich vorstellen kann. Die tun keinem was. Die benehmen sich auch nicht daneben. Die pöbeln nicht besoffen herum, es gibt keine Schlägereien, keine Provokation und verlierst du deine Getränkekarte, so kannst du sie wahrscheinlich an der Kasse abholen. Der Finder hat sie dort hinterlegt. Fetischfetenbesucher sehen aus wie die Bewohner von Sodom oder Gomorra. Das täuscht. Würde Papa Schlumpf sie darum bitten, sie würden sich am Feteneingang in einer Reihe aufstellen, so harmlos sind die.

Und weil wir alle so brav sind und auch damals brav waren, haben wir uns in besagten Mai brav hinter den Paravent gestellt. Wir wollten ja keinen schockieren. Die Kölner Fußgängerzone mit ihren Nachtschwärmern und die sexuell provokativ gekleidete Fetischelite des Ballungsraumes Rhein-Ruhr war also voneinander getrennt mit genau 0,5 Millimeter Textil gespannt auf einer spanischen Wand.

Ich war dabei. Es hat genau bis Viertel nach zwölf funktioniert. Es war keine Absicht. Es begann harmlos. Die Wand fiel um. Bums – und nix ist passiert. Keine geschockten Passanten, kein Aufschrei, nix. Im Gegenteil: Passanten, Lola im Netzkleid, ich und einige andere - ich glaube auch ein Polizist war dabei - Wir haben die Wand wieder aufgestellt. Tja, und wenn nix passiert, also wenn niemand meckert, wenn es keinen stört, wenn wir dann doch nicht jugendgefährdend sind wider erwarten, dann, ja dann, dann können wir ja…

Niemand ging mehr hinter die spanische Wand. Um halb eins sah es auf der Straße aus, als sei der Puff explodiert.

Gut, um Mitternacht kommt auf der Hohen Straße keine Kindergartengruppe vorbei, aber trotzdem. Der Veranstalter raufte sich die Haare, aber er sah, was er sah: Wir standen alle auf der Straße. Wir rauchten. Halbnackt, grell geschminkt in Bodypainting, in Netz, wenig Nylon, Leder oder Velours. „Boh, wer bist du denn? Darf ich mal die Titten anfassen, die sind ja steil." „Klar mach, ganz frisch gemacht." - Ich schwöre, es war so, ich war dabei, damals im Mai.

Wir haben uns ganz normal verhalten, so wie sonst. Und das Wunder geschah: Niemand regte sich auf. Die Passanten blieben normal. Sie gingen vorbei. Sie schauten nicht weg, gafften aber auch nicht. Alltag irgendwie.

Spannung lag in der Luft, das schon. Wir waren alle aufgeregt, gelassen aufgeregt waren wir. Das war ja eine Konfrontation. Das hatte es noch nie gegeben und es lief optimal.

So allgemein neigen Fetischfetengänger nicht zur Öffentlichkeit oder Provokation, im Gegenteil. Es war eine Ausnahmesituation. Fetischfetengänger bleiben lieber unter sich. Wir sind Geschöpfe der Nacht. Wir sind heimlich. Mission ist unser Auftrag nicht. Es ist nicht unsere Natur.

Zwei Teenies kamen vorbei. Sie fragten, wer wir denn seien, was wir machen. Sie nickten, fanden es cool, schrieben sich sogar eine Adresse auf. Selfie mit Hanna und Tschüss.

Ein Rentner hob den Daumen und gab kurz Applaus. Er war begeistert und das war okay. So viel Silikon hatte er noch nie gesehen. Er freute sich sehr, wir irgendwie auch. Dann ging er weiter.

Passanten lächelten, eine Frau machte ein Kompliment. Ein älteres Ehepaar ging schnell vorbei, blieb dann stehen, schaute sich um und lächelte stumm. Eine Gruppe Türken kam vorbei, wir hatten sie kommen hören. Sie waren laut und viele. Sie kamen näher und wurden freundlich und still. Sie schauten, sprachen kurz mit uns, rauchten eine halbe Zigarette, nickten und hoben den Daumen.

Stundenlang ging das so. Kein böses Wort, kein dummer Spruch, keine Anmache. Niemand war uns böse gesonnen. Zustimmung gelegentlich, Wohlwollen oft, Kopfschütteln selten, das war es aber auch. Es wurde akzeptiert. Der Tatbestand des öffentlichen Ärgernisses – jeder von uns hatte das Potential – war nicht erfüllt. Wir waren öffentlich, doch niemand ärgerte sich.

Sonderbar. Wer hätte das gedacht? Aber ich habe einen Verdacht: Ich glaube, es klappt nur einmal und mit Verlaub, ich glaube es klappt nur in Köln.

Kassenzeichen

Ich so an der Aldikasse. Dumdidideldei und denk mir nix. Wie das so ist, Mittwochnachmittag.

Da spür ich einen Blick von links. Ich blicke also so dahin in die andere Schlange.

Ja, da blickt Eine zu mir. Das ist so! Ein ganz junges Ding ist das. Die guckt zu mir, guckt weg und wieder hin. Fragezeichen schweben so herum um sie. Um mich schweben die selben …

Moment mal, denk ich. Moment mal, denkt sie. Das ist doch, denk ich, das ist doch, denkt sie … und da schmunzelt sie. Und ich erst …

Das darf doch nicht wahr sein! Wir kennen uns. Ist gar nicht lange her. Gesprochen haben wir nicht, haben wir noch nie. Wir gehören zu unterschiedlichen Gruppen. Peergroups. Man respektiert sich, vermischt sich aber nicht. Es ist auch der Altersunterschied. Das ist da so, aber, wenn man so oft nebeneinandergestanden hat, dann kennt man sich. Es ist das „stille-Raucher-Kennen". Raucher kennen das.

Da steh ich also jetzt an der Kasse und grinse. Dieser Gegensatz! Dieser Gegensatz jetzt hier! Wo bitte ist es asexueller als an der Aldikasse? Nirgendwo, genau! Und ausgerechnet hier, denk ich jetzt an Sex. Also an ne Sexfete, um genau zu sein. Daher kenn ich sie nämlich, die Maus links von vor Kasse vier. Da ist die nämlich auch, sehr gerne sogar, oft, quasi immer sogar, so wie ich in Latex und so. Sie steht dort ja neben mir. Oft.

Ich schiele noch mal rüber: Treffer! Sie schielt gerade auch. Wir grinsen. Ich hebe meine Hand zum Gesicht und kippe ein Glas, das dort nicht ist. Sie hat es gesehen und nickt. Jetzt schaut sie weg. Wir kennen uns ja nicht.

Gut alles klar. Darauf stoßen wir an. Abgemacht. Nächstes Mal.

Jetzt sprechen wir nicht, jetzt nicht! Kein Wort wechseln wir. Wir bezahlen und packen unsere Sachen, als wenn nichts wäre. Ist ungünstig, ganz klar. Kann ich nicht machen, will ich auch nicht.

Sie wirft ihr Haar zurück, grinst, doch-noch und doch-nicht-mehr Teen. Sie ist mit ihrer Mutter da.

Dämonentanz

Jetzt bin ich in der Nische gelandet und fummle an meiner Begleiterin herum. Sie ist über mir, ihre Haare fallen mir ins Gesicht. Sie ist nah. Sie spricht mir etwas ins Ohr. Ich kümmere mich nicht darum, es ist eh nichts zu verstehen. Viel zu laut. Die Bässe wummern, der Beat schlägt.

„Angekommen", denke ich. Ich habe einen Aufriss auf der Matte. Ich habe eine scharfe Fremde auf dieser Fickfete in den Playroom dirigiert. „Glückwunsch" Mein frischer Fang ist eine schwarzhaarige Stute. Und ich freue mich wirklich, wirklich sehr. So cool wie ich tue, sieht es gar nicht in mir aus.

Gerade zieht sie irgendwas irgendwie aus. Viel kann es nicht sein. Keine Ahnung, was sie da macht, es ist zu dunkel. Ich kann mehr fühlen als sehen. Ich helfe ihr beim Ausziehen. Naja, mehr halte ich sie auf. Ich lenke sie ab, spiele an ihren Brüsten, an ihren Nippeln, reize mit meinem Finger in ihrem Schlitz. Sie dreht und wendet sich wie ein Aal. Sie findet es geil. Ich finde das auch. Süßer Kinderkram.

Viel zu sehen ist nicht, ein paar Bewegungen und ein paar Bildfragmente. Stroboskopisches Licht zerhackt alles in einzelne Bilder. Das wenige Licht ist grün, es ist psychedelisch, dazu ist es nebelig. Alles besteht nur aus Schatten und grünen Lichtreflexen. Der Kopf montiert diese Stücke zu Bildern. Er versucht es zumindest, vieles bleibt unverarbeitet. Da ist zu viel optische Information.

Sie reckt sich. Ihr Körper spannt sich zwischen meinen Händen. Das ist cool. Sie fühlt sich super an, sie ist so hart, so stramm. Ich packe sie am Hals, die andere Hand steckt in ihrer Scham. Sie ist feucht und schnell wird aus feucht richtig nass. Sie stöhnt, zumindest unterstelle ich das. Es ist eine Interpretation eines Schattenrisses, ich sehe Ihre Silhouette, mehr sehe ich nicht.

Jetzt kommt sie zu mir. Wir rutschen auf die Matten. Es ist unbequem. Aber sie ist wild, sie ist nackt, sie zieht mich aus, sie küsst, sie leckt, sie packt, ich greife, ich winke mit zwei Fingern in ihr, sie kratzt. Mir ist das Recht. Ich mag das Wilde. Das mit der

Musik, dem wenigen Licht und den fickenden Fremden im Raum. Das macht es extrem.

Sie stößt mich weg, ein Lichtreflex zeigt mir: Nackt und grünglänzend hockt sie vor mir. Dann wieder Schwärze, irgendeine Kontur blitzt vor mir auf. Für einen Moment ist die Orientierung weg. Gut das unten immer unten ist, das hält fest.

Kurze Szenen in grün blitzen auf, Gegenlicht. Was passiert da? Wo ist sie? Dann spüre ich sie, ihr Mund sucht mein Ohr, wir stoßen aneinander. Sie ruft mir etwas zu, sie ruft gegen den Beat. Ich verstehe nur Fetzen, aber einen entscheidenden Fetzen fange ich auf: „Kondom".

Und ich finde das Ding ganz schnell. Das ist reiner Zufall, ein Griff und da lag meine Hose. Ich reiße die kleine Packung auf, ihre Finger tastet mich ab. Sie tanzen meinen Arm entlang. Sie findet, was sie will. Jetzt ist ihr Mund an meinem Schwanz. Zwei, drei Mal lutscht sie daran, sie macht ihn stramm mit ihrem Mund. Dann macht sie das mit dem Kondom. Sie ist versiert und steigt über mich. Ihre Scham gleitet über mein Bein. Sie navigiert ihren Schlitz über meine Hüfte, ich lege mich hin. Wir fühlen uns in unsere Stellung, denn wir können nur tasten. Zu sehen gibt es nicht viel. Nichts ist zu erkennen, nur Konturen sind da. Schwarze Haare sehe ich. Ansonsten sind da grüne Bildfragmente und jede Menge Nichts.

Da, ein Blitz zeigt mir eine Szene. Eine dürre Dämonin hockt über mir. Sie glänzt, sie phosphoresziert. Dann wieder Schwärze. Ihre Hand findet meinen Schwanz, er findet ihr Loch, sie sinkt auf ihn, ich bin ihn ihr und sie auf mir.

Zehn oder zwanzig grüne Lichtreflexe peitschen mit dem Beat. Es ist ein Feuerwerk, es ist surreal, ich sehe in zerhackten Bewegungen ein Teufelsweib auf mir reiten. Ihre Haare fliegen, ihr Hintern schlägt auf mir. Es ist unbequem. Ihre Hände sind auf meiner Brust, ich spüre ihre Fingernägel. Sie krallt, sie greift zu. Sie tut mir weh. Ein grüner Dämon, fickt mich. Ist das geil!

Ich will es verzögern, ich greife nach ihr. Ich ertaste ihre Brust. Sie ist feucht, sie ist heiß, sie schwitzt. Ich schlage ihre Brüste. Sie fickt fester. Ich schlage mehr. Sie lässt nach.

Im Gegenlicht sehe ich ihre Kontur, ihr Haar fliegt und klebt dann wieder nass an ihr. Und da ist etwas hinter ihr. Ich werde abgelenkt. Was ist das? Wieder nur Schwärze, da war etwas, sie fickt weiter. Ich lasse sie los. Wieder Licht, wie aus dem Boden gewachsen ist da eine Szenerie vor mir: Hinter ihr stehen vier Gestalten. Wie bizarr das ist! Männer, es sind Männer! Doch eher Zombies in grünem Licht. Das Licht flackert, die Männer wanken wie in Trance. Sie machen diese Bewegung: Sie onanieren.

Einer hat lange Haare, wahrscheinlich ist er blond, denn grünes Licht illuminiert sein Haar. Es ist der hellste Punkt im Raum. Er wirkt unglaublich kalt, abstoßend, aber es ist nicht bedrohlich, denn das Ganze ist nicht von dieser Welt. Es ist zum Lachen fast.

Er nähert sich meiner Reiterin, er streckt ihr seine Hüfte entgegen. Das ist Angebot und Aufforderung zugleich. Die Höhe stimmt, sein Schwanz dürfte auf ihrer Mundhöhe sein. Das Stroboskop setzt ein. Die Bilder ruckeln. Sie streckt ihren Arm in seine Richtung, ihre Finger sind weit gespreizt. Sie drückt in weg.

Wieder Licht, wieder grün. Die Typen weichen zurück. Die vier versinken ganz langsam rückwärts wankend in einem grünen Meer aus Licht und Schatten. Ich denke an Vampirfilme, auch da wanken die Untoten so. Die Musik peitscht. Sie sind weg, eine halbe Silhouette ragt noch ins Licht, jetzt nur noch ein Kopf, jetzt Dunst, Schwärze – was für ein Film!

Meine Reiterin ist aus dem Takt. Das Ganze hat sie verwirrt. Sie sucht nach einem Rhythmus, sie will Anschluss finden an eben. Vier, fünf Stöße, dann richte ich mich auf. Jetzt sind wir Brust an Brust und sie sitzt in meinem Schoß. Sie ist klitschnass, ihre Haare kleben an ihr. Unsere Körper gleiten aneinander, ein nasses heißes glitschiges Gefühl. Wir haben wieder Takt. Ich greife von hinten mit beiden Händen auf ihre Schulter. Ich kralle meine Finger in ihre Haut und stoße sie jedes Mal fest nach unten. Ihr Gesicht ist nah. Wir sind Auge in Auge bei ganz wenig Licht. Nasse Haarsträhnen klatschen mir ins Gesicht. Konturen ihres grünschwarzen Gesichtes direkt vor mir. Die Musik sirrt in hohen Tönen, der Beat lässt den Boden vibrieren, wieder Stroboskop. Ihre Hände rutschen über meinen Rücken und meine Flanken, sie gleitet ab, sie gleiten über meinen Schweiß.

Plötzlich kommt sie: Sie wird stocksteif. Ich presse sie an mich, Gesicht zu Gesicht ineinander sitzend mit meinem Schwanz in ihr.

Drei Mal stoße ich sie auf meinen Schoß, dann wird sie weich. Sie umarmt meine Hals, ihr Mund sucht den meinen, sie küsst mich. Sie leckt und sie keucht.

Sekunden bleiben wir so. Um uns spielt das Licht. In Grün sehe ich ihren Arm auf mich zukommen, ich fühle ihre Finger auf meiner Brust, sie stößt mich zurück auf die Matte. Aber da ist etwas hinter mir. Da ist jemand hinter mir. Ich fühle Haut und etwas Hartes. Ich wende mich um und sehe nichts, das Licht reicht nicht aus. Ich taste weiter nach rechts, dort ist Raum und ich rücke dorthin. Mein freiwerdender Platz wird schnell gefüllt, jemand stößt mich an. Ich wende mich wieder zu ihr. Sie steht als schwarze Silhouette vor grünem Hintergrund, sie hebt die Arme zum Kopf, sie sucht mich. Sie weicht zurück. Zwischen uns gleiten zwei Figuren hindurch, sie kreuzen von links nach rechts. Einer streift mich. Beide haben Bärte, kann ich erkennen. Dann krabbelt noch eine Person, halb über mich nach links; eine Frau war das, glaube ich. Die Musik setzt aus - Stille. Der akustische Schwebezustand kollabiert – Aber nur fast, die Musik setzt wieder ein. Flirrende Töne, jetzt wieder Beat, auch das Licht flirrt, zur Abwechslung flirrt es in blau.

Meine Partnerin hat mich wiedergefunden. Ich sehe ihr Haar, ich erkenne sie an ihrer Hitze, ich erkenne sie an ihrem Schweiß. Sie lässt sich bei mir nieder. Nasse Haare fallen auf meine Hüfte, ihr Mund ist an meinem Schwanz. Sie bläst, sie beginnt langsam, dann stockt sie, lässt kurz von mir ab, dann macht sie weiter. Sie lässt sich Zeit. Sie kniet zwischen meinen Beinen. Ich liege. Sie streckt ihre Unterarme über meinem Oberkörper aus und spreizt die Finger auf meiner Brust. Das fühlt sich schön an, irgendwie liebevoll und besitzergreifend zugleich. Nur mit dem Mund nimmt sie und tief und stark und heftig. Das Licht wechselt zurück von blau zu grün. Es ist schön sie so zu sehen. Ein schönes, sehr verschwitztes Bild. Ihr schwarzer nasser Kopf geht auf und ab, auf und ab, auf und ab. Sie bläst, wie sie fickt: Wie ein grüner Dämon.

Bloß nicht aufhören! Sie soll jetzt bloß nicht aufhören! - Macht sie auch nicht. Sie macht weiter, ganz gleichmäßig, immer auf und ab. Dabei spielt sie mit ihren Fingern auf meiner Brust. Ihre Sanftheit ist ein drastischer Kontrast zum Beat und der sirrenden Musik. Ganz schön schräg ist das hier. Die Musik tritt zurück, ich höre sie kaum noch. Ich schließe die Augen. Ich spüre ihre Finger kreisen und dann …, und dann eine Explosion. Ich komme! Ich schieße in ihren Mund. Ihre Finger greifen zu und sie drückt ihren Kopf ganz tief, so tief sie nur kann. Sie würgt, ich kann es fühlen. Sie schluckt und würgt zugleich.

Ich öffne die Augen, das Licht flimmert. Sie blickt langsam hoch, zieht ihre Arme zurück und wischt sich mit dem Handrücken über ihren Mund. Ihr Körper glänzt im Gegenlicht. Das Bild ruckelt, Stroboskop! Hinter ihr krabbelt jemand vorbei. Noch eine zweite Person erscheint im Gegenlicht.

Mein Mädchen krabbelt zu mir hoch. Ein scharfes Bild: Eine grün glänzende Dämonin krabbelt wie eine Spinne zu mir. Jetzt ist ihr Kopf bei meinem und sie streicht ihr Haar aus dem Gesicht. Nass fällt es zur Seite.

Jetzt gucke ich dumm: Sie ist nicht mein Aufriss! Das ist eine andere Frau! Ein Lichtreflex aus der richtigen Richtung gibt mir Gewissheit: Die Bläserin war nicht meine Reiterin. Sie hat eine ähnliche Bauart, auch ihr Haar ist schwarz, aber sonst… Ich staune nicht schlecht. Sie sieht meinen Blick. Das Licht reicht aus: Sie grinst. Jetzt wird sie tatsächlich kokett. Noch eine Haarsträhne zieht sie sich aus dem Mund. Lasziv betrachtet sie ihren Finger.

Sie legt sich zu mir, kuschelt sich an mich und ruft in mein Ohr: „Ich habe Dich verwechselt. Aber, ist doch egal, wen man fickt, Hauptsache geil."

Ich drehe ihren Kopf und gebe ihr einen Kuss auf den Mund. Unsere Blicke treffen sich. Sie lächelt. Der Beat wummert. Dann legt sie ihren Kopf auf meine Brust.

Auch ich muss lächeln. Über mir in der Luft wandern grüne Finger aus Licht.

Meine neue Bekannte ist keine Philosophin, von Romantik keine Spur, aber verdammt: Sie hat Recht!

Kati kommt an

Ein Seitenscheitel leuchtet in rotem Gegenlicht, ein Profil, eine Bewegung, ich erkenne sie und alles ist wieder da!

Die Kati. Das ist die Kati!

„Weißt du, was ich am merkwürdigsten finde?", fragte sie damals und ich machte den Motor aus.

„Wenn ich auf der Kirmes bin, habe ich innerhalb einer halben Stunde drei Mal eine Hand auf dem Arsch, aber dort auf so einer Party stehe ich fast nackt und es passiert nichts. Niemand macht das. Woran liegt das?", fragte sie. Sie fragte sich das.

„Weil die Männer auf diesen Partys nicht ganz so hilflos sind. Nicht ganz so!", antwortete ich. Sie lächelte, nickte und schwieg. Eine Pause entstand.

„Danke fürs Mitnehmen.", sagte sie artig. Sie lächelte, gab mir einen Kuss und öffnete die Autotür.

„Schlaf gut", sprach ich, „Du auch", sagte sie und die Autotür fiel zu.

Gut geschlafen hat sie damals nicht. Zu voll war der Kopf mit neuen Bildern und Szenen und Fragen. Das schrieb sie am nächsten Tag. Das sei normal, schrieb ich zurück.

Wir haben uns nie wiedergesehen. Das letzte Mal sah ich sie in dieser offenen Autotür. Keine Ahnung warum. Da war irgendetwas. Hatte sie Stress im Job, oder hat sie jemanden kennen gelernt? Egal.

Auf jeden Fall haben wir uns nicht wiedergesehen. Noch ein paar Mal geschrieben haben wir uns, doch dann verlor es sich. Noch einmal zu einem Geburtstag gab es ein „Hallo wie geht's?", glaube ich.

Der Kontakt zwischen Kati und mir war online entstanden. Sie hat mich angeschrieben, wenn ich mich richtig entsinne. Ja sie mich. Das ist ungewöhnlich. Wir haben uns ziemlich schnell getroffen. Viel geschrieben haben wir nicht. Sie wohnte in Souterrain. Eine kleine Wohnung war das, ein Appartement mit Blick auf eine Wiese. Ich weiß noch wie merkwürdig das war das erste Mal. „Willst du einen Tee?", fragte sie und hatte große Augen. „Ich habe keine Kaffee, trinke keinen, ist das okay?", fragte sie nach. Es war okay.

Smalltalk zum Tee. Sie schluckte und lächelte und trank vorsichtig, ganz vorsichtig. Gaaaanz vorne auf der Sofakante saß sie.

Wie alt war Kati damals eigentlich? Einundzwanzig? Dreiundzwanzig? Irgendetwas in dieser Art.

Sie wollte etwas wissen. Es ging nicht nur um Sex, um Sex machen, nein, sie wollte etwas über sich wissen.

Sie gehört zu der Minderheit der Frauen die schon im Jugendzimmer, oder bei irgendeiner frühen Begegnung, Kontakt zu ihrer Sexualität bekommen haben, zu den Frauen die früh spüren, dass da viel mehr ist in einer Frau, als allgemein angenommen wird. Normalerweise entdeckt eine Frau das Ende dreißig. Viele entdecken es nie. Kati hatte schon entdeckt und deshalb der Tee im Souterrain.

Es hat sie wirklich gegeben diese Szene: Kati saß neben mir auf der Bettkante, die Beine leicht X gestellt und tat einen tiefen Atemzug. „Dann wollen wir mal.", stöhnte sie und kicherte. Ziemlich süß war das. Das ist alles verdammt lange her.

Wir haben uns fünf oder sechs Mal getroffen in diesem Souterrain. Es gab dann auch keinen Tee mehr und von Verlegenheit keine Spur. Ich glaube - sie hat es später auch geschrieben - sie hat erfahren, was sie wissen wollte, zumindest ein wenig davon.

Wir kamen sehr gut miteinander zurecht. Das passte. „Ich kann es mir nur selbst machen", gestand sie beim ersten Mal. „Ich hatte noch nie einen Orgasmus beim Sex." Doch den hatte sie dann, später, beim vierten oder dritten Mal. Ich war ihr erster Mann, mit dem sie einen Orgasmus hatte. Das macht mich ein wenig stolz irgendwie. Das ist ein kleines erstes Mal irgendwie. Das ist ein schönes Gefühl. Tat gut, mir und ihr.

Kati haderte fürchterlich mit ihrem Körper. Völlig grundlos, wie ich ihr eilig und ehrlich auszureden versuchte. Vergeblich natürlich, so wird man diese Idee nicht los, das braucht mehr. Sie war von schlanker Statur. „Ich habe keine Brust." Stieß sie hervor und hob die Hände dahin. Sie hatte Cup A. Ich fand das super. Sie war der felsenfesten Überzeugung, dass sie auspolstern muss.

Ihr Becken war relativ breit, süddeutsch, so wie es bei süddeutschen Frauen verbreitet ist. „Das kann man nicht wegtrainieren.", sagte sie traurig. „Das warum auch?", hörte sie nicht. Am schlimmsten aber fand sie die Wurst. So nannte sie das. Sie hatte oberhalb des Beckens rundum eine leichte Wölbung. Sie war wirklich nur leicht. Wenn ich sie leckte und über ihren Bauch sah, war da eine kleine Düne, die sich erhob. Mehr war es nicht. In ihren Augen hatten die Düne das Format der Vogesen, mindestens. Es war der Grund, warum sie nur weite Sachen anzog. Hat sie erzählt. Angezogen habe ich sie kaum erlebt.

Sie hatte einen Spleen: vor dem Sex zog sie die Vorhänge zu. Die Fenster gingen zwar zur Wiese hinaus und – wir trafen uns Tagsüber – es war nur mit viel Mühe möglich in dem dunklen Appartement etwas von draußen zu sehen, aber sie musste die Vorhänge zuziehen. Sie knickte den Stoff um an den Seiten und unten herum. Ein Spalt Licht war okay, aber auf keinen Fall sollte jemand hineinsehen können. Die „Gefahr" war absolut theoretisch. Niemand lief je auf der Wiese herum.

Die Vorstellung, beim Sex gesehen zu werden, machte sie panisch. „Um Gottes willen, nein!", spuckte sie aus auf meine Frage, ob sie exhibitionistisch sei. Meine Meinung dazu behielt ich für mich. Ich sah ja, wie sie sich bewegte vor dem Bett und beim Gang zum Kühlschrank splitternackt; da kann man das nämlich erkennen. Immer. Es ist dieses Stolze im Gang, das ist verräterisch. Vertraue nie darauf, was eine Frau über ihre Wünsche sagt, beobachte ihren Gang!

Ich hatte ihr von den Partys erzählt. Von diesen Fetischfeten, wo Sex zwar stattfindet, aber nicht im Mittelpunkt steht. Wo sich Frauen und Männer zeigen, Feiern und aneinander andocken. Dort sirrt die Luft vor Sexualität und doch wird sie nur selten ausgeführt. „Das sind nur wenige, die dort Sex haben. Das ist kein Swingen. Die meisten laufen schau, treffen Bekannte, genießen das Sirren in der Luft. Auf der Matte, dem Pranger, dem Fickbock, oder an der Bar Sex das machen nur… hm … das machen, nur die ganz freien im

Kopf und frei sind nur wenige. Oder die ganz blockierten.", aber Letzteres erklärte ich nicht.

„Nimmst du mich einmal mit?", fragte sie. „Na klar, warum nicht?"

Und ein Hin- und Hergelaufe durch den Raum war dann von ihr. Eine Idee war geboren und ausformuliert. „Und wie ist dies und das und Jenes?" Löcher in den Bauch gefragt hat sie mich. „Und wenn… und wenn … und dann …?", fragte sie und ich schmunzelte. „Ich muss nichts machen, wenn ich nicht will?" „Was soll ich anziehen?" „Ich könnte auch nackt gehen!", phantasierte sie. „Theoretisch schon, doch ich rate ab.", riet ich ihr. „Langsam, langsam am Anfang, du wirst deine Geschwindigkeit schon finden.", erklärte ich ihr.

Sie war sich nicht sicher, schwankte einen Monat zwischen „ich komme mit" und „lieber doch nicht" hin und her.

„Das Schlimmste was dir passieren kann, ist, dass du gefickt wirst.", erklärte ich. Vielleicht war es das, vielleicht hat sie genau das überzeugt.

Einkaufen mit ihr. Sie ist nicht die einzige Frau, mit der ich in meinem Leben erotische Kleidung kaufen war. Aber sie war die Schwierigste.

„Korsage – nein, das mache sie noch dürrer und die Hüfte so breit." „Andererseits Korsage ja, weil man oben so gut auspolstern kann, aber nein, wie das sitzt obenrum, und wie ist das mit der da…? Nein, etwas ganz Anderes wäre mir lieber …" „Ich kann doch nicht ohne Slip drunter auf einer Party stehen!" „Das ist mir zu nackig", „das ist mir zu brav", „haben Sie etwas Weites?", doch dann: „Nein, das ist mir wie eine Gardine."

Schwierige Kundin. Die Verkäuferinnen in Fetischläden haben den Geduldsnobelpreis verdient, generell, aber besonders bei ihr.

„Meine Brust auf keinen Fall frei. Auf gar keinen Fall!" „Aber in diesem Bustier, das hält nicht, da ist ja nichts, nichts was es verdecken kann." Das ging so und immer so weiter. Ich glaube, als ich die dritte Zigarette rauchte vor der Tür, fiel ihre Entscheidung. So oder so ähnlich wird es gewesen sein.

Dann standen wir Schlange vor der Party. Sie hatte einen Mantel über ihr Outfit geworfen. „Da umziehen? Niemals da sieht man doch…" Ich stimmte ihr zu. Sich auf Feten umzuziehen ist nicht schön.

Ihre Hand ganz feucht in meiner. An der Zigarette zog sie viel zu schnell, die Glut kam gar nicht hinterher.

Starrer Blick von Kati zur Doorbitch. Kati gefror fast zu Eis. Die ersten Schritte hinein in das Foyer waren ungelenk. Ihre Augen sprangen hin und her. Das ist normal. Ich erinnere mich. War bei mir auch nicht anders, beim ersten Mal. Es ist eine andere Welt. Diese Partys sind eine andere Welt. Dir scheinen die ersten Momente, als stehe die Welt auf dem Kopf. Da stehen Frauen und Männer, die invers gekleidet sind. Sie sind komplett bedeckt nur die Scham und die Brust ist frei, oder sie sind komplett in Latex und Gasmaske. Das muss man erst einmal in sein Wahrnehmungskonzept integrieren. Das dauert ein wenig. Das braucht ein wenig Zeit.

Wir sahen uns erst einmal um. Hand in Hand streunten wir herum und nahmen einen Drink an der Bar. Sie wurde schnell ruhiger. Nach einer Viertelstunde war ihr Puls wieder normal. Sie lächelte, schüttelte den Kopf und rieb sich die Stirn. Ich ließ sie, sagte nichts. Sie kam an.

Später ließ ich sie alleine. Sie wollte das so. Die Angst war verflogen. Ihr war wohl klar geworden, dass diese Menschen dort ihr ganz bestimmt nichts Böses wollen. Die haben zu tun. Die fahren alle ihren eigenen Film.

Ich kehrte immer wieder zurück zu ihr. Sie grinste unter dem Seitenscheitel. Ich denke, sie war stolz, stolz ob der eigenen Courage. Sie hatte es geschafft, sie war drin. „Alles gut?", fragte ich dann und wann und sie nickte eifrig. Ihre Scheitelfrisur wippte und die Augen glänzten. Wir tanzten zusammen und später alleine.

Sie kam an, auch bei den Anderen. Ich stellte sie hier und da vor. Erstaunlich – ich hatte sie ja noch nie in Gesellschaft erlebt – griff sie die zugeworfenen Fäden auf gar nicht schüchtern. Sie flirtete mit Männern. Zunächst etwas verzagt, doch dann schon fast frech. Es stellte sich heraus, sie war sehr souverän. Ich schnappte zufällig auf, wie sie gefragt wurde ob sie ... „Nein, sorry, nimm es mir nicht übel ...", antwortete sie und legte ihre Hand auf seine Brust „... Ich bin das erste Mal hier. Reicht nur, wenn ich erst mal tanze.", lehnte sie seine Anfrage ab. „Waaas das erste Mal? Echt? Das merkt man dir aber ...", sprach er dann den Standardsatz. Ja, die Kati kam an.

So war es dann auch nicht ich, der ihr Darkroom zeigte, sondern ein anderer. Naja, Darkroom stimmt nicht ganz. Es ist zwar dunkel, aber nicht ganz. Es ist abgetrennt durch Vorhang und Wand und dort geht es zur Sache. Ich weiß nicht, wie man diesen Raum politisch korrekt nennt – Fickraum?

„Ich habe da nix gemacht. Never!", erklärte sie auf der Rückfahrt. „Aber ich wollte mir das mal ansehen und er hat so nett gefragt." Sie grinste. Ihr Blick war fest. Ihr Herz schlug den ich-habe-etwas-Tolles-geschafft-heute-Nacht- Takt. Ich konnte ihn hören. Sie saß im Beifahrersitz.

Und dann kam die Szene mit der Autotüre. Wir haben uns nie wiedergesehen, wir sind einander nie wieder begegnet, haben uns nie wieder verabredet. Hat sich so ergeben, da ist Zufall dabei. Nein, das stimmt nicht: Unsere Zeit war vorbei.

Die Kati! Und jetzt steht sie dort, kaum zehn Meter von mir mit ihrer Scheitelfrisur. Sie hat mich nicht gesehen. Sie ist viel zu beschäftigt. Sie lacht. Sie hat eine weiche Katze in der Hand und schlägt eine Frau. Sie schlägt sanft. Sie lacht abermals, bestimmt schallend laut. Sie legt den Kopf in den Nacken dabei. Bei der Musik kann ich ihr Lachen nicht hören, nicht über diese Distanz.

Sie tritt zurück, ist jetzt nicht mehr verdeckt. Jetzt kann ich sie komplett sehen. Sie ist nackt. Nur Highheels hat sie an und einen Riemen um den Hals. Sie spricht irgendetwas zu dem Kollegen der die Geschlagene von eben – ich kann es nicht sehen – fingert. Ich nehme an, er fingert sie. Es sind die typischen Bewegungen. Kati zieht die Lederriemen der Katze durch die Hand. Jetzt legt sie sie weg. Sieht gut aus, wie sie das macht. Sieht gut aus, wie sie dort steht. Kati, du siehst sehr gut aus!

Sie kniet sich vor die Frau, ist jetzt wieder verdeckt. Ich sehe nur die Unterschenkel von ihr. Ich kann mir denken, was sie macht. Der

Mann hantiert an seinem Gürtel, öffnet da etwas. Kati öffnet mit. Ihre Hand erscheint auf seiner Rückseite. Sie hält sich fest an ihm dabei.

Die Kati. „Kati", denke ich. „Boh, Kati bist du groß geworden." Ich lächle.

„Schön", sage ich unhörbar leise und verlasse den Raum.

Alles zu seiner Zeit

Bambus, überall ist Bambus. An der Decke ist es, an den Wänden ist es, sogar die Liegen sind gemacht daraus. Zwischen den Liegen stehen Hocker. Stapel mit Handtüchern stehen bereit zum Gebrauch. Fein säuberlich sieht das aus. Das Licht ist gedimmt in orangerot. Der Raum ist lang. In der Mitte ist ein Gang. Liegen und Matten säumen ihn. Gemütlich ist es hier. Musik sirrt durch die Luft und geplaudert wird dort und hier.

Ich liege auf einer Matte am Kopfende des Raums. Vor mir, Haut an Haut, liegt dampfend fruchtbar eine Frau. Sie ist das sprühende Leben. Sie ist jung, schlank und hat – das ist meine persönliche Meinung – die schönsten Brüste der Welt. Den Verdacht der Voreingenommenheit weise ich von mir. Ich übertreibe nicht. Ich sehe, was ich sehe. Drei Handbreit vor meinem Gesicht sind sie. Zwei zarte Kegel streben dort in die Luft. Sie erinnern mich an junge Vulkane. Was für ein Panorama! Diese Brüste, diese Haut, dieser Bauch, ihre Hüfte, ihr Gesicht und das in diesem Licht…

Sie ist nackt, fast, bis auf Schuhe und Slip. Schrieb ich das schon?

Ich werde beneidet. Wir sind nicht alleine im Raum. Schauen wir den Raum entlang, dann sehen wir dort Männer sitzen. In strategisch gewählten Abständen lungern sie auf Liegen herum. Sie schauen den Raum hinauf und hinunter. Mal hier hin, mal dort hin, blicken sie und natürlich blicken sie zu uns. Meine Begleiterin ist die attraktivste Frau im Raum. Mit der zweitattraktivsten Frau unterhält sich ein Mann weiter vorn.

Es wird geraucht. Die Luft ist sichtbar. Mit dem Zigarettenrauch mischt sich ein Duft der Marke Verzweiflung. So viele Männer und so wenig Frauen. Wir sind im Swingerclub.

Die Frau an meiner Seite, wendet ihr Gesicht zu mir. Sie spricht. Wir lachen. Ihr Gesicht ist ganz nah. Ich fühle ihre Wärme. Ich beuge mich über sie. Mein Arm berührt ihren Bauch, dann streift mein Bauch ihre Brust. Ich drücke meine Zigarette in den Aschenbecher und gleite zurück.

Heiß ist es. Winzige Schweißperlen stehen auf ihrer Stirn. Sie glänzt. Ihre Hand streicht an ihrer Flanke entlang. Sie streift die meinige dabei.

Es ist ihr Kopf. Ihr Kopf fickt mich, nicht ihr Körper. Geile Titten hin oder her, was mich zu ihr zieht, ist, was in ihrem Kopf ist; da innen drin unter dem blonden Schopf, das was da drin ist, das turnt mich an! Das unterscheidet sie. Blond und scharf sind viele. Was sie sagt, was sie spricht, was sie denkt, was sie tut und was sie unterlässt, mit Anfang zwanzig, fängt mich ein. Das verfängt mich an ihr. Das!

Wir kennen uns länger. Wir kennen uns nicht nur von hier. Sie ist sie. Ich will sie. Und wie ich sie will! Ich möchte sie spüren, riechen, schmecken, fühlen, außen, innen, oben, unten, das ganze Repertoire. Ich glaube, das nennt man Lust.

Hinter uns ist eine Nische. Ein klatschendes Geräusch schubst uns aus unseren Gedanken.

Rhythmisch klopft Haut auf Haut. Wir schauen hin. Das passiert automatisch. Das ist ein Reflex. Wir müssen uns aufrichten, um sehen zu können. Kurz liegt ihr Arm auf mir, so warm.

Eine Frau bekommt es besorgt. Es ist ein Sandwich. Sie ist eingeklemmt zwischen Männern und in jedem Loch steckt ein Schwanz. Ach ja genau, in jedem Loch, an ihrem Kopfende hockt noch einer auch. Er stopft ihr den Schwanz in den Mund. Sie rumort. Sie stöhnt. Sie findet es geil und ächzt. Die Männer ächzen auch. Klatsch, klatsch, klatsch - klatscht Lende auf Hintern. Der Anblick ist mittelästhetisch. Diese Formulierung ist vorsichtig gewählt. Ficken ist nicht schön. Sex ist nicht schön anzusehen, das ist ein Gerücht. Soll Sex gut aussehen, muss man viel inszenieren. Man braucht sehr schöne Menschen dafür. Ihre Schönheit muss das Plumpe kaschieren, denn der Akt ist plump. Hier sind die Menschen normal. Der Sandwich hinter uns, sowohl Brot wie auch Belag, sind ästhetischer Durchschnitt. Noch etwas fehlt bei dem Getreibe hinter uns, nicht nur die Schönheit der Menschen: Es gibt einen Unterschied zwischen Geilheit und Lust. Lust ist ästhetisch, immer.

Meine Begleiterin und ich wechseln einen Blick. Wir sind uns einig. Nicht alles will man immer sehen. Wir besprechen es auch. Sie rückt zu mir. Ich fühle mehr von ihrer Haut. Sie macht es sich bequem. Müde ist sie, sagt sie. Nach Hause geht sie gleich, sagt sie auch.

Ich überlege. Nein, ich fühle in mich hinein. Rennt mir da gerade Gelegenheit davon? Mein Inneres zittert vor Wollen, aber weder Schwanz noch Erregung stellt sich auf. Der Ort bremst mich aus. Es ist der Ort!

Ich könnte Geilheit erzeugen. Ein wenig reiben an ihr, vielleicht reicht ein bestimmter Gedanke an sie, und …

Ich hadere mit mir. Die Frage, soll ich, oder soll ich nicht, pendelt in mir.

Meine Hand liegt auf ihrem Bein.

Ich schaue durch den Raum. Wir schauen durch den Raum. Ich mag Swingerclubs. Besonders mag ich diesen hier. Swingerclubs bieten der Geilheit einen Rahmen.

Ich mag die Menschen hier. Ihre gemeinsame Denke mag ich. Ich teile ihre Meinung, dass Sexuelles plump, einfach und ungebunden sein darf. Ich mag diese dunklen Räume, diese Nischen, dieses Ambiente, die Nina hinter der Theke und ich mag, dass dies alles überhaupt nicht liederlich wirkt. Ich mag diese Normalität und ich mag den Gedanken, dass spritzende Schwänze, geöffnete Muschis, schluckende Münder und fingernde Finger etwas Menschliches sind. Hier wissen alle, wie gut das tut und das man es ab und an feiern soll. Das ist Geilheit, die muss raus, ungezielt. Ich finde das gut.

Aber nicht immer. Alles zu seiner Zeit.

Ich gebe meiner sehr nahen, sehr warmen Begleiterin einen Kuss auf den Mund. Es bleibt ein Bussi, ganz bewusst. Damit besiegle ich einen Entschluss. Sie weiß nichts davon. Ich habe alleine beschlossen.

Meine Hand bleibt, wo sie ist.

SIE, jetzt, hier, nein. SIE demnächst, woanders, gerne.

Hier geht nur Geilheit. Ich aber will Lust. Lust gemeinsam mit ihr! Geilheit ist mir zu wenig.

Freier Fall

Diese Geschichte gehört nicht hierher. Sie passt nicht, hat ein anderes Thema, eigentlich. Dann aber doch. Man ist nicht immer stabil. Der Mensch hat Probleme und diese Partys sind ein Reaktor für Probleme. Schneller und heißer laufen sie ab. Nicht immer schön. Also, deshalb doch diese Geschichte hier:

Die Party tobt. In alle Richtungen schieben sich Leute, halbnackt und voller Schweiß. Die Beats wummern, die Luft sirrt von der Musik, dem Sex und dem Ansprechen wollen und nicht können. Fetischfete ... und ich mittendrin. Lauter bekannte Gesichter sind da. Ahh, da ist die Dingsbums. Ich begrüße sie. Wir tauschen Worte, rufen uns zu. Es sind Satzfetzen, die wir da rufen, für ganze Sätze reicht es nicht. Es ist zu laut. Ich lache. Wir zwinkern. Sie geht und versinkt in der Menge.

Alles ist gut, alles ist gut, alles ist gut. Ich lächle, wende mich zu meinen Leuten. Sie tanzen und ich wende mich ab. Ein Impuls in mir flackert auf: Ich will irgendwohin. Und da: Etwas schert in mir ab. Etwas rutscht zwischen mir und meinem Verhalten. Die Musik erscheint mir leiser, die Bilder verlieren Kontrast. Noch ist es ganz wenig, ist kaum spürbar. Es beginnt. Ich kenne das und wann es endet, weiß ich nicht, vielleicht sofort, vielleicht gleich. Ich gleite durch den Raum. Begrüße XY, wir geben uns five. Ein Autopilot bewegt meine Lippen. Ich erzeuge Text. Es macht Sinn, was ich spreche, der Andere nickt. Was ich spreche, weiß ich nicht, oder kaum. Handeln und Gefühl sind getrennt. Meine Psyche hat sich abgeschert, aufgeteilt. Es ist wie ein Traum.

Ich gleite. Mein Erleben zerfällt in Szenen. Ich sehe in Sequenzen. Sehe eine Frau in flackerndem Licht. Begehrenswert ist ihre Figur; nein, ich sehe nicht, ich sehne die Frau und gleite weiter, gleite weiter, ruhelos durch den Raum. Ein Paar, das spricht, ein anderes Paar sucht sich. Paar sind die noch nicht. Er versucht es. Ich sehe, was er tut und in mir schreit: „Warum nicht ich?" Links neben mir wird gelacht. Man ist miteinander verbunden, prostet sich zu. Ich nicht. Abgeschert. Fünfhundert Leute und ich bin allein. Ich bin nicht hier. Ich bin nicht dabei. Mein Torso ist im Club, mein Körper ist da. Er agiert, er reagiert. Mein Gefühl, meine

Wahrnehmung, mein Ich, mein „ich will", „ich brauch", „ich möchte", „ich weiß", ich Kind, mein ICH … ist allein, allein in mir. Sie sinkt hinein in meinen inneren Raum. Alles ist gedämpft, ein wenig farblos, Schlieren wabern durch das Bild. Die Außenwelt taucht hinter Gaze.

Jetzt bin ich im Freien. Ich rauche und stelle mich an den Rand der Menschenmenge. „Stell dich nie an den Rand, das ist immer scheiße!", erinnere ich mich. Eine mahnende Stimme sagte das einst. Ich erinnere mich, höre die Mahnung, überlege, aber nein, zu spät, zu tief, zu viel in mir bin ich, zu viel in meinem Raum. Ich stehe am Rand und hier stehe ich gut, entscheide ich.

Ich rauche. Ich lächle sogar. Begrüße den Oli, gebe ihm Feuer. Es ist enorm, was der Autopilot kann. Wie echt das scheint.

Mein Gefühl, mein ICH, mein Wollen, meine Sehnsucht, meine Wünsche, mein „Geben wollen", meine Verzweiflung, meine Hoffnung schwebt mit mir in meinem Inneren. Wir halten ein Gleichgewicht. Ein Schwebezustand im Vorraum zur Hölle. Ich weiß, wie schlimm es sein kann, erahne. Bloß nicht fallen, fühle ich. Mir gruselt, doch das Schweben gelingt.

Ich betrachte die Menschen. Sie sprechen, sind hier, fassen einander an, reden und tauschen Gefühle. Ich beobachte sie dabei. Wenn mich nicht alles täuscht, stehe ich hier seit einer Stunde. Schwer zu sagen, ich habe das Zeitgefühl verloren. Das bedeutet, das würde bedeuten: eine Stunde Schwebezustand. Es ist schlimm heute. Ich rauche.

Vor mich stellen sich zwei Paare. Nein, ein Paar und ein Noch-nicht-Paar. Das ist interessant. Eine analytische Instanz in mir erzeugt Freude, eine andere kreischt. Die Frau gefällt mir. Der Mann gefällt mir nicht. Nicht weil ich neidisch bin – und ich bin es, schließlich ist er lebendig. Darauf ist man neidisch, wenn man ist, wo ich bin. – Nein, ich finde ihn fies. Ich finde ihn wirklich eklig. Er gräbt sie an. Er macht das geschickt. Er ist gut. Und sie sprechen, sie scherzen, sie lachen, sie necken sich direkt vor mir. Diese Beobachtung ist ein Fest. Es ist schön anzuschauen. Irgendetwas in mir schreit, schreit für andere unhörbar laut. Gleich, gleich, gleich küsst er sie. Das wird der erste Kuss für sie, ganz bestimmt. Fünf, vier, drei … nein, oh, sie küsst ihn, nicht umgekehrt. Das ist viel schöner… Ich küsse nicht. „Nicht sie, keine, nie eine.", rollt eine alte Erfahrung in mir. Ich lächle, schaue zu. Ich gönne es ihnen, das Küssen. Wie schön!

Jetzt geht es abwärts. Mein Gleichgewicht zerfällt, meine Psyche nimmt Fahrt auf, hinunter geht es etwas schräg über Links, dann freier Fall. Mein Körper steht und raucht. Mein ICH stürzt mit schrillen Geräuschen hinab in einen Schlund. Der Schlund hat einen Namen, es ist ein Gefühl, ein Zustand, ein altes ICH, ein Grauen, ein: Ich bin allein! Ich falle! Ich falle! Meine Seele zerfällt.

Zeit verfließt, ich weiß das. Es muss so sein. Mein Blickfeld verengt sich. Die Ränder meines Gesichtskreises sind grün, dunkelgrün, fast schwarz. Die Menschen um mich zerfließen zu Gelee. Meine Wahrnehmung kollabiert. Ich bin zeitlos, ich bin Fallen. Alleine. Ich falle alleine, es kreischt allein. Es ruckelt, ich falle, nehme Fahrt auf, etwas reißt an meinem Herz, alleine, etwas Altes schreit, olivgrün, schwarz, rot.

Rot? Da ist etwas Rotes. Da kommt etwas Rotes von Rechts. Es ist … es ist … aus der physischen Welt, es ist außerhalb. Ich erkenne es. Es ist ein Barett. Noch etwas Rotes erscheint. July. Es ist Julys Mund. Sie spricht. Ich rase nach unten, freier Fall. Sie spricht zu mir. Ich versuche… dann ihre Hand. Warm. Ihre Hand in meiner. Warm.

Ich staune: Meine Seele steht, der Sturz ist vorbei. Mein ICH steht!

Ich atme. Etwas rauscht. Leben stürzt in mich. Da ist wieder Farbe. Farbe fliest ins Bild. Geräusche erreichen mich, es wird wieder laut, aber das ist nicht wichtig. Wichtig ist nur: Warm ist die Hand.

Little Tennessee

„Neinnein, es ist nicht so wie du denkst. Es ist nur Hintergrundrecherche für mein Buch" – Das ist die dümmste Ausrede, die es gibt im Swingerclub. Aber sie stimmt.

Swingen ist gar nicht mein Ding. Erst recht nicht HÜ – Herrenüberschuss. Das ist gar nicht meine Welt, da will ich gar nicht hin. Dieser Sex liegt mir nicht. Andererseits: Nur Recherche hat mich auch nicht in diesen Laden gespült, in dem Laden, in dem ich hier bin. Ich bin nicht nur im höheren Auftrag „Recherche" hier. Ich gestehe: Ich mag die Leute hier, das Klima, das ganze Drumherum und so kommt es, dass ich Stammkunde bin.

Irgendwo zwischen Koblenz und Bingen, da wo der Rhein so schön Mittelrhein ist, da steht dieses etwas windige Haus. Es schmiegt sich an die Bundesstraße, klebt ein wenig an ihr dran. Es ist ein langes Gebäude. Im Erdgeschoss ist eine Bar. Sieht etwas verwegen aus. Zum Swingerclub geht es durch den Hintereingang.

„Hintereingang" klingt schmierig. Das stimmt nicht. Es ist nicht schmierig, gar nicht, nichts davon. Sagen wir, bis zur Hintertüre wirkt alles auf halber Strecke zwischen geschäftlich und improvisiert, da irgendwo im Mittelfeld liegt es. Der Briefkasten mit gemaltem Pfeil zur Klingel, ein Schild etwas schief, die Lichterkette ist eine Spur mehr verstaubt als üblich. Das hat so einen Charme des Halbstrukturierten, einen Charme, den man bei Swingerclubs erwarten darf. Bei Säulen aus Stuck und glänzendem Marmor würde ich skeptisch. Das wäre mir zu professionell. Woher kommt das Geld? Frage ich dann. Diese Frage will ich nicht.

Und drinnen? Hier, wo ich sitze, an der Bar und mit meinem Hocker schaukle, rauche und trinke, wie ist es hier? Ich schaue mich um.

Nun, Entschuldigung, ich bin parteiisch. Ich mag das hier. Das ist genau die richtige Mischung für mich. Viel Bambus aber auf keinen Fall Holzpaneel; Liegen und Sitze in Beige, nicht in Rot; das Interieur nicht schwülstig, aber warm; das Licht schummrig, aber nicht düster; sauber, aber nicht steril; verwinkelt, aber nicht riesig und hinter der Theke liegt privater Kram herum. Perfekt, das ist genau mein Ding.

HÜ – Herrenüberschuss. Das bedeutet auf eine Frau, kommen drei bis fünf Männer, rein rechnerisch, rein körperlich auch. Das ist nicht jedermanns Sache, erst recht nicht jederfraus. Die hier, die hier sind um mich herum, die hier stehen, schwatzen, rauchen und vögeln, die stehen drauf.

Manchmal sind die Feten gut, manchmal sind sie schlecht. Das unterliegt dem Zufall, das ist Stimmungssache. Heute ist es mau.

Ich kipple mit meinem Barhocker. Ich schaue mal hier hin und mal dort hin. Hinter mir plaudert Katja, irgendwo hinten ist Lars. Danny vermute ich mit Jacky und den anderen irgendwo hinten auf den Liegen und den Dings, ich habe seinen Namen vergessen, vermute ich irgendwo. Ich bin also nicht allein. Ich bin unter Vertrauten. Man kennt sich.

Hier ist mein Fischgrund. Wie an einer bekannt guten Stelle für „auf Forellen" sitze ich hier an der Bar und werfe meine Angel aus. Ich bin auf Angeltour.

Aber die Fische beißen nicht.

Bitte keine Missverständnisse: Meine Fische, meine Beute, sind keine Frauen. Heute nicht, so ist das nicht. Ich warte, dass eine Geschichte anbeißt, oder zumindest ein Teil einer Geschichte. Ich bin auf Geschichtenangeltour. Ich warte auf Szenen, Begegnungen, Personen, die mich inspirieren. Normalerweise habe ich nach so einer Tour genug Handlungen, Bilder und Plots im Köcher zappeln. Das reicht dann eine Weile. Aber heute, nun, heute ist es mau. Die Stelle ist gut, das weiß ich, aber das Klima ist lau.

Also kipple ich mit meinem Barhocker und schaue mal hier und mal dort hin. Nichts passiert.

Doch da: Drei Hocker weiter erscheint eine Frau. Sie taucht auf, wie aus dem Nichts. Ich vermute, sie kam aus dem Personalbereich, an mir vorbei kam sie nicht, das hätte ich bemerkt. Und ja, ich sehe es ihr an, sie kennt sich aus. Sie kennt das hier. Sie kennt den Chef, die Chefin, die Theke, die Gläser, sie ist sicher hier. Für mich ist sie neu.

Sie ist interessant. Sie ist interessant, weil sie sich uninteressant macht. Sie betreibt das Gegenteil von allen anderen hier.

Ich strecke meine Fühler aus. Ich höre auf zu kippeln. Das geht jetzt nicht mehr. Ich verlagere meine Aufmerksamkeit zwei Hocker weiter. Meine Sinne wandern, ich bleibe am Platz. Es ist meine Masche, es ist meine Methode, mich einzufühlen in die andere Person. Ich konzentriere mich auf sie, gleiche meine Atmung ihr an, versuche zu fühlen wie sie, versuche zu sehen, was sie sieht, und vor allem tue ich alles, dass sie mich nicht bemerkt. Ich schweige, lausche und schalte auf Empfang.

Sie gibt sich Feuer, hält die Ellenbogen eng, hebt die Flamme zur Zigarette und senkt die Hände wieder ab. Sie schaut auf in die Runde, ihr Blick gleitet, ohne stehen zu bleiben durch den Raum. Sie sucht nichts. Ihr Blick bleibt an keinem Gesicht hängen, nirgendwo, und sie führt ihren Blick zurück zum Ausgangspunkt.

Das ist kein Zufall, das hat Methode. Das war der Blick: „Ich bin da, aber nicht für euch." Jeder Blick ist eine Stellungnahme. Das geht gar nicht anders. Jeder Blick hinterlässt eine Spur im Raum, bei jedem. Sie weiß das. Sie weiß, was sie tut. Sie ist alt genug.

Sie nippt an ihrem Prosecco. Ihr Blick haftet an dem Glas, wandert allenfalls eine Elle weit herum. Sie fühlt sich ein wenig für sich. Sie will das so. Ich fühle sie mit.

Sie ist nicht schüchtern, das ist es nicht. Sie blickt zwar ständig nach unten, aber ihre Augen weiten sich zuvor nicht. Diese Frau ist nicht schüchtern. Überhaupt nicht. Sie ist etwas anderes. Sie ist irgendwie… hm, ach… ich das bekomme ich schon noch heraus.

Sie ist blond. Schönes Haar hat sie. Eine gute Figur hat sie auch. Die Proportionen stimmen. Sie weiß das und lebt darin in angenehmer Selbstverständlichkeit. Zweiunddreißig schätze ich sie. Sehr passendes Kleid für hier trägt sie, besonders, wenn man nicht auffallen, aber Frau sein will. Sie ist stimmig.

Ich habe meine Geschichte gefunden. Ich freue mich. Meine Geschichte sitzt drei Hocker weiter. Sie steckt in ihr.

Sie tut weiter verhalten. Nimmt mit niemanden der Gäste Kontakt auf.

Jetzt wird sie angesprochen vom Sitznachbarn. Er macht das ganz geschickt, harmlos ohne viel Schmu. Er verwickelt sie, fragt sie dies und das. Sie nickt, spricht und ist freundlich, aber wendet sich ihm nicht zu. Ihre Gestik bleibt eng, die Bewegungen sind kurz, die Oberarme bleiben dicht am Körper.

Natürlich belausche ich die beiden. Sie kommt nicht aus der Deckung, lacht zwar hier und da, erzählt ein wenig, aber nicht viel;

große Emotion zeigt sie nicht. Sie bleibt passiv, freundlich verhalten und kommt nicht aus sich heraus. Was ist mit ihr? Da ist etwas mit ihr. Sie ist so nicht. Sie schummelt. Es fällt kaum auf. Ich fühle mich in sie ein, ziehe alles zusammen, was zum Interpretieren gereicht. Da ist etwas mit ihrer Energie. Da ist ein Rückstau in ihr. Da ist ganz viel davon, aber man sieht es nicht. Man ahnt es nur. Komisch. Ich bekomme das schon noch heraus und dann wird sie meine Geschichte von heute und ich schreibe es auf. Eine bessere Geschichte finde ich hier nicht, außerdem ist es angenehm, sie ist sehr hübsch.

Jetzt beugt sie sich über die Theke, greift zur Flasche und schenkt sich Prosecco nach. Das darf nur das Personal. Sie stellt die Flasche zurück. Der Chef spricht sie an und sie antwortet ihm, aber jetzt ist sie eine andere Frau: Ihre Ellenbogen gehen hoch und nach außen, sie trinkt einen großen Schluck, funkelt ihn an im Gespräch, ihre Bewegungen sind schnell, sie lacht bis zu den Augen und pariert gekonnt mit derber Antwort. Sie schüttelt den Kopf fest hin und her, das Haar fliegt, sie spricht weiter mit ihm, er beugt sich vor, sie fasst ihn an, sie dreht ihre Schultern, beweglich ist sie wie ein Aal, da ist ganz viel Mimik in ihr, lautes Lachen, sie wirft den Kopf in den Nacken und wieder nimmt sie einen großen Schluck aus dem Glas. Da ist Gekünsteltes in ihrem Verhalten, aber nur ein wenig, eine Spur, eigentlich ist es echt. So ist sie, gespielt ist das nicht.

Eine Minute später sitzt sie an der Bar lieb und brav. Sie nippt am Glas, vorsichtig stellt sie es zurück, dreht es sogar. Sie ist wieder wie zuvor. Distanziert gleitet ihr Blick durch den Raum, ihre Bewegungen sind eng.

Ich denke, ich habe verstanden. Dieses Verhalten kenne ich. Ich kenne es von mir. So mache ich das auch.

Sie betreibt Energiemanagement, sie spart sich auf, für das, was ihr liegt. Und ihr liegt dieses Set nicht hier. Sie ist nicht freiwillig hier.

Noch einmal schaue ich zu ihr. Entspannt spielt sie mit irgendetwas auf der Theke herum, blickt hoch, ohne andere anzuschauen.

Ja, ich bin mir sicher. Das ist sie, so ist sie. Sie sitzt hier an der Theke und sie sitzt gut. Das ist schon ok hier. Sie ist hier, aber eben nur so. Sie wartet auf einen idealen Moment, auf den passenden Kontext, bis dahin ist sie nur zwanzig Prozent. Sie spart Energie bis es ihr wirklich gefällt.

Gut, also dann nenne ich sie ab jetzt „Miss-zwanzig-Prozent".

Jemand spricht mich an, fragt mich nach einer Zigarette. Ich drehe mich herum und gebe sie ihm. Ich gebe ihm Feuer und wechsle ein paar Worte mit ihm. Dann drehe ich mich herum. Ihr Barhocker ist leer. Miss-zwanzig-Prozent ist fort. So ein Mist, mein Beobachtungsgegenstand ist verschwunden. Und ich weiß, dass er wirklich fort ist irgendwie. So ein Mist, so ein Mist, so ein Mist. Meine Story ist weg. Außerdem war sie eine erwachsene Frau. Es gibt nichts Schöneres als erwachsene Frauen auf dieser Welt. So ein Mist!

Der Abend bleibt mau. Ich sitze später noch mit meinen Bekannten hinten herum. Irgendein Paar beginnt noch einen Dreier vorne links, aber die Luft ist raus.

Noch ist der Abend jung. Also beschließen wir einen Absacker im Cheyenne zu nehmen. Das Cheyenne ist die Bar unter diesem Club. Wir haben es also nicht weit. Nur von Tür zu Tür müssen wir. Etwas müde, nein, eher gelangweilt, machen wir uns auf.

Das Cheyenne ist ein Saloon, zumindest tut es so. In Wirklichkeit sind Saloons dann doch ein wenig anders, da drüben in den Staaten, ich kenne mich aus. Aber, das hier ist eine schöne deutsche Kopie.

Zwischen den Tischen stehen Fässer, die Theke ist eine Mannslänge breit. Alles ist aus Holz oder tut so, die Flaschen glitzern eine ganze Wand voll. Alles ist ein wenig derb und die Bedienungen sind jung und tun auf Cowgirl. So ein bisschen, so ein wenig machen sie das, genau richtig wenig, damit es nicht gekünstelt wirkt.

Wir, Katja, Lars, ich und Dings – ich habe seinen Namen wieder vergessen – stellen uns an die Theke. Die Bedienung, eine Blondine kommt zielstrebig auf uns zu. Ihre Haare sind offen, ihr Bauch ist frei, sie trägt eine Art Bikinioberteil mit Fransen daran. Sie streckt uns vier Finger entgegen auf Augenhöhe. „Vier was?", brüllt sie gegen die Musik und grinst. Sie hebt das Kinn.

Es ist Miss-zwanzig-Prozent. Ach, nee…

Ich beschreibe sie jetzt. Ich beschreibe, was sie tut. Der Rest, was sonst in der Kneipe passiert ist eh nicht so wichtig.

Jemand spricht mich an, fragt mich nach einer Zigarette. Ich drehe mich herum und gebe sie ihm. Ich mache ihm Feuer und wechsle ein paar Worte mit dem Mann. Dann drehe ich mich herum. Ihr Barhocker ist leer. Miss-zwanzig-Prozent ist fort. So ein Mist. Was für ein Verlust! Mein Objekt wurde geraubt, und ich weiß, dass sie wirklich fort ist irgendwie. So ein Mist, so ein Mist, so ein Mist! Meine Story ist weg! Außerdem war sie eine erwachsene Frau. Es gibt nichts Schöneres als erwachsene Frauen. Nichts Besseres kennt die Welt.

Der Abend bleibt mau. Später sitze ich noch mit meinen Bekannten hinten herum. Irgendein Paar beginnt noch einen Dreier vorne links, aber die Luft ist raus.

Noch ist der Abend jung. Also einigen wir uns auf einen Absacker im Chejenne. Das Chejenne ist die Bar unter diesem Club. Da wo das Schild schaukelt im Wind. Wir haben es also nicht weit. Nur von Tür zu Tür müssen wir. Etwas müde, nein, eher gelangweilt, brechen wir auf.

Das Chejenne ist ein Saloon, zumindest tut es so. In Wirklichkeit sind Saloons dann doch ein wenig anders, da drüben in den Staaten, ich kenne mich aus. Aber, das hier ist eine schöne deutsche Kopie.

Zwischen den Tischen stehen Fässer, die Theke ist eine Mannslänge breit. Alles ist aus Holz oder tut so. Flaschen glitzern eine Wand voll. Alles ist ein wenig derb und die Bedienungen sind jung und tun auf Cowgirl. So ein bisschen, so ein wenig machen sie das, genau richtig wenig, damit es nicht gekünstelt wirkt.

Wir, Christine, Lars, ich und Dings – ich habe seinen Namen wieder vergessen – stellen uns an die Theke. Die Bedienung, eine Blondine, kommt zielstrebig auf uns zu. Ihre Haare sind offen, ihr Bauch ist frei, sie trägt eine Art Bikinioberteil mit Fransen daran.

Sie streckt uns vier Finger entgegen auf Augenhöhe. „Vier was?“, brüllt sie gegen die Musik und grinst. Sie hebt das Kinn.

Es ist Miss-zwanzig-Prozent.

Wir bestellen und bekommen etwas Anderes. Miss-zwanzig-prozent wirft etwas diagonal hinter der Theke entlang. In ballistischer Kurve fliegt ein Etwas in den Mülleimer hinein. Große, weite Bewegungen macht die Miss, lässig zieht sie Unterschränke auf. Fünf kleine Gläser klirren auf dem Tisch und eine Schnapsflasche mit Ausgießer liegt in ihrer Hand. Sie gießt ein. In weitem Bogen spritzt giftgrüner Schnaps in die Gläser hinein. Die Flasche fliegt zurück an ihren Platz. Miss-Zwanzig-Prozent trinkt mit, prostet uns zu, wir trinken, wir lachen, erzählen. Ihr Blick ist klar und fest, ihre Schultern sind locker, sie stützt sich auf, sie grinst. Ein Griff und ein Stoß Karten liegen auf dem Tisch. Sie lässt die Flasche kreisen. Protest ist sinnlos. Die Gläser sind voll und stehen in giftgrüner Pfütze. Den Kartenstoß legt sie auf Glas eins.

„Blasen“ ruft sie gegen die Musik. „Immer nur eine Karte, wer den Stoß umbläst zahlt.“ Sie geht in Stellung, spitzt den Mund und bläst. Eine Karte zittert und rutscht in den Schnaps. Sie schnippt zu mir. Ich bin dran. Dann Christine, dann Dings, dann Lars, dann neuer Schnaps, dann neue Karten und bevor es langweilig wird, nimmt sie die Karten wieder weg. Das ist Diebstahl! Aber nein, wie kann man etwas stehlen, was einem gehört und wenn diese Theke inklusive allem Drumherum irgendwem gehört, dann ihr.

Endlich bekommen wir unser Bier. Wir plaudern in der Gruppe. Hinter der Bar läuft Miss-zwanzig-Prozent. Sie bedient, hebt die Arme, gestikuliert, lacht und weist an. Ihre Schritte sind groß, ihre Gesten auch. Selbstsicher ist ihr Temperament. Sie ist zuhause.

Sie macht zwei große Schritte über eine Kiste hinweg. Dann steht sie auf der Theke. Von oben schaut sie uns an. Gut gefällt es ihr da. Sie geht auf der Theke, Schritt für Schritt umschifft sie unsere Getränke. Locker bewegt sie die Hüfte beim Gang. Hinter ihr läuft mit dünnem Strahl Schnaps aus einer Flasche. Entspannt hält sie sie in der Hand, und zieht eine Schnapsspur hinter sich her. Eine lässige Schnapsspur wird das.

Sie springt von der Theke, dreht sich herum und entzündet den Schnaps. Das Feuer klettert über das Holz und brennt blau. Wir werden mit Holzstäbchen ausgestattet, Marshmallows hängen darauf und grillen die Dinger, bis es stinkt. „Boh ist das süß.", spricht Christine und Lars nickt. „Ekelhaft." Miss-zwanzig-Prozent zwinkert und lacht.

Neuer Schnaps. Ein rotes scharfes Gebräu. Nicht alle trinken davon.

Sie putzt die Theke, mit einem Lappen. Der Lappen poliert das Holz mit schneller Rotation. Eine neue Flasche erscheint, ein Spritzer auf die Theke, sie zündet ihn an. Die Theke brennt. Sie wirft den Kopf in den Nacken, ihr Haar pendelt und sie setzt die Flasche an. Sie nimmt einen großen Schluck und behält ihn im Mund. Ihre Arme weisen an, zur Seite zu treten. Wir gehorchen und sie spuckt, der Schnaps brennt, eine Stichflamme entsteht in der Luft lang wie ein Mann. Sie wischt sich den Mund in der Art, wie Cowgirls das tun und setzt die Flasche neu an. Zwei Finger tunkt sie in den Sprit auf der Theke, ihre Finger brennen, sie hebt sie zum V und spuckt feinen Nebel. Eine neue Flamme faucht über die Theke. Miss-Zwanzig-Prozent ist in ihrem Element. Sie spielt mit dem Feuer, aber niemand verbrennt.

Verdammt, denke ich. Das kenne ich doch irgendwo her. Diese Stimmung, diese Theken so breit und angeranzt, so eine Frau auf der Theke, hinter der Theke, diese Show auf der Theke, diese Flaschen, das Feuer, der Glanz in den Augen, dieses besondere Temperament. „Woher kenne ich das denn?", frage ich mich und nippe an meinem Bier.

Miss-Zwanzig-Prozent krabbelt über die Theke. Auf allen vieren gleitet sie wie ein Leguan. Als Leguan unterhält sie sich mit einem Gast, wechselt ihr Wesen, springt herunter und holt ihm ein Bier. Der Kühlschrank ist weit, sie wiegt ihren Schritt und schnippt mit der Hand. Und … na klar, diese Lässigkeit… diese Stimmung, die besagt, dass das wahre Leben an der Theke passiert, das ist wie… genau, verdammt, jetzt weiß ich es wieder, genau, es ist wie damals, damals in diesen Bars in Tennessee. Das ist es! Ich freu mich! Ich bin in Tennessee!

Sie kommt auf uns zu. Sie grinst, taucht ab unter die Theke und erscheint mit einer Flasche in der Hand. Welch eine Überraschung!

Eine Falsche! Sie schüttelt sie ein wenig, der Ausgießer glänzt in Chrom und provozierend schaut sie uns an. Sie lacht und genießt sich selbst.

Dann macht sie einen Satz und hockt auf der Theke. Sie zieht den Kopf von Lars nach hinten, so dass er zur Decke schaut. Sie flüstert ihm etwas ein, er öffnet den Mund und im weiten Bogen fliest der Schnaps. Er schluckt, sie hört auf, er richtet sich auf, sie wirft ihr Haar zur Seite und lacht.

Sie weist auf Christine. Christine ist dran. Christine legt den Kopf in den Nacken, Miss-Zwanzig-Prozent setzt an, deutet an, doch nichts fließt. Sie gibt Christine einen Kuss auf den Mund. Alle lachen. Dann nimmt sie einen großen Schluck aus der Flasche, fixiert Christines Kopf mit der Hand und spritzt mit spitzem Mund dicht vor ihrem Gesicht den Schnaps in Christines Mund. Christine zappelt, hustet und lacht.

Ich bin an der Reihe, lege den Kopf in den Nacken. Miss-Zwanzig-Prozent auch, sie trinkt. Ich spüre ihr Haar auf meinem Gesicht und dann kommt der Schnaps. Er fließt von ihrem in meinen Mund und ich bekomme einen klebrigen Kuss auf die Nase. Wie frech das ist, der Schnaps schmeckt und meine Nase klebt.

„Verdammte Axt!", denke ich und bin glücklich. Ich wische mir die Nase.

Ich scheiß auf HÜ und Sexfete. Das ist doch Mist. Miss-zwanzig-Prozent hat Recht! Das hier ist Leben! Mein nächstes Bier trinke ich hier, hier in little Tennessee, denn hier in Tennessee ist sie hundert Prozent.

Sowas von geheim

Unsere Drinks habe ich dabei. Einen für mich, einen für ihn. Ich habe ihn gesehen, den Markus, oder, verdammt, wie heißt er noch mal, Michael, Thomas? Ach egal, so einen Allerweltsnamen hat er.

Wir kennen uns gut. Wir kennen uns seit meiner ersten Party. Also meiner ersten Sexparty überhaupt. Da stand er so herum, wie er immer herumsteht. Er ist so ansprechbar. Ich glaube, er war der Erste, mit dem ich überhaupt auf so einer Party sprach. So etwas merkt man sich, das bindet. Der Erste bleibt immer jemand Besonderes.

Und jetzt sitzt er hier im Raucherbereich und ich reiche ihm seinen Drink. Alkoholfrei wie immer. Alkohol ist seines nicht. Trinkt er nicht. Ich glaube, er mag keinen Rausch.

Ich setze mich neben ihn, rutsche in die riesige Sofalandschaft. Eine Sofalandschaft unter einem Zelt, dem Raucheraußenbereich. Der Raucherbereich ist für Raucher. Auch. Aber nur auch. Wie auf jeder Fetischfete ist der Raucherbereich der wichtigste Kontakthof überhaupt. Hier lernt man sich kennen. Hier quatscht man und wenn man Bock hat, fickt man hier auch.

Ich versinke im Polster. Markus, oder Michael, oder Thomas prostet mir zu. Sein Kopf wippt, er dankt.

„Und?"

„Letzte Woche Wasteland". Er macht eine Wellenbewegung mit der freien Hand. „Sowas von! Heilige Scheiße." Sein Kopf wippt.

„Top.", antworte ich. Das ist eine kompetente Antwort. Ich war dabei.

Markus, oder Michael, oder Thomas reckt sich. Hält den Drink kurz in die Luft. Das Glas schaukelt eine Weile über seinem Kopf. Eine Gestalt in Leder gleitet neben ihn. Er schlägt ihm auf die Schulter. Ich höre ein „Ey", oder „hey", oder so. Sie kennen sich, stecken die Köpfe zusammen, lachen.

Markus, oder Michael, oder Thomas ist ein Urgestein. Keine Fete gibt es ohne ihn. Egal wo ich hinkomme, er ist schon da, oder er kommt noch.

Etwas untersetzt, immer in Schwarz, ein wenig speckig, sehr bleich. Immer freundlich ist er, ist eher ein ruhiger Typ. Er spricht einen nicht an. Aber spricht er doch, dann geht es los: „Sowas von" „läuft aus der Spur" „Topsteil" „Himmelhoch weg" „ganz ab unten". Sowas von in Art solcher Sätze geht von ihm weg. – Jetzt fang ich auch schon so an...

Der Typ in Leder steht auf, gibt unserem Urgestein eine Five mit der Hand. Eine laue Five, eine laue Geste ist das. Er schleicht davon.

Markus, oder Michael, oder Thomas kann tanzen. Wie ein Wilder tanzt er. Traut man ihm gar nicht zu. Aber er kann. Er steht dann so eine Viertelstunde neben der Tanzfläche, Hände in den Taschen, und wippt mit dem Kopf. Macht er sowieso gerne. Er schiebt den Kopf vor und zurück, vor und zurück, vor und zurück, das alles brav mit dem Beat. Er verdreht die Augen dabei. Der Kontrast ist groß. Das Weiße in seinen Augen und seine dunklen Augenringe, das ist, als läge weißer Kies in schwarzem Split.

Und dann legt er los, ganz plötzlich, wie ein Berserker. Er tanzt wild und gut. Richtig gut. Das können nicht viele. Eine halbe Stunde und es ist wieder vorbei. Ab mit ihm in den Raucherbereich. So macht er das, so tanzt er, es, das Urgestein.

Ich mag Markus, oder Michael, oder Thomas. Irgendwie mag ich ihn. Er gehört einfach dazu. „Geht" „Läuft" „Brummt" „die ist Celebrity" „gangbar" „obsolet" „gut vermittelt", all diese gepressten Vokabeln und diese Gestik dazu frei jedes Inhalts. Das ist erfrischend, das ist alles so einfach, so angenehm schräg.

Ein Mädel schlüpft neben ihn. Eine Elfe in weißer Corsage. Sie küsst ihn auf den Mund. Mitte zwanzig ist sie, gertenschlank. Wippende Brüste streifen seinen Wanst. Sie gibt ihm einen Kuss auf die Wange und legt ihren schlanken Arm um seinen Bauch. Sie lacht ihn an, er tuschelt in ihr Ohr. Seine Hand zupft an ihrer Brust. Sie hält den Kopf schräg und dreht die Augen ganz keck.

Für die Nichteingeweihten: Das ist normal. Man berührt Brüste und was weiß ich, wenn man sich flüchtig kennt. Das kommt vor. Das ist generell erlaubt. Außer es ist verboten. Dann ist es aber verboten, aber so was von verboten. So ist der Code.

Markus, oder Michael, oder Thomas darf. Aber er lässt es schon sein. Brüste sind sein Interesse nicht. Das weiß ich, sie weiß es auch. Sie lacht, er lacht auch. Ein Kuss auf die Wange und schon schwebt die Elfe fort. Direkt trudelt die Nächste ein. Eine warme

Begrüßung, sie lehnt sich über hin, schwarzer Catsuit, mäßige Figur, verlebtes Gesicht mit tiefen Falten darin. Sie küsst ihn auf die Stirn. Ein gedehntes „naaaaa", ein Name fällt.

Markus, oder Michael, oder Thomas kennt sie alle und alle kennen ihn. Alle, wirklich alle, sprechen ihn an, tuscheln schäkern und tätscheln seinen nicht ganz kleinen Bauch. Es ist ein Phänomen, aber andererseits …

Der Catsuit verschwindet. Wir zünden uns gegenseitig eine Kippe an. Wir rauchen. Wir quatschen, wir schweigen. Er wippt mit dem Kopf. Eine Transe gleitet herbei. Etwas ungelenk, stöckelt die Der auf ihren Highheels. Na ganz nüchtern ist die nicht. Sie stützt sich schwer auf den Sitz. Das Urgestein nickt. Das Urgestein lacht. Wie freundlich er immer ist!

Ira schlägt zwischen uns ein. Wie ein Meteor fliegt sie in den kleinen Spalt zwischen Markus und mir. Sie begrüßt mich stürmisch. Total überdreht ist dieses Hühnchen. Sie knutscht mit mir. Drei Sekunden, dann holt sie Luft. Große Augen, schöne Augen, weite Augen, strahlende Augen. Überdreht und nackt ist sie, bis auf einen Slip. Nein, ich habe mich geirrt, es ist nur ein Rest Tape, von Slip keine Spur. „Den Rest habe ich verloren", erklärt sie und dreht die Hände wirr in der Luft. Sie kichert.

„Du beklopptes Huhn", tadele ich und schlage ihr auf den Hintern. Sie dreht die Hüfte, die Muschi hin zu mir. Ich schlage auf das blassrosa Fleisch. Sie nickt. „Muss ja gerecht sein.", sagt sie, zwinkert mir zu und macht eine Bewegung mit den Fingern. Es soll eine Frage nach einer Kippe sein. Sie bekommt sie. „Feuer habe ich auch nicht.", strahlt sie und tastet ihren nackten Körper ab. „Hier ist auch keins…", sie fasst sich in den Schlitz und lacht. Markus gibt ihr Feuer. Theatralisch pustet sie den Rauch in die Luft. Dann hustet sie und fächelt sich Luft zu, als sei ihr nicht luftig genug. Sie gleitet auf Markus Schoß und schaut zu mir. „Sehen wir uns Mittwoch?"

Ich nicke. „Date steht.", antworte ich.

Sie zögert. „Kennt ihr Euch?", fragt sie. Eine Falte ist da auf ihrer Stirn. Ihr ausgestreckter Finger zeigt zwischen uns hin und her.

„Was für eine Frage.", ist meine Antwort. „geht logisch" antwortet Markus. Er grinst und er blinzelt. Dann beugt Ira sich zu ihm, legt sich auf ihn. Nackt gleitet sie auf seinem Bauch, zwei Zigarettenzüge lang. Sie aalt sich auf ihm. Ein Tuscheln, sie steht auf und beide geben sich formvollendet die Hand. Die andere ballt sie zur Faust. Sie teilt zwei Luftküsse aus. Einer fliegt zu ihm, einer zu mir. Sie dreht sich herum und schlüpft zwischen den Leuten hindurch. Markus schaut ihr nach. Er grinst.

Er wirft seine Kippe weg, wippt kurz mit dem Kopf und hört wieder auf. Ein großer Typ mit Muskelbergen taucht vor uns auf. Er wirft einen Schatten. Sie begrüßen sich mit amerikanischem Handschlag, Daumen oben auf. Er setzt sich neben Markus und sitzt dann dort. Schwer stützt er sich auf. Markus nickt. Man spricht.

Doreen kommt zu mir. „Rück mal kurz.", sagt sie. Sie will neben mich, zwischen Markus und mir. „Nein", protestiere ich. Ich ziehe sie auf meinen Schoß. Doreen ist das zweite Mal hier. Sie kennt die Regeln noch nicht.

Sie sucht ihr Feuer. Ich gebe ihr welches. Sie pafft, entspannt sich und gleitet mehr auf mir, als dass sie sitzt. Jetzt nimmt sie einen tiefen Zug.

„Mannmannmann", jammert sie gedehnt in den aufsteigenden Rauch.

„Alles gut?", frage ich.

„Alles gut, alles bestens. Nur ein Zwischentief."

Ich streichle ihren Arm, dann ihren Bauch.

„War Ira hier?", fragt sie plötzlich.

„Ja gerade.", erwidere ich. Sie nickt und schaut in den Rauch.

Aus der Gruppe der stehenden, schwatzenden Raucher taucht ein Mädchen heraus. Sie ist ein Gespenst. Dürr, blass, Nasenringe, schwarz geschminkt, schwarze Corsage, turmhohe Highheels. Sie taumelt ein wenig. Verzögert folgen ihre Arme ihrem Körper. Dieses Mädchen ist Geist. Da wo sie lebt, gibt es keine Substanz. Ihr Blick findet mich, dann das Sofa, dann mich, dann Markus, dann das Zelt. Sie öffnet den Mund. Nichts passiert. Sie schwankt und gleitet dann in den Spalt zwischen Markus und mir. Es ist ein Wunder: Niemanden ist etwas passiert. Sie ist dünner als dünn. Sie ist dürr. Sie versinkt in dem Spalt.

Doreen reckt sich auf mir. Sie dreht ihren Kopf. „Zieh mich mal hoch zu deinem Ohr." Ich tue ihr den Gefallen, umfasse ihren

Brustkorb und ziehe sie zwanzig Zentimeter empor. Ich spüre ihren Atem an meiner Wange. Ich rieche ihren Rauch. Sie ist warm. Das ist eine hohe Dosis Doreen.

„Boh, sind die alle high. So viele! Ist dir das auch aufgefallen?", haucht sie in mein Ohr.

Ich antworte nicht.

„...oder nicht?", fragt sie nach.

Ich zögere. „Ja scheint so,...", beginne ich und streichle ihr über die Brust. „...ist aber auch kein Wunder."

„Kein Wunder?", fragt sie. Ihre Lippe ist nass, ich habe es gespürt.

Ich antworte nicht. Nein, nein, ich spreche nicht weiter. Der Satz geht doof aus. „Kein Wunder, wenn man neben dem Dealer sitzt." Das hört sich einfach nicht gut an. Außerdem ist es geheim. Aber so was von geheim, nein, diesen Satz sage ich nicht.

Außerdem ... außerdem, will ich Doreen.

das erste Mal

Meinen ersten Sex auf einer Party hatte ich beim dritten oder vierten Besuch. Ich weiß nicht mehr genau, weiß nur noch genau wo. Das merkt man sich nämlich, weil es etwas Besonderes ist und immer das erste Mal bleiben wird. Es hat ein wenig von Entjungferung.

Mein erstes Mal kam so: Ich traf Lizz zufällig im Gewühl, wir hatten uns kennengelernt auf der Party zuvor beim Rauchen unter dem Heizpilz. „Hast du mal Feuer?", so irgendwie war das gewesen, und dann kam man ins Gespräch. Und da war sie wieder, die Lizz, in ihrem lila Latexkleid und lachte mich an Küsschen rechts, Küsschen links, „Ach wie geht´s?".

Sie hatte eine Traube Leute im Schlepp, eine ganz Gruppe. Die waren nett. Da blieb ich gerne und wir quatschten. Der Zufall wollte es und ich stand neben Megan. Ich schaute zur Seite und Megan blickte hoch zu mir. Winzigklein war sie. Wir stellten uns einander vor und dann fickten wir.

So etwa in dieser Geschwindigkeit lief das ab. Kein Intro, kein Werben, kein Annähern, keine Unterhaltung, einfach so. Wir sind einfach auf das Sofa und ab. Und es hat wirklich Spaß gemacht.

Wir kannten uns null, aber ich fand sie niedlich und sie mich wohl irgendwie auch. Wir küssten uns auch erst auf dem Sofa. Die Sache war vollkommen klar. Totales Einverständnis. Ein Kichern, ein Lachen, einen Griff zum Hals, sie hielt ihre Hände an meinen Flanken. Der Kuss war heiß, ich packte ihr Haar und alles war klar: Das passt! Das macht Spaß. Sie lächelte, zog ihren Rock hoch, kurzes Fummeln. „Lizz, halte mal eben meine Kippen.", tippte Megan Lizz an, die mit ihrer Gruppe direkt neben uns stand. Megan rutschte auf das Sofa, ihre nackte Scham leuchtete im blau flackernden Licht der Party. Kein Wort verstanden wir, viel zu laut war es. Die Beats wummerten, wir lächelten nur. Die Leute machten Platz, saßen rechts und links und quer.

Megan half mit dem Kondom, kleine Hände waren da an meinem Schwanz, schwarzer Nagellack. Fast geplatzt wäre ich vor Geilheit. Sie biss auf ihre Unterlippe, freut sich und ich war begeistert von ihr. Kein Wunder, die Maus war heiß und ich somit auch.

Es war kein so oberflächliches Gerammel! Ich bestehe darauf! Wir hatten richtig guten Sex der Marke: „Ja wer bist du denn?" Es hat einfach gepasst. Das war auch kein Quickie, wir ließen uns Zeit, lachten und so etwas wie Privatheit gelang, was wirklich nicht einfach ist unter all diesen Menschen.

Ihre Hüfte weit vorne auf dem Sitz, die Beine breit hochgestellt, drückte sie mir ihren Schlitz entgegen und ich meinen Schwanz in sie hinein. Und hinaus. Und hinein. ... Wir lachten. Total geil!

Ein Typ kam dazu, beugte sich zu ihr herab und unterhielt sich mit ihr. Es ging um etwas Organisatorisches, wo wer gleich zu finden sei, oder so. Ich hörte nicht hin. Die beiden kannten einander und waren vertraut, das war offensichtlich. Ich hatte ihn in Lizz Gruppe gesehen. Er stand dabei und war etwa mein Alter. Ein Typ wie ein Schrank. Megan streichelte meine Hand und trank einen Schluck aus seinem Glas. Er tippte mir auf die Schulter, zwinkerte mir zu und war fort, hinter mir, versank in der Gruppe. Megan und ich küssten und fickten.

Das war ihr Freund, war mir klar. Diese ganze Körperhaltung von ihr, diese Vertrautheit, man spürte es einfach. Das war nicht irgendein Bekannter, es musste ihr Freund sein. Da wurde mir auch klar, wieso wir dort auf diesem Sofa waren. Diese Megan hatte einen Vaterkomplex. Es war offensichtlich. Ihr Freund könnte mein Jahrgang sein, Anfang vierzig und Megan schätzte ich zweiundzwanzig. War schwer zu bestimmen bei diesem Licht. Schwarzes Haar, Tattoos am Hals, Emo. Krasse Frau eigentlich, ganz schön heftig, dachte ich noch und hatte Spaß mit ihr. Ich verschätze mich total, wie ich Tage später erfuhr.

Nein, es war richtig gut und ich war fiebrig. Einmal weil Megan wirklich sehr heiß und knackig war und zum Zweiten und überhaupt: Das erste Mal Sex auf einer Party! Ich stehe nicht mehr so dumm herum, wie so viele Männer und ich fühlte mich großartig, denn eine Frage war somit beantwortet: „Ja, hier will dich wer!", aber diese Frage ist mein Spezialproblem. Das kann nicht jeder verstehen. Auf jeden Fall fühlte ich mich gut, richtig gut, phantastisch ging es mir. Es war ein klein wenig wie eine Entjungferung, wie gesagt. „Du gehörst dazu!", rief das Leben mir zu. Großartig ging es mir, ich kann es nur wiederholen und Megan ging es so auch. Sie strahlte mich an.

Wir gingen zurück zur Gruppe, fädelten uns wieder zwischen den Leuten ein. „Gingen" ist gut, es waren zwei Schritte nur. Alle zusammen quatschten wir. Ich verlor Megan irgendwann im Gewühl.

Ich habe sie nie wiedergesehen. Auf keiner Party all die Jahre lang. Man könnte meinen, sie war ein Geist, war nur extra dafür da, sei nur erschienen, um mein erstes Mal zu sein. Aber so freundlich und real und gut gelaunt sind Geister nicht.

Was ich nicht wusste – nicht ahnte, als ich freudig zurückkehrte mit Megan an der Hand in den Kreis – war, dass ich gleich mit mehreren Erkenntnissen für Partys gleichzeitig konfrontiert gewesen war. Ich konnte es nicht sehen, Anfänger der ich war. Da macht man einfach und denkt nicht nach.

Die erste Erkenntnis lautet: Wenn man denkt, klappt es nicht. Denken versperrt die Lust. Der Zugang dazu reißt ab in dir und du verstehst die Welt nicht mehr. Du müsstest doch scharf sein, zumindest auf die da drüben in dem heißen Kleid. Du findest die auch gut, weißt, dass sie heiß ist, weiß, dass ... aber es ... ja verdammt etwas fehlt. Man will, aber das was man will, ist nicht mehr. So in etwa ist es. Das Denken versperrt alles und alles total. Das mit Megan ... ich habe nicht nachgedacht. Es ging viel zu schnell. Außerdem war ich neu auf den Partys, alles leuchtet noch und man staunte die ganze Zeit. Zum Denken ist man noch gar nicht bereit. Deshalb hat das auch so wunderbar funktioniert. Auch sexuell. Es ist nicht selbstverständlich mitten auf einer Party in diesem Gewühl unter Beobachtung einen hoch zu bekommen, egal wie heiß die Frau ist. An der Frau liegt es nicht.

Das setzte dann später ein, das Denken bei mir. Nicht wegen Megan, so allgemein. Ich bin der Typ dazu. Ich fing an zu denken und aus! Mein Kontakt zur Lust riss ab. Es sollte es drei Jahre dauern bis zum nächsten Partysex. – nein, falsch formuliert. Bis ich wieder Kontakt zu meiner Lust dort bekam und überhaupt Bock hatte und mir nicht abstrakt dachte, dass da Lust sein müsse, weil es so sein solle.

Das war Erkenntnis eins. Erkenntnis zwei: Sex auf Partys ist unbequem. Gute Bedingungen kommen so gut wie nie vor. Mindestens einer der beiden Delinquenten zahlt drauf und kämpft mit der Situation. Kleidung ist im Weg, andere Personen sind im Weg, man wird gestört, man liegt, sitzt, steht unbequem. Schön ist das nicht. Hygienisch auch nicht. Es muss einfach so geil sein mit ihr, dass man diese Dinge nicht spürt.

Drittens die Altersillusion. Auch das ist eine Erkenntnis. Das Alter von Sexpartnern ist völlig egal. Megan war achtzehn. Wer mit wem, hängt nicht vom Alter ab, sondern von ganz anderen Dingen. Ich will hier nicht ins Detail gehen nur so viel dazu: Wenn dir eine Frau oder ein Mann einer völlig anderen Altersgruppe gefällt und du denkst, das kann einfach nicht sein, das will die oder der nicht, ganz bestimmt, ich bin zu jung, zu alt, dann liegst du falsch. Der Grund ist es nicht! Es kann ein anderer Grund sein, aber der Grund ist es nicht! Es gibt ihn nicht. Ihr steht euch nur selbst im Weg. Bei Megan hatte ich mich einfach verschätzt. Viel zu beschäftigt war ich, um nach dem Alter zu schauen. Ich hatte das Schätzen vergessen.

Die vierte Erkenntnis lautet: Vieles ist möglich, wenn man zu wenig weiß. Hier: Man kann mit einer jungen Frau vögeln, kann den Schwanz in ihr stecken haben, während sie sich mit ihrem Vater unterhält.

Manchmal

Manchmal versteht man die Welt nicht. Vielleicht will man sie auch nicht verstehen.

Ich habe da eine Freundin. Die steht im Leben. Familie, Kind, Hund, Haus, Job, alles okay. Alles im grünen Bereich. Das ist viel für eine Frau Anfang dreißig. Dass es sehr viel ist, weiß man erst, hat man es selbst. Dann weiß man, was man da so alles meistern muss, wie es ist sein Leben zu stemmen, mit Mann, Haus, Kind, Job und und und.

Meine Freundin weiß, was sie will. Reihenhaus ja, aber nicht Muttifraktion. Sie hat da so ihre Prioritäten. Ihr Blick ist forsch, sie ist es auch. Stets präsent gibt sie den Ton an, sagt, wo es lang geht.

Schlau ist sie auch. Da musst du schon aufpassen, dass sie dir beim Gespräch nicht die Argumente wegklaut. Wach.

Verheiratet ist sie. Ich mag ihren Mann. Er ist cool. Und es ist sehr selten, sehr, sehr selten, dass ich einen Mann mag. Die passen. Es läuft gut. Das hat sie gut gemacht.

Ihr Haar ist gelockt und gebleicht, platinblond. Sie macht ein wenig auf Steampunk, nicht so völlig, nicht so total, aber deutlich jenseits von bieder. Ihr wisst schon, Frisur, Schmuck und so. Die Tattoos dazu hat sie auch. Nicht mein Geschmack, aber es ist cool. Sie hat ihren Stil.

Sie sieht gut aus. Streng ist ihr Blick, das Kinn hält sie hoch, aber unfreundlich ist sie nicht. Wache Augen. Schlank ist sie, aber nicht dünn. Natürliche Brüste, tolle Schultern, schlanker Hals. Sie mag ihre Hände nicht und findet sich natürlich zu dick. Und überhaupt, der Körper… Völlig unbegründet - jeder hat so seinen Spleen.

Hört sich doch gut an, oder?

Die wenigsten Männer wagen ran sich an sie. Das liegt an ihrer Art: In Piratenfilmen würde sie Dolche tragen, und zwar nicht zur Dekoration. Sie ist wehrhaft, stolz, provoziert hier und da. Sie ist der etwas herbe Typ Frau. Sie ist der Typ, der Kätzchen sein kann, aber keiner weiß wann. Schwierig für Männer. Schwer zu erklimmen diese Mauerzinnen. Hohe Kampfkraft, viel Festung drumherum.

Und das ist nicht alles. Sie kann noch mehr.

So kann sie zum Beispiel bei einer Fickfete ihren Mann mit einer Unbekannten auf die Matte gehen lassen. Sie schnaubt ein wenig, hebt den Kopf und flehmt, aber sie lässt ihn gehen. Na? – Da wird die Luft dünn, das können nicht viele, nicht wahr? Ja, so eine ist sie, das kann sie. Ganz schön kompetent. Toll!
Sie selbst hält sich auf den Partys eher zurück.

Habt ihr jetzt ein Bild? Reicht das als Beschreibung? Habt ihr sie vor Augen? Gut!

Manchmal versteht man die Welt nicht. Vielleicht will man sie auch nicht verstehen.
Da schreibt sie mir dieser Tage vertraulich, ich zitiere:

„...Das regt mich alles viel mehr auf als das „rumgetreibe" auf Partys oder in fremden Betten.
Wie kann ich bei anderen total verständlich hierauf reagieren, nur bei mir selber nicht? Warum erlaube ich anderen Ihre Freiheit, nur mir nicht?
Warum finde ich so viele Menschen schön, attraktiv und begehrenswert, nur mich nicht?
Warum genüge ich nicht?

Warum ist der Blick auf mich selber total verzerrt?"

Ja, sie ist die selbe Frau! Sie ist die, die ich oben beschrieb, die da schreibt. Ich bekomme es nicht in den Kopf. So sieht es nämlich in ihr aus, in ihr, innen, wenn sie auf den Partys steht. Sie schreibt ganz viel davon. Unglaublich!

Selbstbild, Haben, Soll...

Meine Gedanken wandern zurück zu diesen Partys. Ich betrachte im Geiste, wer da denn so steht. Ja da gibt es auch Kompetente, welche die im Leben stehen, intakt sind. Die Mehrheit ist es nicht.

Ich denke an all diese Wracks, die es dort gibt, die nur so tun, die ohne Drogen perfekte Spießbürger sind, die mit Argusaugen ihren Partner bewachen, weil Eifersucht in ihnen regiert. Ich denke an die, die am Abgrund stehen, gerade aus Landeskrankenhaus frei, Borderliner, wohin man schaut, kein Job und zur Untermiete bei Freundin, es ist Untermiete Nummer drei; die im Clublicht zwar steil, bei Tageslicht - also ohne Maske – aber blass, unauffällig und nichtssagend sind. Ich denke an all die in Partnersuche im fünften Jahr, an die, denen Einsamkeit im Gesicht geschrieben steht – Beziehungsunfähig ganz klar; Kinder gewollt aber nicht gekriegt, weil verpatzt, oder, ganz schlimm: von den Kindern verlassen, weil ihnen Familie in den Händen zerrinnt wie trockener Sand. Ich schaue im Geiste auf all die, die ihre Hausaufgaben des Lebens nicht gemacht haben, die gar nicht fähig dazu sind, aber munter tanzen und frei auf den Partys nehmen und ficken und austeilen, ohne nach Morgen zu fragen. Die können das! Die können, obwohl sie es nicht können, weil sie sich ihrer nur vermeidlich sicher sind. Die merken das gar nicht. Zweifel haben die nicht. Die machen einfach.

Und dann denke ich an meine Freundin Obenbeschrieben, diese Bombenfrau, die ihr Leben meistert nebenbei, sich aber unsichtbar macht auf den Feten und nicht glauben kann, dass sie einer will; die denkt, dass man sie aus Mitleid anspricht, nur aus Mitleid, denn von Wert sei sie nicht. Ich denke an ihr Hadern, ihre Selbstzweifel, an ihre Arbeit an sich. Kurzum ich denke an diese irrsinnige Wirkung, an diese zersetzende Kraft dieses einen kleinen Satzes aus der Kindheit, der das ganze Leben verdirbt: „Du bist nicht genug."

Und dann denke ich:
Das Selbstbewusstsein haben immer die Falschen.
Kommt mir bekannt vor, denke ich auch.

Neben der Sonne

Es kann sich unverschämt gut anfühlen eine Frau zu ficken. Besonders unverschämt gut kann das sein, wenn die Frau erhöht liegt, zum Beispiel auf einem Tisch oder Podest. Steht der Mann dann davor, kann er komfortabel in die Frau eindringen. Wenn die beiden es drauf anlegen, berühren sie sich nur an den Geschlechtsteilen. Sehr geil.

Der Schwanz des Mannes fährt in die Frau hinein und wieder hinaus und wird dabei von der Scheide umschlossen. Die Scheidenmuskulatur ist dabei in Bewegung und massiert den Schwanz. Das ist ein aktiver Prozess der Frau. Meist ist es unbewusst, aber das ist kein Stillhalten, das sieht nur so aus. Innen, in der Frau arbeitet es. Das ist komplex, was da abläuft zwischen Scheide und Schwanz; sehr eingespielt ist es; fein justiert beim Menschen ist es. Drei Millionen Jahre Evolution.

Für den Mann fühlt sich das in der Scheide an wie eine Mischung aus Massieren, Umhüllen, Eintauchen und Wringen. Es ist ein fabelhaftes Gefühl, besonders wenn der Schwanz sehr hart ist. Wenn man dieses Gefühl einer Frau irgendwie erklären will, dann sagt man ihr, sie soll mit den Fingerspitzen der einen Hand den Mittelfinger der anderen umschließen und dann den Mittelfinger auf und ab fahren. Die Intensität soll sie dann mit fünfzig multiplizieren und sich vorstellen, die Empfindung sei sexueller Natur. Das Beispiel hinkt, aber ein besseres fällt mir nicht ein. So in etwa fühlt sich das an, am Glied. Es ist unendlich geil.

Im Mann baut sich während des Fickens eine Spannung auf. Sie zieht sich vom Damm und dem Umfeld des Penis in den Penis hinein. Das Umfeld kann bis zum Bauchnabel, ja bis in den Nacken reichen. Diese Spannung strebt Richtung Penis und es fühlt sich so an, als müsse diese Spannung, nennen wir es Ladung oder Potential, durch den harten Penis hindurch. Da sich der Penis beim Ficken hart und fest und eng anfühlt, auch für den Mann, ist da ein Widerstand. Die Ladung will durch den Penis nicht hindurch, obwohl im Penis ein Vakuum zu bestehen scheint.

Dieses „nicht hindurch können", dieses „drücken, aber das Vakuum nicht füllen zu wollen", pulsiert mit jedem Hub mit dem Glied in die Frau. Jeder Hub ist ein Pulsschlag. Vorwärts ist aktiv und befreiend. Die Vorwärtsbewegung nimmt in Besitz. Der Rückzug erzeugt einen Unterdruck, der bekanntlich sehr angenehm für den Mann ist. Es ist ja kein Zufall, wie der Schwanz konstruiert ist. Die Eichel ist so geformt, um Unterdruck zu erzeugen. Das Ding ist ein Pumpenkolben. Das macht alles Sinn, ist durchdesigned bis ins Detail.

Es fühlt sich großartig an, wird bei diesem ganzen Geschiebe das Glied von der Scheide stimuliert. Da weiß man gar nicht mehr, was Ursache und Wirkung ist.

Währenddessen steht der Körper des Mannes unter Spannung und ist der Mann versiert versucht er genau diesen Punkt, diese Spannung, dieses „Es geht nicht hindurch aber fast, HmHmHm…", zu halten. Er versucht es in die Länge zu ziehen, eben weil es so wunderbar ist. Er kann das steuern, indem er entweder die Stimulanz verringert, also weniger in die Frau stößt, oder indem er sich von seiner inneren Lust entfernt. So kann er für eine gewisse Zeit eine Balance halten und das Spiel erheblich ausdehnen.

Irgendwann ist es dann aber auch gut, dann will er. Er überschreitet einen Punkt of no Return, dann kommt ein Endspurt, die Ladung – das Gefühl, nicht das Ejakulat – gleitet durch das Glied hindurch, sie passiert die Engstelle „harter Schwanz" und die Spannung entlädt sich mit einem wuchtigen Impuls. Es ist eine Entlastung. Der Schwung zieht etwas aus dem Mann heraus. Das ist eine Illusion, eine Täuschung. Erst dann erfolgt die Ejakulation und das Sperma spritzt in die Frau. Orgasmus und Ejakulation sind verschiedene Prozesse, sie sind nicht zeitgleich, aber fast.

Sowohl der Orgasmus wie auch das Gleichgewicht zuvor, ist ein sehr intensives, sehr angenehmes Gefühl. Es ist sehr erstrebenswert das immer wieder zu tun, sehr, sehr erstrebenswert. Das Zauberwort heißt Dopamin.

Die ganze Aktion ist ziemlich komplex, besonders für den Mann. Der Mann ist bei diesem Vorgang sehr in sich. Er muss auf sehr Vieles gleichzeitig achten.

Dieses „in sich sein" ist notwendig, um eine Brücke zwischen Mann und Frau zu bauen. Die Aktivität „Ficken" ist die Brücke über die Emotionen wie Wärme, Goodwill, Nähe, Achtung, Wertschätzung und Sympathie hinüberhuschen kann. Es ist ein sehr direkter Weg. Einen kürzeren Weg als über die Brücke Sex gibt es zwischen Mann und Frau nicht.

Jede Brücke, auch die da draußen, liegt auf zwei Widerlager auf. Sie bilden die Brückenköpfe. Sie müssen in einer bestimmten Geometrie zueinanderstehen. Stimmt sie nicht, funktioniert die Brücke nicht und fällt. Diese Brückenköpfe sind die Arbeit an der eigenen Lust, das „in sich" sein. Das ist schwierig. Das erfordert sehr vieles gleichzeitig. Handeln links oben, links unten, Rechts, Mitte, Scheide, Gleichgewicht halten, nicht ablenken lassen, geil sein, störende Gedanken wegdrängen und und und. Wenn es gelingt, das mit der Lust und dem „in sich sein", wenn beide einen Brückenkopf geeignet erbauen, dann passt die Brücke dort hin. Der Sex erfüllt seinen Sinn und das Schöne huscht rüber von Mann zu Frau, Frau zu Mann, Gefühl pur – direkter Weg, toll! Sex ist Brückenbauen.

Und jetzt wird es spannend: Man kann Brücken auch auf mehrere Widerlager auflegen! Das geht. Und genau das, tun wir hier gerade.

Wir haben Sex, sind aber mehr als zwei. Und dieses ganze oben beschriebene Prozedere des männlichen Fickens betrifft mich nicht. Ich bin hier nicht der Fickende. Das ist einmal etwas anderes. Ich muss das nicht tun. Ich habe eine andere Rolle, ich liege nämlich oben bei der Frau und sie wird unten von jemand anderen gefickt. Trotzdem nehme ich teil und bin nicht Statist.

Sie liegt auf einem Podest. Ihre Beine sind nach oben gespreizt und werden gehalten. Ihr Mann steht davor und fickt sie. Mal fest, lange, mal zart. Zwischendurch hört er auf und eine andere Frau, oder ein anderer Mann – wir sind hier eine kleine Gruppe – fingert oder leckt sie, ist er oder sie gerade frei.

Wir sind zu fünft. Das ist Gruppensex. Gruppensex hört sich beliebig an. Das kann wohl auch so sein, muss aber nicht. Das kann sehr tief sein. Es kommt auf die Akteure an und es kommt darauf an, was zwischen ihnen ist.

Ich kenne das Paar, bei dem ich hier liege. Wir kennen uns, sind aber nicht vertraut. Ich liege das erste Mal hier. Sie sind mein Lieblingspaar, so rein visuell und kontextuell und intellektuell.

Sie sind groß, gutaussehend, freundlich, gewogen und wissen, was sie tun. Besonders in Punkt eins und Punkt fünf dieser Liste überragen sie deutlich das durchschnittliche Partypublikum.

Ich bin hier so hingespült worden, irgendwie. Plötzlich fand ich mich neben ihnen auf der Liege und jetzt liege ich neben ihr. Wir liegen dicht und ich halte sie. Ich halte ihren Kopf. Sie hat ein sehr markantes Gesicht. Es lächelt gerne und groß und ist umrahmt von Locken in Farbe der Sonne. Genau, Sonne. Sie ist eine Sonne. Sie kann strahlen, sie strahlt, sie strahlt so was von!

Ich halte ihren Kopf und fixiere sie so. Meine andere Hand streicht über ihre Brüste, ihren Hals ihren Leib. Ich spiele ein wenig. Und ich betrachte sie. Betrachte sie beim Strahlen. Betrachte sie in ihrer Lust, die sie zeigt, rauszischt, rausstöhnt, mit Mimik spielt. Sonne! Nur Sonnen strahlen so.

Und sie bekommt es auch besorgt, das kann man wohl sagen. Schaue ich nach hinten links, dann sehe ich ihren Mann, präsent, freundlich und groß. Er ist defensiv aber entschieden. Und er fickt sie und er macht das einfach immer weiter. Ich weiß ja, wie das läuft. Ich weiß, was er macht, wie sich das in ihm anfühlt. Ich bin ja auch ein Mann. Dieses Wissen, dieses reproduzieren können, was er gerade erlebt ist etwas was eine gewisse, wenn auch dünne Verbindung schafft. Die ist dünn, aber cool. Man nennt das Einvernehmen. Das ist ein tolles Wort. Einvernehmen ist cool. Einvernehmen ist nur etwas für die Sensiblen. Es verbindet ungemein, ohne laut zu sein. Alles Friedliche, alles Konstruktive zwischen Menschen ist darauf begründet, dass man im Anderen wiederfindet, was einen selbst ausmacht. Das ist im Großen so und im Kleinen auch. Gelingt hier. Ich finde ihn in mir.

Er fickt sie und ich fühle mit. Ich spüre es doppelt, nein, ich spüre es dreifach. Ich spüre in mir, was er fühlt, kann es reproduzieren für mich, was, wie man aus der Hirnforschung weiß, identisch ist mit dem Gefühl es selbst zu erleben. So fühlt sich das auch an. Sehr echt. Es ist dünn, wenig, nicht so intensiv, als täte ich es selbst, aber es ist absolut echt. Zweitens spüre ich über den Kontakt zu ihr seine Stöße. Ich spüre die Erschütterung, das Beben, die Impulse. Das ist physikalisch und konkret. Und drittens fühle ich, was er macht über Bande; ich spüre es durch sie. Ich spüre ihre

Lust. Sie ist ja direkt vor mir. Ganz nah ist sie, ich spüre ihren Atem, ihre Wärme; an meinen Fingern spüre ich ihren Puls.

Eins – zwei - drei, ja – ich fühle dreifach! Großartig. Ich bin an der Seite der Sonne… Sonnenseite!

Sie greift meine Hand, greift fest hinein, spannt ihren Arm, ich biete ihr Widerstand, Auflage, Halt. Ich bin Widerlager Nummer drei in dem Spiel. Er besorgt es ihr unten, ich steigere ihr den Reiz, indem ich oben spiele und Haltepunkt bin. Sie nimmt das alles auf, wandelt, was da an ihr, in ihr, auf ihr passiert in Lust. Sie ist eben eine Sonne. So machen Sonnen das. Sonnen wandeln Stoffe um. Auch die Sonne am Himmel macht das so, sie wandelt Wasserstoff zu Helium. Sie erzeugt genau wie die die Sonne in Blond neben mir jede Menge Energie.

„Oh mein Gott", brummt sie und bäumt sich auf. Sie brummt heiser, presst, brüllt es heraus. Da spült etwas von unten durch sie hindurch. Sie transportiert einen Impuls mit ihrer Bauchmuskulatur nach oben empor. Es bebt in ihr, ich kann es sehen, ich fühle es durch meine Hand, durch meinen Körper an ihr. Ein Energieimpuls von ihr, sie reckt das Kinn, dreht den Kopf und zischt mit geschlossenen Augen. Flucht ist in ihr, aber sie kann nicht weg, will nicht wirklich weg und ich halte sie.

Gleichzeitig: Ich weiß, was er da unten macht. Ich brauche es nicht zu sehen. Ich spüre es durch sie. Ich bin dabei. Ich weiß, wie er sich fühlt.

Ich mag diese Sonne. Das ist total schön hier in ihrem Licht. Es ist so schön, die Sonne jetzt anzusehen. Orgasmen sind schön, der Weg dahin auch.

Und das geht jetzt länger so. So und immer wieder anders. Jetzt wird geleckt von der Vierten im Bunde und „ja, ja, ja", ruft die Sonne und bettelt. Sie bebt und küsst mich und die Zunge tief und rein und raus und da ist meine Hand, die auf ihrer Brust kreist. Kurze Pause, ein Witz zwischendurch, Fingern, Akteurin Nummer vier wird gefickt, Nummer fünf arbeitet an ihr und in alle Richtungen und aus allen Richtungen Energie, Handlungen, lieb und geil gemeint und alles ist irgendwie zugleich und die Sonne strahlt und strahlt und bebt vor Lust, spuckt sie aus, schreit sie heraus, wirft sich zurück und ich bin dabei und sauge das auf und gebe zurück. Kann man beim Küssen grinsen?

Ganz schön Sonne die Sonne, wenn sie gefickt wird von uns allen und irgendwie, irgendwie fickt sie auch uns. Alle irgendwie. Eine Brücke und viele Brückenköpfe. Das funktioniert. Die Brücke hält, sehr gut hält sie und das Schöne rollt hin und her zwischen uns.

Beim Gruppensex gibt es Rollen. Es gibt viel mehr Rollen, viel mehr Möglichkeiten beim Gruppensex als beim Sex eins zu eins. Mit der Anzahl der Akteure multiplizieren sich die Möglichkeiten.

Natürlich ist es geil der Fickende zu sein. Natürlich ist es phantastisch, Sonne zu sein und zu erleben, was sie erlebt. Das ist ja klar. Es ist auch phantastisch Zweitschauplatz zu sein und beim Ficken von Frau Nummer zwei Paar Nummer eins zuzuschauen und dabei über Handlungen miteinander vernetzt zu sein, zwischendurch immer wieder einzusteigen, zu steigern, Impulse zu geben, zu tauschen. Das sind alles großartige Rollen. Meine Rolle ist neben der Sonne. Ich habe sie so gewählt heute hier.

Ich bin der Merkur. Der Merkur ist mein Planet.

Für eine halbe Stunde, für diese halbe Stunde, bin ich der Merkur, ich darf der Sonne Merkur sein. Keiner im Sonnensystem ist näher an der Sonne als der Merkur.

Es geht weiter: Sie hält sich fest, krallt sich in meinen Arm. Ihre Locken kitzeln mich, ihre Lippen sind auf meinen, sie brummt, zischt, windet sich, japst. Ihr Mann stößt in sie, neu, wieder, jetzt anders. Es überträgt sich über unsere Haut, denn ich liege Haut an Haut mit der Sonne. Was die anderen tun löst etwas aus in ihr, ich weiß, ich spüre die Wellen in ihr, an ihr, auf ihr, an mir, in mir…

Ich bin der Merkur. Ganz nah spiele ich mit und kreise. Ich mache gar nicht viel, ich küsse sie, streichle, fasse ihr um den Hals, oder halte sie fest. Ich ficke nicht, ich bin da und assistiere. Der Merkur ist nah bei der Sonne, das ist sein Job, seine Rolle. Er ist klein und reagiert, passt seine Bahn der Sonne und den anderen Akteuren an. Trotzdem und gerade deshalb: Der Merkur ist mein Planet.

.

Erklärung des Orgasmus, Brückenköpfe, Rollen beim Gruppensex .... Merkt ihr, wie analytisch dieser Text ist? Habt ihr diese Distanz bemerkt in der Beschreibung? Ist euch aufgefallen, dass ich fast wissenschaftlich beleuchte, was hier gerade auf der Liege passiert? Das habe ich mit Absicht gemacht. Ich habe einen Aspekt unterschlagen, den wichtigsten, ganz bewusst! Ich will bis zur letzten Zeile aufsparen, was es tatsächlich ausmacht hier zu sein, für mich in dieser Rolle und für die Anderen in der ihren. Ich will damit betonen, was das Großartige ist, was den Kick gibt, das zu tun, was ich hier tue, was wir hier tun, alle auf unsere Weise. Ich will, dass die Letzte Idee, die letzte Zeile in euren Köpfen bleibt, damit ihr versteht warum ... Was die Essenz dieses ganzen Geschiebes auf der Matte ist.

Also, ich weiß ja nicht, was ihr so treibt, ob ihr das kennt, aber ich sagte schon, ich bin der Merkur. Klingelt es jetzt? Ich bin ganz nah an der Sonne, einer Sonne, der sehr eingeheizt wird, sehr, sehr. Niemand ist näher an ihr als ich. Merkur, nah, Sonne, versteht ihr? Was ich meine ist: Habt ihr eigentlich eine Ahnung, wie heiß es auf meinem Planeten ist?

Nett für mich

Ich bin ja ein ganz, ganz großer Fan des Wörtchens „nett". Jawohl, bin ich! Kein Wort kann besser jenes „Sympathisch" zeichnen, welches locker, leicht, adrett und gerne unaufdringlich herangeflogen kommt. Nein, „nett" ist ein gutes Wort. Ironie macht es kaputt.

Gestern sitz ich so und sitze so und sitze so da auf der langen Bank, da komme ich ins Gespräch mit einer jungen Dame. Boh, war die nett!

Bitte nicht falsch verstehen! Fetischfete hin oder her, denkt nicht falsch: Ich meine nett!

Sie war so angenehm! Bei Satz drei stutzte ich, bei Satz zehn lächelte ich, bei Satz zwanzig war mir wohl. Mir war richtig wohl ums Herz. Ja ums Herz, nicht um die Hose. Das hat mir richtig gutgetan, gerade weil es nicht per Hose kam. Per Hose können viele.

Ich habe heute Morgen überlegt. Ich habe wirklich überlegt, und versucht mich zu erinnern. Ich bin mir sicher: Sie ist die netteste Person, die mir auf diesen Feten je begegnet ist. Ehrlich! So locker, so leicht, so adrett, so schlau, so unaufdringlich ist sie und hat dann auch noch Benimm! „Schön dich kennen gelernt zu haben." Diesen Satz habe ich dort zwischen all dem Latex noch nie gehört. Damit hatte sie mich, spätestens damit!

Also liebe Sophia: Ganz dickes Kompliment! Du bist unglaublich nett. Ganz tolle Frau. Gerne wieder.

Und das schreibe ich nicht um mich bei dir als Kandidat zum Fremdgehen zu bewerben. Ehrlich nicht, wirklich nicht, wäre viel zu gefährlich … für mich.

Wie in der Schule

Und hinaus gehe ich. Weg gehe ich von dem infernalischen Elektrolärm, diesen Beats, der tanzenden schwatzenden Menge unter stroboskopischem Licht, hinaus, hinaus in die Dunkelheit, in die Halbdunkelheit. Es ist halbdunkel hier, es ist draußen, es ist ein wenig frisch. Auch hier stehen überall Menschen zwischen Stehtischen verteilt in Grüppchen. Hier ist der Raucherbereich.

Ich trete vier Schritte zur Seite. Ganz bewusst schließe ich mich keiner Gruppe an. Ich will alleine sein, durchatmen.

Ich drehe meine Hand in der Tasche, fummle eine Packung heraus, entnehme eine Zigarette, stecke die Packung zurück und angle nach dem Feuerzeug.

Da vorne steht Nadja. Mir etwas abgewandt steht sie dort und quatscht mit Ichhabseinennamenvergessen. Seine Freundin steht dort auch. Auch ihren Namen kenne ich nicht. Nadja hält den Arm aufgestützt und die Zigarette hoch in die Luft.

Die Nadja würde ich auch gerne mal… Ja was würde ich die denn gerne mal? Das ist eine gute Frage. Ich würde gerne…

Ich kenne Nadja so ein wenig. Wie man sich halt so kennt von den Feten. Wie man sich halt so kennt, wenn man sich immer wieder begegnet, wenn der Freundeskreis Überschneidungen hat. Ich habe mich einmal mit Nadja unterhalten, das war… wo war das denn gleich?

Nadja ist … scharf? Ja, schon, ja. Interessiert mich, weckt was in mir. Ich würde gerne… Ich würde… Hm.

Genau… ich weiß gar nicht, was ich würden wollte. Also hier… ich meine, was kann man denn hier machen auf so einer Party, Sexparty hin oder her? Was? … Ich würde gerne nah sein; wäre interessant sie zu spüren. Sie riecht bestimmt gut. Ich…

Aber… also ich meine hier? Das ist Fetisch! Hier knutscht man entweder rum, oder man fummelt, oder man geht nach hinten hinter den Vorhang und dann fummelt-fingert-vögelt-bläst-leckt man, ach was weiß ich. Ist es das? Ja, würde ich mit ihr. Nein, irgendwie nicht.

Ich würde gerne …

Eigentlich geht es gar nicht um Nadja. Nadja steht da nur gerade. Sie ist eine Frau und ich hätte gerne gerade genau das. Eine

Frau, die mir sympathisch ist, die ein wenig Lust in mir erzeugt und … nun die hätte ich gerne an mir. Das ist kindisch, oder sagen wir pubertär. Ich möchte spielen. Nein… ich möchte … Frauenwärme. Es ist der denkbar falsche Ort. Hier sind alle cool, wollen irgendetwas sein, wollen etwas darstellen, sich zeigen, wollen abgefahren sein. Vielleicht wollen sie auch irgendwelche Sauereien, irgendetwas irgendwo reinstrecken, nassmachen, fiebrig geil sein, Lust abarbeiten.

Kein Wunder! Wir sind auf einer Fetischfete! Fetischfete ist das Gegenteil von Liebreiz. Liebreiz. Genau! Ich will Liebreiz! Ich will lieb von einer Frau gereizt werden nah und warm. So intim und ein wenig kuschelig. Das möchte ich. Und gerne mit Nadja.

Das geht mir ständig so. Ich möchte das oft. Ich möchte ganz oft einfach nur Liebreiz. So etwas Gewogenes zu mir hin mit etwas prickeln darin. Gerne mit Option zu mehr, muss aber gar nicht passieren. Darum geht es nicht.

Ich könnte weinen, so sehr wünsche ich es mir. Mache ich natürlich nicht, weinen. Neinnein. Ich gucke mittelböse bis neutral in der Gegend herum in schwarzer Lederkleidung. Ganz wichtig das Image, ganz, ganz wichtig! Das war damals schon so. Damals. Damals vor dreißig Jahren stand ich auf dem Schulhof und wünschte es mir. Ich stand cool und wünschte. Ich wünschte mir genau das Gleiche: Liebreiz, Frauenwärme, Zuwendung, Prickeln. Ich stehe noch immer dort. Nur die Schule ist fort.

Ich beneide die Frauen. Sie haben einen Weg das zu bekommen, was ich will. Frauen können einander küssen. Sie können miteinander spielen und sich aneinanderreiben. Das ist unverdächtig und jederzeit möglich. Das können die auch machen, wenn sie sich nicht kennen. Wenn eine Frau eine andere Frau küsst, ist da kein Problem. Da muss nicht groß geworben werden, das zieht keinen Rattenschwanz an Gedanken und Getue und Peinlichkeit hinterher. Als Mann musst du etwas sein, damit du es darfst. Du musst etwas aufbauen vor ihr, dich produzieren, im Extremfall die Illusion eines Prinzen aufbauen. Igitt. Das will ich gar nicht. Ich bin kein Prinz. Ich will nichts aufbauen. Ich will nur ich sein, auch wenn das ICH winzig ist. Frauenwärme, Liebreiz, eine ordentliche Portion davon will ich, brauche ich, damit das ICH eben nicht mehr so winzig ist.

Frau zu Frau, da muss sich keine produzieren. Die können das einfach tun. Einfach so. Der Kuss von Frau zu Frau kitzelt, ist warm, gewogen, kann zärtlich, kann sinnlich und kann auch sehr sexuell sein. Liebreiz. In Küssen von Frauen ist viel Liebreiz enthalten. Stelle ich mir zumindest so vor. Bin ja keine.

Nein, hier bin ich vollkommen falsch. Damals auf dem Schulhof war ich schon falsch. Schon da war ich am falschen Ort. Zumindest fand ich nie, was ich wollte. Das hat sich nie eingestellt. Glaube ich zumindest. Oder… oder doch? Auf jeden Fall hat es nicht gereicht.

Ich kann hier aber auch nicht weg. Auch das macht keinen Sinn. Wo soll ich denn hin? In den Klassenraum? Ins Auto nach Hause? Da ist ganz bestimmt keine Nadja, oder Kollegin von ihr. Ganz bestimmt nicht.

Frauenwärme, Liebreiz, Nähe und die Hoffnung darauf. Lebensthema.

Ich lasse das Feuerzeug knacken. Eine Flamme entsteht und meine Zigarette ist an. Ich ziehe an ihr. Marco tippt mich an. „Hey, du schon wieder! Alles gut?" Wir klatschen uns ab. Irgendwer spricht, die Stimme ist mir vertraut. Es ist meine:

„Klar läuft."

Scheißegal

Ich habe ihn gesehen. Natürlich habe ich ihn gesehen, beim Hereinkommen schon. ER ist ja kaum zu übersehen. Er steht da und ist oliv. Solche sehe ich immer sofort. „Schon als Kind habe ich gerne…", will ich gerade erzählen der Dame an meiner Hand und hebe den Finger, doch die… doch die hört gar nicht zu. Sowas… ach, ist jetzt egal, ab zur Garderobe.

Die Tasche abgegeben, Claudia an der Hand genommen wieder und an IHM, dem oliven, vorbei die Stufen hinauf. Dann sind wir da. Oder wir sind drin: Beachparty. Die Füße im Sand - später im Staub-, nen Drink in der Hand, 31 Grad, blauer Himmel, Sonne und wir tanzen. Angelo hat alles im Blick, Sandra hat quasi nix an, Nataschas Haare glänzen rotrot in gleißendem Ruhrgebietslicht. Essen, wir sind mitten in Essen und kein Schwein vermisst den Strand. Es ist ein fabelhafter Sonntagnachmittag.

Natürlich habe ich IHN nicht vergessen.

Später sitze ich auf den Stufen mit Dingens und Bummens, auf Stufen die eine Arena bilden und unten steht ER. Ich erzähle über ihn, er ist so präsent. Und so erzähle ich ihnen, dass ich damals als Kind… doch verdammt, sie sind abgelenkt. Sie hören nicht zu. Gut, dann schweige ich halt, nippe am Drink und schaue auf IHN.

Oliv und stumpf. Ich mag Panzer! Panzer sind toll. Panzer sind total Statement. Die sind fest, stabil und eindeutig. Panzer lassen keine Fragen offen. Wenn du mit einem Panzer vorfährst, werden keine Fragen gestellt. Nur mal so als Beispiel. Das finde ich gut. Ein Panzer ist nie Kompromiss. Und das finde ich stark.

Deshalb ich es eine extrem gute Idee, einen Panzer in eine Party-Location zu stellen, nur so zur Deko. Und Matten oben drauf zu legen ist perfekt. Das ist eine perfekte Idee. Das Ding steht da dumm rum, ist oliv und stark und Podest. Und von stark bis Sex, das ist ganz nah, sozusagen bedingt es sich.

Ich tanze ganz gerne. Hat sich so entwickelt. War früher nicht so. Mittlerweile aber mag ich das. Dieses Bewegen zur Musik macht irgendwie frei. Und es ist Kommunikation mit Anderen. Ich liebe Kommunikation. Und manchmal fragt man dabei jemanden, den man da so gerade zufällig trifft. Zum Beispiel fragt man: Wir beide? Dann fragt man: Wie? Und dann fragt man: Wo? Und da, genau an der Stelle, der Frage des „wos", da kommt der Panzer ins Spiel. Ich kann gar nicht anders, denn schon als Kind habe ich immer… aber ich erkläre es ihr nicht, küsse lieber und zeige es ihr.

Und deshalb klettern wir beide gerade hinauf.

Klettere einmal mit einer langbeinigen, verschwitzten, willigen Frau einen Panzer hinauf. Du musst schon militant pazifistisch sein, damit Du das nicht geil findest, und Pazifist bin ich nicht, wirklich nicht. Militant bin ich auch nicht. Nein, der Panzer ist nur Sujet; es geht nicht um ihn, um die Waffe. Er ist ein Accessoire, eine Plattform, mehr ist er nicht. Hier wortwörtlich Plattform.

Der hier, unser Freund, in oliv, er ist ein FV 432. Der FV 432 ist oben ganz flach, was total gut mitgedacht ist von der Panzerindustrie für die Zeit nach dem Krieg: Er ist ein Bett. Mit viel Phantasie ist er ein Bett aus Stahl; hier hat man Matten daraufgelegt.

Unsere Füße steigen also auf 8 Zentimeter Vanadiumstahl. Man muss kein Panzerexperte sein, um zu wissen: Das hält. Egal was jetzt gleich zwischen der Maus und mir passiert, da entsteht keine Beule im Blech.

Der Stahl ist warm. Er ist aufgeheizt und maximal freundlich zu uns. Er läd richtig ein. Er läd so freundlich ein, wie ein Panzer freundlich sein kann.

Sie und ich und der Panzer und ein Band. Darum geht es. Das ist die Kunst. Wir spannen jetzt ein Band zwischen uns, uns dreien. Und den Anderen, die Anderen, die die zuschauen, die auf den Stufen sitzen und auf unsere Bühne schauen, zwischen denen und uns spannen wir irgendwie auch. Entscheidend ist das Band, dass es hält zwischen ihr und mir jetzt gleich. Wir, wir beide, wir haben jetzt hier Sex. Genau hier! Und damit das gelingt, muss uns einiges scheißegal sein. Absolut scheißegal, das ist Bedingung. Ich meine damit nicht das aggressive scheißegal, das wegstoßende, das „Scheiß", das man wie Dreck wegstößt. Nein, ich meine das scheißegal, was ausdrückt, dass einem sogar das Egalsein egal ist. Selbst wenn das „nicht egal" egal ist, dann ist es egal. So egal muss einem alles sein.

Es gibt nämlich ein paar Dinge, die im Wege stehen beim Sex in so einem Sujet, auf einem Panzer zum Beispiel im

Sommersonnenlicht mit Leuten drumrum. Wenn du daran denkst, was die Anderen denken könnten, - KÖNNTEN! - dann bricht alles zusammen. Dann reißt das Band. Oder wenn dir klar wird, wie scheiße das aussieht, dass du hier in T-Shirt und aber mit ohne Hose bist. Oder dass du bestimmt keinen hochbekommst, wie ich gerade hier. Oder das hier verkackt ätzender Sand ist auf diesen Matten, verdammt. Oder, oder, oder. Es gibt jede Menge Dinge, die stören. Es gibt tausend Gründe für ein „Nein", ein „Stop", ein „kann ich nicht". Scheißegal. Es ist scheißegal! Wir machen jetzt mal.

Was zählt, ist das Band. Sie und ich und der Panzer. So ein bisschen der Panzer. Denn beim Sex geht es darum, ein Band zu knüpfen zwischen Dir und dem Partner. Es geht darum, einen Flow zu erzeugen, einen Austausch in Geilheit, Sinnlichkeit und Gefühl. Es geht darum, diesen Flow zu halten, sich nicht stören zu lassen von der Endlichkeit der Welt und den Irrlichtern der Gedanken, der Jagd nach einem Orgasmus, oder cool sein wollen, oder stark, oder schön. Die Zeit soll stillstehen, denn ohne Zeit gibt es keine Gedanken und das ist das Ziel. Darum geht es beim Sex, wenn er gut ist: Keine Gedanken haben!

Und in solchen Fällen wie hier auf dieser Freiluftbühne fließt auch das Drumherum hinein, das was man sonst ausschließen will beim Sex, weil es das sonst alles einfacher macht. Hier ist es anders. Hier ist ganz viel um uns herum. Wir nutzen das Drumherum. Es ist volle Absicht: Dass wir auf einem Panzer sind und Leute uns zuschauen, das macht geil. Es macht zusätzlich geil, was geiler kaum geht, denn meine „Sie" hier, ist eine Hammerfrau und das Band zwischen ihr und mir, das wir jetzt brauchen, ist ein richtiges Tau. Wir können das, wir kennen uns, wir können Flow.

Und sie sitzt über mir und mir läuft ihr Saft salzig und viel in den Mund. Ich stemme ihren Oberkörper von unten hoch, ziehe an den Haaren nach hinten, sie geht stramm ins Hohlkreuz. Ich weiß, ihre Brüste springen jetzt hervor, ich weiß es, sehen kann ich es nicht. Ich sehe ihren Hintern, den sehe ich von unten und wie und wie und wie … und lecke ihren Schlitz aus. Es läuft. Sie läuft und es läuft zwischen uns. Fünf Minuten, zehn, zwanzig. Packen, ficken, streichelnd zart, Wechsel, Kuss auf die Nase, und wieder… „wie lange?", scheißegal. Es applaudieren Leute, dann wieder „Schade keiner da.", scheißegal. Es ist egal!

Ich halte sie, damit sie nicht herunterfällt von unsrem Lieblingspanzer. Wir lachen. Ich drehe sie damit ihre Beine gespreizt zur Bühne liegen, damit alle hineinsehen können wie sie läuft da unten und schlage zu. Sie japst. Flow. Keine Ahnung, was ich da tue. Handlungen fliegen nur so an uns vorbei, Bilder, „Wir sind total bescheuert!" lachen wir und sie spuckt mir in den Mund. Das Band, das Band, das Band zwischen uns – darum geht es. Alles was stört, ist egal und alles was guttut, integrieren wir. Der Panzer unter uns gehört dazu. Er hilft und verstärkt. Panzer bedeuten Gefahr und sie bedeuten Kraft und Hilflosigkeit des Menschen im Angesicht von Gewalt und Macht. Panzer sind archaisch. Sie sind zum Töten und zum Überleben da. Sie sind primitiv. Wir schließen uns an.

Dieser Sand überall… verschwitzt sitzen wir jetzt auf den Matten, verschwitzt und erschöpft und matt und zufrieden und nackt. Sie bläst sich die Haare aus dem Gesicht, die Sonne scheint von oben steil und uns ist heiß und heiß und heiß und gleißend hell. Wir blinzeln uns an.

„Das hat Spaß gemacht.", spreche ich und sie nickt. „Ich habe…" beginne ich und hebe den Finger erklärend ins gleißende Blau. „… schon als Kind gerne mit Panzern gespielt.", beendet sie den von mir begonnenen. Mein Finger hängt in der Luft. Hey, das war meiner, das war mein Satz! Ich bin verdutzt.

„Woher weißt du das?", frage ich, den Finger noch immer in der Luft und sie lacht.

Schneewittchen

Schwarz ist ihr Haar, blass ihre Haut, blutrot sind ihre Lippen. Sarah ist schön. Sarah ist eine schöne Frau. Auch wenn sie erschöpft ist, ist sie schön und wir sind erschöpft jetzt. Ein wenig angetrunken sind wir auch.

Es war eine lange Nacht. Wir sind erhitzt vom Feiern noch. Das wirkt nach, das mit der Musik, den vielen nackten Körpern, den ganzen Schwingungen in der Luft. Den ganzen Weg im Taxi zurück haben wir geplappert. Stoff dafür gab es genug.

Sarah zieht die Hotelzimmertüre zu. Das macht einen dumpfen Ton. Wir lächeln uns an. Sie streift die Schuhe ab, lässt sie liegen im Gang. Sie lässt sie liegen, so wie elegante Frauen das tun. Einer steht, einer liegt. Schön! Ich gehe zum Tisch, werfe irgendetwas darauf aus meinen Taschen. Auch ich ziehe meine Schuhe aus, das Shirt folgt, ich strecke mich. Sarah tut das Gleiche mit ihrem Kleid in elegant. Es ist nicht viel Kleid, schnell fällt es herab. Auch sie steckt sich. Gerader Körper, schönes Licht, schöne Wölbungen.

Und wir duschen. Zuerst ich, dann sie. Wir waschen uns den Schweiß ab, die Gerüche der Nacht. Ich reiche ihr das Handtuch. Sie zieht am Band und frei fällt ihr Haar. Ein Kuss. Meine Hand an ihrem Leib, sie gleitet an mir, unter-an meiner Hand an mir vorbei. Sie hat noch zu tun, was Frauen so tun vor dem Spiegel.

Wir schweigen. Ich trete ans Fenster, ziehe die Vorhänge zu, ganz zu, so sehr zu, dass uns gleich der Morgen nicht weckt. Ich schlüpfe unter die Decke, lege mein Kopfkissen zurecht. Es klappert im Bad. Das Licht um die Ecke erlischt und Sarah erscheint, nackt und blass und schwarz und schön. Ihre Scham leuchtet rose. Schneewittchen ist schön. Schön anzusehen. Schön anzufassen. Schön zu spüren.

Sie gleitet unter die Decke, legt sich ihr Kissen zurecht. Noch ein Blick von ihr auf das Handy. Es klappert irgendwo, sie rutscht zu mir.

Ich lösche das Licht und wir treffen uns unter der Decke. Wir nehmen uns in den Arm, umschlingen einander. Wir sind nicht vertraut. Wir kennen uns, lieben uns. Wir lieben uns? Nein. Das nicht, das ist zu viel, viel zu viel, Liebe ist es nicht. Es ist Wollust, Mögen und Gewogenheit. Wir begehren einander, aber vertraut sind wir nicht. Vielleicht noch nicht. Wir hatten einander bisher zu selten dafür. Vielleicht ist es das.

Ich küsse ihren Mund. Es ist zu dunkel. Ich sehe ihn nicht, doch ich weiß er ist rot. Ihr Atem ist warm. Ihr Gesicht, zart wie es ist, gleitet in die Nische zwischen meinem Kopf und meinem Arm. Ihr Leib liegt an meinem. Wir liegen Bein an Bein. Samten und lang ist das ihre. Wie schön! In mir, vor mir liegt ein Schneewittchen.

Ihre Hand zuckt auf meinem Rücken, krault noch einmal ganz sanft. Lust huscht vorbei, kitzelt kurz und dann, dann… schlafen wir ein.

Ja, wir schlafen ein.

Und am nächsten Morgen wachen wir auf. Ein wenig „Kopf" haben wir. Schal ist der Geschmack im Mund, doch der ist schnell weggezähneputzt beim ersten Gang zum Klo. Sarah gleitet noch einmal zu mir unter die Decke. Wir tuscheln über dies und das, lassen Revue passieren die letzte Nacht. Blutrot lackierte Fingernägel tanzen vor meinem Gesicht. Schneewittchen hat Temperament, wenn sie argumentiert. An meiner Flanke fühle ich ihre Brust. Wir lachen.

„Komm, lass uns aufstehen, frühstücken.", sage ich. Sie nickt und gibt einen Kuss.

Nichts weiter. Kein Sex. Die Sexszene fällt aus. Tut mir leid lieber Leser. Es geht nicht immer um Sex. Auch dann nicht, wenn er in der Luft liegt und die Dinge scheinbar so liegen. Mann muss nicht immer machen, was geht. Immer das Maximale … nein … wenn Mann so lebt, verpasst er die Schönheit im Leben.

Frau und Mann auf einem Zimmer – das kann so viel sein. Es ist so schön, eine Frau zu erleben, wie sie sich anzieht, auszieht, schminkt, wie sie sich zelebriert, mit dem Mundwinkel zuckt, etwas fallen lässt, die Augen aufmacht und und und…

Manchmal, gar nicht so selten, heißt das Programm nur und ausschließlich „Schneewittchen erleben". Der Mann ist der Spiegel und darf kommentieren. Mann beachte: Das Schönste im Land ist, was Schneewittchen zu Schneewittchen macht.

… Oder Schneeweißchen zu Schneeweißchen, oder Rosenrot zu Rosenrot, oder … ach Du weißt schon.

Vom Silber schätzen

Da stehe ich nun auf dieser Party und Katharina steht neben mir. Sie trägt einen Fetzen in Schwarz, ich trage meine Hose aus Leder. Katharina nippt an ihrem Drink. Gut schaut sie aus, die süße Maus.

Wir haben gerade ein Paar kennengelernt. Jetzt stehen wir hier zusammen, wir vier. Das ist einfach so passiert. Wir standen so nebeneinander und so wechselte ein Satz und noch einer und dann haben wir uns vorgestellt, also mit Namen.

Die sind nett die beiden. Das ist selten bei Paaren. Es ist selten, dass beide nett sind. Meistens ist sie cool und er verkrampft, oder sie schlau und er doof, oder sie zickig und er lieb. Oder alles ist umgekehrt oder anders kombiniert. Passt eigentlich nie.

Aber die hier, die sind nett. Er ist sympathisch, offen, aber nicht laut. Ich glaub,e sie ist nicht so schlau, aber sie sieht super aus und das ist die Hauptsache. Sie trägt einen silbernen Bikini. Ihre Brüste sind prall aus Silikon. Ihre Titten glänzen im Licht. Das ist nicht so mein Ding, aber hier... hm ... Na, wie fühlt sich das denn an, fragt man sich. Frage ich mich auch.

So, jetzt ist Satz zehn gefallen. Jeder von uns hat etwas gesagt. Jetzt entsteht so eine komische Pause. Diese Pausen kenne ich.

„Ihr seid zusammen hier?", fragte er. Da ist sie ja die Frage... ich sagte ja: Ich kenne diese Pausen! Ich weiß, was kommt. Ich lächle und antworte:

„Ja sind wir." Ich blicke zu Katharina, sie blickt ganz schnell zu mir. Sehr gut, wir sind uns einig.

„Seid ihr ein Paar?", fragt er weiter. Na also! Es ist ein schönes Spiel.

„Hmgrf...", mache ich „... nicht wirklich.", erkläre ich.

„Ah sie ist deine Begleitung?", fragt er und deutet auf Katharina. Der will es wissen. Katharina schüttelt den Kopf. Ich pflichte ihr bei:

„Ja, ne, das auch wieder nicht, Begleitung ist zu wenig."

„Freundschaft plus.", sagt Katharina. Jetzt schaue ich dumm. Ich schaue dumm zu ihr. Das hätte ich nicht gedacht.

„Findest du?", frage ich. Ich bin entrüstet, fast. Sie zuckt mit der Schulter.

„Pfft, ich weiß nicht.", murmelt sie und macht eine Grimasse.

„Mehr als Freundschaft ist es auch.", sage ich und das ist mir wichtig. Sie nickt, beugt sich vor und gibt mir einen Kuss. Einen großen Kuss. „Ja genau, es kribbelt sehr."

„Ah…", fasst unser Gesprächspartner zusammen „… Ihr seid also nicht zusammen, aber mehr als Freunde, mit ein wenig Liebe, und ihr vögelt miteinander." Katharina nickt munter. „Ja so ungefähr."

„Liebe ist ein ziemlich klebriges Wort.", merke ich an. Einer von uns lacht. Dann schweigen wir drei Sekunden.

Das sind drei Sekunden Ratlosigkeit.

„Wir sind einfach nur verheiratet.", erklärt dann er. Seine Frau nickt gelangweilt. Ein wenig abwesend wirkt sie. Sie ist wirklich nicht so schlau. Ich nenne sie ab jetzt Silbertitte. Das ist fair. Ihre Titten sind ihre herausragendsten Merkmale. Es ist nicht böse gemeint.

„Ja verheiratet sind wir auch.", sagt Katharina. „Nur nicht miteinander.", ergänze ich.

„Ach so, dann seid ihr eine Affäre?", ergänzt unser neuer Freund und wir schütteln den Kopf. „Nein, Affäre ist ja geheim, dann weiß ja der Partner nix davon."

Ach, ist das alles kompliziert. Da gibt es gar keine Worte für das, was Katharina und ich sind. Wir sind so ein Paarfickfreundschaftdings oder so.

In diesen Clubs, auf diesen Feten soll ja alles immer freizügig, eifersuchtsfrei und einfach sein. In Wirklichkeit ist alles total kompliziert. Es ist nämlich nicht so einfach hier von Mensch zu Mensch. Man erkennt einander nicht, weil die Rollen unklar und unsichtbar sind. Von den Regeln ganz zu schweigen… Da gibt es so viel zu klären…

Und genau das ist dann auch Thema zwischen uns vier. Das heißt zwischen uns drei. Die Dame mit den Silbertitten, lächelt nur höflich und nippt an ihrem Drink. Mein Urteil bestätigt sich: Sie ist dumm. Ich frage mich, ob sie dem Gespräch nicht folgen kann, oder nicht folgen will. Na ist ja auch egal. Wichtig ist: Man kann ihre Hüftknochen sehen, so schlank ist sie… uhh.

Auf jeden Fall sind wir drei uns einig. Die Welt ist kompliziert und so dreht sich unser Gespräch munter im Kreis. Wir drehen uns um das, um das es eigentlich geht. Doch wir sind auf der Hut.

Ja man erkennt aneinander die Absichten nicht und dann hat Katharina eine Anekdote zu erzählen und dann Micha, so heißt unser Ehemann in der Runde. Er erzählt auch vom FKK Urlaub wo die beiden einmal … und da war ich auch mal … und Katharina sowieso, sie mag ja Frankreich so sehr … und den Franzosen geht es nicht gut so rein wirtschaftlich … und genau deshalb habe er jetzt sehr günstig dort Antiquitäten gekauft … und Katharina ist begeistert, weil sie auf alte Sachen steht und erzählt stolz von einer Schmuckdose mit einer Figur obendrauf „Ja wie im Film, die dreht sich, total süß." Und da … ja da, da entsteht eine Pause. Der Faden ist gerissen. Uns fällt nichts mehr ein. Wir schweigen und gucken im Kreis. Auch Silbertitte blickt von links nach rechts und hin und her. Ja wo sind wir denn hier? Ich glaube, das fragen wir uns gerade alle vier. Micha schüttelt den Kopf.

„Wie kommen wir denn jetzt auf Schmuckdöschen?" Er fragt es sich selbst, spricht aber laut. „Wie kommt man auf so ein Thema und das hier?", fragt er nachdenklich und schaut zu seiner Frau.

Die räuspert sich.

„Wir wollten tauschen, waren aber alle verlegen.", spricht sie. Sie lächelt. Ihre Lippen sind rosa.

Da schau einer an! Ich habe mich getäuscht. Von wegen Silbertitte! Ich war ungerecht. Die Dame hat sehr schöne Brüste, eine sehr gute Figur, sie trägt einen angenehm winzigen Bikini und das alles gereicht ihr zum Vorteil, aber: Das alles blendet. Sie ist schlau.

Gute Nacht

Die ist mir eben schon aufgefallen, auf der Tanzfläche. Sie tanzt wie ein Derwisch, seit Stunden. Mal ist sie weg und dann wieder da.

Jetzt steht sie hier bei uns. Ich habe keine Ahnung, wie sie zu uns gefunden hat. Sie war auf einmal da. Sie löst sich von Marc, drückt ihn weg. Der Kuss ist vorbei. Sie zieht an ihrem Kleid, wendet sich und geht drei Schritte durch den Gang. Dann sieht sie mich, ändert die Richtung und kommt auf mich zu. Ferrarirot glänzt ihr Latexkleid. Sie ist dünn, jung und blond. Ihre Mähne ist wild; schon drei Mal aufgelöst hat sich ihre Frisur in dieser Nacht. Sie spricht nicht zu mir. Es ist ein wenig diabolisch. Sie zögert, atmet, lächelt in das Irgendwo, aber nicht zu mir. Ihr Kopf kippt von rechts nach links und zurück. Noch ein Schritt von ihr, dann fühle ich sie. Ihr Latex berührt mich, sie schmiegt sich an. Sie ist warm. Sie küsst. Sie küsst gut, etwas gehetzt vielleicht. Sie ist verschwitzt. Ich flitsche die Zigarette weg und lege meine Arme um sie, lasse sie herabgleiten an ihr. Sie ist fest, fühlt sich an wie eine Schlange, eine starke Schlange und ihre Schlangenhaut ist Latex. Sie löst den Kuss. Kurz fokussiert sie mich, dann schaut sie durch mich hindurch, bewegt sich nicht. Grüne Augen, nein, blau, nein, grün... die Farbe wechselt irgendwie. Das Licht ist nicht gut. Sie schwitzt. Sie pustet in mein Gesicht, spricht nicht, starrt mich nur an. Dann kippt ihr Kopf ein wenig nach rechts und sie schmiegt sich wieder an. Wieder ein Kuss. Ein langer Kuss ist das, ihre Arme und Hände gleiten an ihr und an mir. Da ist ganz schön viel Schlange vor mir. Sie zieht ihr Kleid hoch, während des Kusses. Sie zieht es bis zum Bauch. Ich sehe nicht, ich ahne, was sie tut: Sie zieht ihre Hand durch ihren Schlitz. Und richtig: Zeige- und Mittelfinger suchen Platz zwischen unseren Lippen jetzt. Sie sind nass. Da ist Schweiß und was weiß ich. Schmeckt ganz gut. Sie löst den Kuss, lutscht an den Fingern und dann lutsche ich. Und wieder ein Kuss. Marc erscheint hinter ihr, sie fühlt ihn und dreht sich herum, hält aber den Kontakt zu mir. Sie räkelt sich. Meine Hände gleiten auf ihr, sie küsst Marc. Meine Hände rutschen hinab zu ihrer Scham, sie hebt ihre Arme nach hinten zu meinem Kopf. Sie dreht ihr Becken und ich drehe meine Finger in sie hinein und heraus, zupfe an der

Scham. So windet sich eine Latexschlange zwischen Marc und mir. Eine ferrarirote Latexschlange auf Highheels.

Ein Blick zwischen ihm und mir. Schon klar. Das ist ein Deal.

Mein Gott ist diese Frau geil. Sie ist geil im Wortsinn. Sie hat Blut im Hormon, und alles, was Frau so in sich tragen kann, läuft aus ihr heraus: Schweiß, Schleim und Sperma bestimmt auch. Die lässt es laufen. Sie lässt … Es ist ihre Nacht.

Sie küsst Marc immer noch. Er wechselt einen Blick mit mir ganz kurz. Ich lehne mich an die Wand und ziehe die Schlange an mich heran. Sie leckt Marc über das Gesicht, sie leckt ihn ab. Boh ist die heiß, kein Limit!

Wir haben Zuschauer. Über ihre Schulter sehe ich sie. Da stehen sie, onanieren und schauen. Egal.

Die Hände der Schlange liegen immer noch an meinen Kopf, sie hält die Arme nach hinten gedreht. Ich sinke etwas herab und drücke mit meinen Knien ihre Beine nach außen. Sie ist an mich gepresst, hält mit Druck an mir und ich mich durch sie an der Wand. Ich öffne ihr die Scham, eine Hand rechts, eine Hand links. Ihr Schlitz ist von mir abgewandt und vor Marc müsste er jetzt sperrangelweit offen sein. Sie dreht sich unter meinen Händen, fliehen will sie nicht, die nicht! Die will nicht fliehen! Mit dem Daumen spiele ich an ihrer Klit, zumindest vermute ich es. Marc ist so weit: Ich spüre es, sein Schwanz gleitet an meinen Handkanten vorbei in sie hinein. Sie dreht den Kopf und ich beuge den meinigen vor. Wir küssen. Sie vibriert, pulsiert, sie packt an meinen Hals, Fingernägel, sie kratzt. Sie bebt. Sie wird von Marc gefickt. Ich spüre es. Seine Stöße stoßen uns gegen die Wand. Sie küsst weiter. Ich packe ihr Haar, halte sie fest. Grüne Augen, nein, blau, nein grün, sie grinst nah aus der Ferne. Sie schwitzt. Sie öffnet den Mund gierig, zuckt mit dem Kinn und ich spucke in ihren Schlund. Sie zuckt, ich spucke, zucken, spucken, zucken, spucken und dann schluckt sie alles. Sie grinst. Mein Gott was für ein Weib!

Ihr geht es soooo gut. Es ist ihre Nacht.

Ich halte sie fest, ganz fest, sie wehrt sich kurz, aber dann kapiert sie und lässt es geschehen. Mark fickt sie durch ohne Rücksicht, sie bäumt sich auf irgendwie in meinem Klammergriff, küsst mich, keucht und ist folgsam. Dann tauschen Marc und ich. Wir starten das Ganze nun anders herum. Ich fixiere sie mit einem

Griff am Hals und Marc hebt ein Bein von ihr. Als ich fertig bin, steht ihr Loch offen und es läuft heraus. Ein Dritter benutzt sie noch, irgendein Typ der sich traut. Sie lacht, gibt ihm kurz einen ganz sanften Kuss und fickt ihn dann selbst. Sie ist zu hektisch, also gleitet sie ab, hockt sich, nackt wie sie untenherum ist, in den Schmutz, kommt wieder hoch und bläst ihm dann einen. Direkt ganz, ganz tief nimmt sie ihn, reißt den Kopf zurück, rotzt, kotzt fast, hebt den Hintern hoch. Das ist ein Angebot. Wir fingern sie. Immer im Wechsel. Sie dreht sich, ihr Kopf schnellt hoch, sie faucht und wieder zurück, des Dritten Schwanz in den Mund, Spucke, vielleicht Spucke läuft ihr aus dem Mund, sie schreit. Sie löst sich von uns, macht zehn Schritte weg, hebt die Arme zum Kopf, wedelt in der Luft, stellt die Ellenbogen nach außen aus. Sie glänzt vor Schweiß. Die Haare liegen in Strähnen. Sie atmet schwer ein und aus. Ihr Blick geht hin und her, fixiert nichts und dann doch uns. Sie grinst, zieht jetzt ihre Hände über den Körper, schaukelt leicht hin und her. Kommt, doch kommt doch, kommt doch, signalisiert sie. Und wir kommen, alle die wir dort stehen. Sie will, also wollen wir auch. Sie erhält, was sie braucht.

Es ist ihre Nacht! IHRE NACHT!

Später, viel Später – sie hört überhaupt nicht auf – stehen wir wieder in diesem Gang. Sie ist zerkratzt. Rote Striemen leuchten auf der Schulter, den Armen und Beinen. Wundert mich nicht. Dass die Kleine überhaupt noch stehen kann, das wundert mich. Und ihr Kleid ist wieder aufgetaucht; das wundert mich auch. Sie hat es sogar richtig herum an. Sie zieht an einer Kippe, saugt den Rauch ein mit zwei riesigen Zügen. Das Ding ist schon halb aufgeraucht. Ihre Augen sind riesig, die Brauen treffen sich fast, so sehr verzerrt sie ihr Gesicht. Sie zischt den Rauch aus, japst nach Luft und atmet wieder ein. Sie wippt hin und her, dreht die Schulter wie ein Käfigtier. Sie spricht irgendetwas. Grün, nein, blau, nein grün hüpfen ihre Augen hin und her. Sie sucht etwas. Sie sucht etwas in der Luft. Sie schwitzt, greift sich an die Brust und wieder unter das Kleid an den Schlitz. Dann macht sie zwei Schritte vor und klaut dem Kleinen die Kippe aus der Hand, zieht und steckt sie in seine Finger zurück. Sie lacht. Ganz kurz kreuzen sich unsere Blicke. Es ist nur ein Sekundenbruchteil. Da ist so viel Freude in ihrem Blick. Ist diese Frau glücklich! Oh mein Gott, ist diese Frau glücklich! Sie kann kaum atmen vor Glückseligkeit. Sie kommt gar nicht zum Lachen vor Glück, sie platzt fast. Jetzt lacht sie doch, gar nicht dreckig, nein, heiter, sie lacht heiter.

Wir stecken kurz die Köpfe zusammen, sie und wir. Abgemacht. Wir gehen aufs Zimmer. Wir vier und sie. Und dann geht es weiter. Sie will weiter, will mehr. Okay, wenn sie das will, soll sie es bekommen und sie will, will, will. Was für ein Spaß. Sie lacht, dreht sich um ihre eigene Achse, hebt die Hände.

Wahnsinn! Diese Frau! Diese Nacht! Diese Nacht wird sie nie mehr vergessen. Diese Nacht wird ihr Leben verändern. Sie wird immer wieder zurückwollen zu diesem Gefühl, immer wieder dorthin zu diesem grenzenlosen Selbstwert, zu dieser grenzenlosen Energie. Ihre Adern kennen das jetzt. Das lässt sie nicht mehr los. Es gibt keinen Weg zurück. Diese Gefühle… Nie mehr lässt sie los, was sie hier erlebt. Das ist ihre Nacht.

Wir gehen die Treppe herunter, die Garderobe ist in Sicht schon. Sie atmet schwer, ihr Blick, grün, nein blau, nein…, kurz fange ich ihren Blick ein. Augenkontakt. Sie lächelt versonnen.

Ich brauche einen Namen für sie. Keiner kennt sie. Keiner weiß ihren Namen. Sie spricht ja nicht, oder nur kaum, sie faucht nur. Sie faucht und fickt. Einen Namen… Wie nenne ich sie denn? Hm… Ah, genau…. Ja, der Name passt. Ich habe ihn!

Sie geht vor mir. Ferrarirot ist ihr Kleid. Ihr Hintern gleitet unter dem Latex bei jedem Schritt. Gleich beginnt der zweite Teil ihrer Nacht, der Teil auf dem Zimmer. Sie bepisst sich jetzt schon vor Spaß. Wortwörtlich. Es läuft ihre Beine herab. Sie gackert und freut sich über die Provokation. Sie leuchtet vor Glück. Sie ist so glücklich. Sooo glücklich ist sie! Soll sie doch. Ich gönne es ihr. Ich helfe ihr, wir helfen ihr, helfen gerne. Es ist ihre Entscheidung. Es ist ihre Nacht. Sie opfert viel dafür, für ihr Glück, sooooooooooooo viel opfert sie.

Sie ist so jung, so schön, so frisch. Noch, noch ist sie es. Noch…

Ach so, ihr Name… nun … Crystal nenne ich sie, denn Crystal passt.

Werden wir nicht

„So etwas Absurdes, eine Swingerparty am Sonntagnachmittag.", sagt sie und ich biege auf die Autobahn. Die Sonne steht tief. Die ersten Bäume sind schon gelb und etwas braun.

„Ja hat aber funktioniert. Es waren ja genug da.", erwidere ich. Sie nickt, schmunzelt. Wir schweigen.

„Der Große, was war das für ein Typ?", fragt sie und schaut mich nicht an. Ich fahre.

„Ich kannte den nicht. Ich kannte keinen."

„Ja. Ich auch nicht.", erklärt sie.

„Hehe", mache ich. Wir schweigen.

„War es gut?", frage ich.

„Total geil." Antwortet sie. Schiebt sich die Sonnenbrille zurecht, hält den Kopf schräg. „Ich…", spricht sie und zögert. „…ich weiß nicht, ob ich das nochmal will, aber das eine Mal jetzt war geil."

„Hehe", mache ich.

„War ne tolle Erfahrung, so von überall Männer, überall Hände, überall Schwänze, überall drin, alle fremd…" Sie richtet sich auf, schiebt die Sonnenbrille hoch in ihr Haar. Nimmt sie dann ab und klappt sie zusammen. In der hohlen Hand hält sie sie. „Ich weiß nicht, ob ich das noch einmal brauche, nein, eher nicht."

„Okay", sage ich. Pause.

„Danke", sagt sie.

„Kein Ding", sage ich. Schweigen.

„Was man alles so macht. Von wem man sich alles so ficken lässt.", erklärt sie und kratzt sich im Nacken. Wir schweigen. Sie nimmt die Sonnenbrille in die andere Hand. Tippt drei Mal auf ihr Bein.

„Nur wir beide nicht. Warum eigentlich nicht?", fragt sie.

„Ich hatte zu tun.", entschuldige ich. Ich wechsle von der mittleren auf die rechte Spur.

„Du meinst, meine Männer sortieren?", sagt sie und schmunzelt.

„Ja, genau. Ich mach das ganz gern.", erwidere ich.

„Das war wichtig für mich.", spricht sie, nickt und schaut zu mir. Ich kann es spüren. „Hätte ich sonst nie gemacht."

„Ich weiß", antworte ich. Pause. Pause. Pause. Eine Ausfahrt fliegt vorbei an uns rechts.

„Das mit dem Vögeln holen wir nach.", erklärt sie. Sie atmet ein. „Wäre ja wohl gelacht, wenn wir beide, also wir beide nicht…. Wir, wo wir seit Wochen gemeinsam durch die Nächte ziehen. Holen wir nach.", nickt sie.

„Jepp", sage ich. Oder nein, nein, ich schweige. Oder ich sage: „Nein, werden wir nicht." Und sie fragt dann: „Warum nicht?" Und ich sage dann: „Weil das dem Gesetz der verpassten Chance widerspricht. Was man einmal verpasst, passiert nie mehr. Man hat nur eine Chance. Das ist Gesetz."

Oder, nein. Das sage ich nicht. Alles nicht. Ich schweige. Ich schwieg, denn das habe ich nicht gesagt. Damals. Aber Recht behalten habe ich.

Und tanze

Mein Gott, das ist aber auch eine Stute. Meine Herren ist die geil!

Ich hatte die schon vor dem Club gesehen. Ich stand da und rauchte, da ging sie hinein, also sie gingen, sie sind ein Paar. Und sie machte diesen Schritt über die Schwelle und aus dem Mantelschlitz ragte dieses aalglatte Bein. Sowas seh ich ja, ist ja klar.

Und jetzt stehe ich neben ihr, so mehr oder weniger neben ihr stehe ich, so etwas diagonal. Der Club ist nicht groß, ist eher ein Saloon mit langer Bar. Es ist ziemlich dunkel. Barhocker stehen herum und Fässer als Tische und alles ist so, dass man tanzen kann.

Die Musik sirrt, sie ist gut, sehr gut ist sie. Electronic. Der Raum ist gefüllt, es ist heiß und die Stimmung ist es auch, wenn nicht sehr heiß sogar.

Wir sind etwas mehr Männer als Frauen, etwas Herrenüberschuss ist, was auf Fickfeten – Partys wo es ums Feiern, aber auch ums Vögeln geht – völlig normal ist; was sogar ganz gut ist, da eine Frau viele Männer kann. Rechnerisch. Rein rechnerisch.

So, und ich tanze. Ich tanze für mich allein. Ich mach das ganz gerne, stellt sich keine geeignete Dame ein. Und etwas links von mir steht besagte Stute. Ne, sie liegt. Ne, sie sitzt. Ne sie hockt. Na irgendetwas davon. Die ist der Hammer! Meine Güte! Riesengroß ist sie – ich liebe große Frauen, zappeldürr ist sie – ich liebe schlanke Frauen. Silikonbrüste, stramm und rund und fest sind da, genau wie ich es mag. Und sie hat so gut wie nichts an, außer den Heels, nur ein paar Bänder flattern herum. Reicht auch, finde ich. Bänder liebe ich auch.

Sie fickt sich die Seele aus dem Leib, beziehungsweise die Männer an ihr. Einer vorne einer hinten, mal hockt sie, mal steht sie, mal beugt sie sich vor, mal wird sie auf die Theke gelegt. Das ist sehr, sehr geil anzuschauen. Das sieht sehr gut aus, also wenn man diese Ästhetik mag.

Jetzt beugt sie sich vor, hält sich an einer Tonne fest. Die Beine breit gestellt und durchgedrückt wird sie von hinten genommen. Sie wird durchgestoßen und das Silikon wippt stramm hin und her unter ihr. Diese Beine, dieser kleine Arsch … Himmel! Es ist der Himmel! Sie windet sich wie ein Aal. Ich kann ihre Rippen sehen. Oh wie geil, was für ein Spaß. Ich tanze derweil.

Der Eine ist fertig. Jetzt kommt ein Anderer dran, steckt ihn rein. Ach, ne, sie hockt sich vor ihn und öffnet den Mund, hält ihn hin. Er onaniert, sie wartet. Hehe, jetzt wartet sie auf zwei. Wie geil!

Sie hat eine ganze Schaar Männer um sich. Die kreisen um sie und warten auf eine Lücke. Kennen tut sie die nicht. Sie ist wahllos, was ich sehr angenehm finde. Ich finde das gut. Das ist sehr sozial. Und es ist kompetent! Ja, wirklich: Ich finde es toll, wenn Frauen das können und tun. Das macht sie sehr attraktiv. Wenn Frauen machen, was sie wollen und sich einen Dreck drum scheren, wo und was man als Frau sein soll, das ist gut. Stark ist das. Starke Frauen!

Die Männer um sie herum, die mit den Schwänzen in der Hand, oder in ihr drin, sehen das wohl auch so, zumindest in diesem Moment. In ihren Gesichtern spiegelt sich die Begeisterung. Es ist zum Schmunzeln. Szenen gibt es da… ich höre das ja, ich stehe ganz nah. „Ja Kondom drüber und rein.", sagt sie zu dem Typen vor mir. „Ich hab keins.", sagt er und sie fragt „Wie?" während sie es einem anderen macht mit der Hand. Routine. „Ich hab nicht erwartet hier zu vögeln.", wiegelt er ab. Sie dreht den Arsch zu Bewerber Nummer drei.

Man muss das nicht mögen. Ich mag das. Ich stehe dazu. Diese Frau ist total bewusst, vollkommen im Flow. Sie lässt sich vögeln und schwebt dabei, ist einfach Instinkt und geil; sie ist vollkommen bei sich. Sie denkt nicht. Toll!

Die Männer auch nicht, die denken auch nicht. Außer vielleicht: „Boh ist das steil.", was irgendwie nicht wirklich ein Gedanke ist. Sie tun einfach. Die Männer machen, was sie wollen. Ficken. Sie hinterfragen nicht.

Ich tanze derweil. Und ich find das total geil. Nein! Halt! Ich finde die Frau total geil. Die ist super, voll mein Ding. Dass ich hier tanze eigentlich nicht. Das find ich … hm… mau? Eigentlich, also so ganz, ganz eigentlich, will ich das auch. Ich will mitmachen. Worum mach ich das nicht? Ja warum denn nicht? Denk ich. Denk ich. Denk ich.

Der Witz ist, dass sie mich eingeladen hat. Sie hat mich zwei Mal angeschaut, was unter diesen Bedingungen mehr als eine Einladung ist. Berührt hat sie mich auch. Eine Frau berührt einen Mann niemals versehentlich, das gibt es nicht.

Ich tanze. Ich überlege, ob ich soll, oder ob nicht. Ich gucke immer einmal rüber und dann wieder nicht. Schließlich lasse ich es. Ich beschließe es zu lassen, und spüre, wie die Lust in mir sinkt. Die Lust weicht zurück, was hilfreich ist.

Es gibt ein Argument, was gegen sie spricht: Ihr Mann! Sie hat ja ihren Mann dabei. Ich bin kein Moralist. Ihn stört das alles nicht, im Gegenteil, er findet das gut, das kann ich sehen. Er steht gerade etwas abseits, was sich gleich geben wird, da er wieder mitmachen wird. Er läd nach sozusagen.

Was mich an ihm stört, ist nicht seine Präsenz, nein, was mich stört, ist er. Ich mag ihn nicht. Ich finde ihn fürchterlich. So steil die Frau auch ist, ihre Partnerwahl ist unterirdisch. Er ist fies, seine Aura ist von schäbigem, schmierigem Grau. Überhaupt, schmierig, genau. Schmierig ist er, und dick ist er, und grinst und ist bis in die Haarspitze primitiv. Eine Frau mit so einem Mann… ne… die kann ich nicht, sorry, die kann ich nicht ficken. Geht einfach nicht, so steil sie auch ist.

Erstaunlich nicht wahr, wie ein einziges Kriterium – hier: wer ist ihr Mann – die ganze Lust auf die Frau zum Zusammenbruch bringen kann?

Denk ich noch. Und tanze.

Jeden Tag

Ich erwache und öffne die Augen nicht! Ist besser so. Erstmal die Lage peilen.

War das letzte Nacht eine Sause, meine Herren! Und dabei war ich nüchtern. Zurückgefahren bin ich auch noch mit dem Auto und jetzt liege ich im eigenen Bett. Allein. Sehr gut! Da lasse ich doch die Augen zu und ziehe Resümee. Der Tag beginnt noch früh genug.

Resümee braucht immer etwas Zeit. Blind rücke ich mich in den Kissen irgendwie zurecht, fühle den Stoff, kühl. Meine Katze schnurrt am Fußende.

Was fällt mir denn so alles ein? Vera ist auf mich drauf gefallen, von der Tanzflächenkante. Ich schmunzle. Ich schmunzle, weil ich irgendwie das Gefühl nicht loswerde, dass es Absicht war.

Getanze. Und heiß war es. Felicitas ignorierte mich an der Raucherbar.

Sophia! Ja Sophia, genau. Wo man sich so alles trifft. Der schreib ich gleich. Genau, genau Sophia, du hast Recht, lass uns doch einmal so treffen für …

Meine Hose muss ich waschen. Tanja hat mich vollgespritzt. Aber so dermaßen, so dermaßen komplett. Das hört einfach gar nicht auf bei der, kennt man den rechten Griff.

Und Hin- und her zwischen Anna und Tanja und Frederic und mir und dann einfach tauschen und im-am Käfig die Mäuse gegenseitig und nackt und geil. Sehr cool … Cooler Abend resümiere ich.

Der Fick mit R. aus T. draußen an der Currywurstbude im Raucherbereich. Geiler Scheiß. Mal eben so, ganz gierig hockt sie da und schluckt, die Leute stehen drumherum… War das heiß… Himmel, Himmel, Himmel!

Hm, müde bin ich schon dann doch. Viel Schlaf war das jetzt nicht. Ich reibe mir den Kopf, die Augen noch immer geschlossen. Ich gähne. Ein Geräusch, die Katze springt auf, vermute ich. Ja, Tatzen tapsen.

Starke Party! Und so unverhofft. So ungeplant und halbspontan ich noch da hin.

Aber irgendetwas war noch? Was nur? Da war noch etwas; etwas Entscheidendes. Ich überlege. Meine Nase juckt, ich reibe sie und öffne jetzt die Augen doch.

Oh, ja, genau. Oha, das wollen wir einmal nicht vergessen: Kontakt mit Astrid! Astrid! Endlich. Die erste Brücke ist gebaut. Mein Gott was für ein steiles Teil! Hilfe, so viel Blut hab ich gar nicht für nach untenhin, wenn ich nur daran denk.

Aber das war es nicht. Astrid vergesse ich nicht. Etwas anderes… ein Detail. In Gedanken laufen Szenen an mir in mir vorbei, im Schnelldurchlauf, stehende Bilder auch. … Und dann nach Hause. Kalt… erinnere ich mich.

Hm. Irgendwas war noch…. Irgendetwas, was ich nicht vergessen wollte. Auf keinen Fall. Hm. Weg. Es fällt mir nicht ein. Mist.

Ich schlage die Decke zurück. Eine Szene huscht vorüber von einem Streit an Kasse zwei. Voll das Drama und ich noch schnell geduckt vorbei gehuscht. Eskalation! Ein Türsteher, der aufsteht und die Augen verdreht und ich: raus. Der Ausgang… die Garderobe… genau… ja… genau… kurz vor dieser Szene… das war es!

Ich lächle, denn jetzt wird mir warm. Es ist wieder da, es fällt mir wieder ein.

Wie schön! Oh, wie schön! Jetzt bin ich wach und aller Schlaf ist fort. Das ist eine schöne Erinnerung, eine sehr schöne Erinnerung ist das, eine, die den Puls antreibt!

Nur ein gehauchter Kuss war es. Ein: „Oh schön, hallo.", sagte sie, oder sagte ich. Mehr war das nicht. Nur ein paar Sätze noch, aber mittendrin dieser Kuss, so nebenbei… Mein Gott kann diese Frau küssen! Da steht ja die Zeit still. Komplett offen… Hilfe… Hoffentlich…

Wie schön im letzten Moment, in meinem vorletzten Moment, auf der Stufe, dort saß sie, die silbernen Schuhe noch nicht in der Hand.

Wie schön. Wie schön! Es sind die kleinen Dinge. Sie erschaffen die Welt jeden Tag.

Ein Rätzel für Euch

Hier ist ein Rätzel für Euch. Es tut mir leid lieber Leser, die Geschichte hat ihre Längen. Vielleicht ist sie hier und da etwas mau. Dieses „mau" ist Teil der Struktur. Das geht nicht anders, es gehört dazu, sonst versteht man die Botschaft nicht.

Schaut also genau hin: In dieser Geschichte ist ein Rätzel enthalten. Es ist auf Ebene zwei. Verstanden? Gut, also los:

Prickelnd ist es mit Karin die Party zu entern. Prickeln ist es, weil Karin prickelnd ist. Sie ist so hell, so wach, so voller Energie. Ich mag Karin und sie mag mich. Ich will sie und irgendwie will sie mich, sonst wären wir ja nicht hier gemeinsam.

Karin ist unkompliziert und in der Garderobe ist sie schnell. Schnell hat sie die Sachen ausgezogen und dieses Kettenteil übergestreift. Diese drei Minuten warte ich gerne, nehme ihre Tasche und ihre Sachen. Nach fünf Minuten sind wir drin, passieren die Tanzfläche und finden die Bar. Gemeinsam trinken wir den ersten Sekt, schauen uns um. Wer ist schon da?

Wir sind keine Klammeraffen, weder Karin noch ich. Wir sind schon groß und werden nicht zusammenhängen wie die Kletten die ganze Zeit, auch wenn wir gemeinsam hier sind. Das würde keinen Spaß machen. So kommt es, dass Karin und ich nach drei Minuten mit verschiedenen Leuten zusammenstehen. Wir tauschen dann und wann noch einen Blick, doch wir verlieren uns. Die Bewegung der Menge, der Flow der Party, die Eigendynamik die sich aus Erkennen, Kennenlernen und Ausweichen erzeugt, erzeugt ein disperses Muster; so driftet Karin von mir weg und ich weg von ihr. Der Faden reißt ab, wir sehen uns nicht mehr. Das macht nichts, das ist völlig egal, wir werden uns im Laufe des Abends noch viele Male wiedersehen.

Da steht Flo. Ich schlage ihm auf die Schulter, wir begrüßen einander. Er stellt mir seine Begleitung vor. Wir kennen uns irgendwie. Wir tauschen Wangenküsschen links und rechts. Schwarzhaarig, glatthaarig, schlank, minimalistischer Body. Woher kenne ich die denn? Egal. Sie, seine Begleitung, hat ihre Freundin dabei. Die ist so eine Art Kopie von ihr in blond, mit etwas mehr Wangenknochen. Auch wir tauschen die obligatorischen Küsschen links, Küsschen rechts. Ich störe irgendwie. Das Gefühl ist diffus. Mit meiner Begrüßung habe ich die Runde gesprengt. Das ist nicht zu überfühlen. Da war etwas in Gange, bevor ich hinzutrat. Man braucht nicht viel Phantasie, um zu erraten, was es ist, was es sein könnte, auf so einer Party wie dieser hier. Zwei Frauen ein Mann… Also verabschiede ich mich. Nur Tölpel stören da.

Im Untergeschoss treffe ich Cloe mit ihrem Mann. Wir plaudern ein wenig. Sie sind nicht allein, sondern haben zwei Paare im Schlepp. Die Einen sind fürchterlich, die anderen sind nett, besonders die sie. Ich bin noch nüchtern – ein Sekt habe ich erst– und sehe daher sofort, wie sie mich findet. Ihre Haltung, so ein Zucken im Gesicht hat sie verraten, ihrem Mann bestimmt auch. Ich spreche kurz mit ihm, dann wieder mit ihr. Schwer zu beurteilen wie die das handhaben. Ich bin da einmal vorsichtig. Der Abend ist jung, die Toleranz bei Paaren erfahrungsgemäß noch gering.

Außerdem sehe ich jetzt im Augenwinkel Silke. Sie tanzt weiter links. Auch sie hat mich gesehen und kommt auf mich zu. Sie grinst. Wir waren letzte Woche erst gemeinsam im Bett. Wir tauschen Küsse und ein paar Sätze. Schön anzuschauen ist sie. Ihr Mann ist dabei. Ich begrüße ihn. Den mag ich und ich werde später mit ihm im Raucherbreich noch eine längere, schöne Unterhaltung führen. Auch werde ich, zeitlich etwas versetzt mit Silke eng an eng tanzen, und wir werden einander küssen sehr intensiv. Dann aber werde ich mich lösen und wie beiläufig gehen. Ich mache das bewusst. Ich bin ja nicht dumm. Dringt man als Solomann bei einem Paar ein, so ist das ein diffiziles Gleichgewicht. Es gibt Dinge und Zeitpunkte, die man darf, und es gibt Dinge und Zeitpunkt, die man nicht darf. Damit muss der Solomann balancieren. Gelingt das ihm, ist es schön für alle. Gelingt es ihm nicht, stört er nur, oder schlimmer: er zerstört einen Abend, oder Größeres. Bei Paaren ist also Vorsicht angezeigt.

Beim Rauchen stehe ich vor einer schlanken Gazelle. Wir kennen einander nicht. Ich liebe Gazellen. Nichts bringt mich so in Wallung wie bei der Frau Gazelliges. Sie sieht mich und ihre Braue schnellt hoch. Es war nur ganz kurz, es war also echt. Das bedeutet: Schlecht stehen meine Aktien nicht. Wir wechseln ein paar Worte, was bei dem Lärm und Gedränge gar nicht einfach ist. Es ist ein

Trialog, kein Dialog, da Hannes auch mit uns mitspricht. Hannes ist frech, auch zu ihr. Ich muss lachen. Es ist so offensichtlich. Er ist so offensichtlich interessiert. Ich zwinkere zu der Gazelle, sie zwinkert zurück. Ich räume das Feld und wende mich ab, was mir nicht schwerfällt, denn da finde ich mich nun neben einer blonden Kleinen. Sie ist lustig und hat wippende Brüste. Feuer braucht sie. Kriegt sie auch. Volker kommt vorbei. Er will hindurch, er will zu denen nach hinten. Wir grüßen uns mit Handabschlag über zwei Andere hinweg. „Oh" sagt die Blonde zu mir schnell „den kannst du mir aber Mal vorstellen." „Volker…" rufe ich.

Ein Uhr ist es. Vier Mal oder so habe ich Karin getroffen. Getanzt haben wir und einen weiteren Sekt getrunken auch. Wir driften wieder auseinander. Sie wird später mit Frank die Party verlassen. Ich bin ein Genie! Ich kann die Zukunft voraussagen! Ich habe Frank eben gesehen. Er kam durch den Eingang. Mir war der Verlauf sofort klar, als ich ihn sah. Ich weiß, wie Frank und Karin sich kennen und finden.

Im Gezappel auf der Tanzfläche treffe ich Daria. Daria ist eine rumänische Hure. Sie ist ein wildes Geschoss großen Kalibers und wie ich sie kenne, will sie es krachen lassen. Ich weiß das. Dass sie eine Hure ist, macht unseren Umgang kompliziert. Sie ist privat hier, gibt sozusagen einen aus, oder drei. Kompliziert ist es, weil sie und ich im gleichen Bordell verkehren. Ich fahre da schon einmal hin und trinke keusch Kaffee in sehr unkeuschem Umfeld. Tja Daria. Ich betrachte sie und bin mir sicher, sie denkt das Gleiche: Wie geht man mit diesem Wissen um? Das ist ein schräges Nichtgeschäftsverhältnis. Wie verhält man sich da? Wir quatschen kurz an der Bar in Englisch. Ich lächle. Sie lächelt auch, wir prosten uns zu.

Gegen drei treffe ich auf Clara. Clara ist rothaarig, groß und lächelnd. Clara ist eine starke Kopie meiner Cousine, was mich fürchterlich irritiert hat beim Sex mit ihr. Es ist schon etwas her. Clara ist Single und einsam. Es dringt aus jeder Pore bei ihr. Sie fällt gerne um. Damit ist gemeint, sie ist anfällig. Für und gegen ihre Einsamkeit macht sie gerne die Beine breit, legt Mann es drauf an. Danach leidet sie unter Kater fürchterliche zwei Wochen lang. Ich will zwar Clara, aber ihren Kater will ich ihr nicht. Wir unterhalten uns über den Job. Das ist besser so. Es ist besser für sie und damit für mich.

Anne treffe ich auf der Tanzfläche des zweiten Floors. Anne ist Stefans Frau, mit dem ich befreundet bin. Klingt kompliziert, ist aber simpel, wenn alle das können. Stefan ist irgendwo, wer weiß ob bei Blond oder bei brünett. Anne, seine Frau, hat ein Projekt. Die ist nicht einfach nur so hier, die muss etwas ausprobieren. Sie muss sich ausprobieren. Das ist wichtig für sie. Wir tanzen. Wir tanzen eng und dann enger und dann fingere ich sie. Das ist so eine Art Tradition. Ich liebe das und man muss kein Augur sein um erkennen: sie liebt es auch. Noch ein Kuss, ein wenig Tanzen und mit nassen Händen verlasse ich die Szene. Tue ich das nicht, bleibe ich bei ihr, so störe ich ihr Projekt und das will ich nicht.

Anette steht angelehnt an eine Säule. Wie immer steht sie da, sieht gut aus und nuckelt an einem Strohhalm herum. Wir unterhalten uns. Aus Anette werde ich nicht schlau. Mir ist schleierhaft, wie sie funktioniert. Nein, das stimmt nicht. Es ist mir nicht schleierhaft. Ich habe so eine Ahnung. Ich habe eine Ahnung, wie ähnlich wir uns sind. Sie bleibt auch heute freundlich und distanziert. Sie ist wie immer.

Tina hat eine Sklavin dabei. Naja, eine echte Sklavin ist das nicht. Nur so ein blondes junges Ding an einer Leine. Sie kniet vor ihr und fummelt irgendetwas zwischen Tinas Beinen herum. Wir werden einander vorgestellt. Kurz taucht die Halbsklavin für einen Kuss zu mir herauf aus ihrer Versenkung, um dann wieder abzutauchen. Tina strahlt, tätschelt der Kleinen den Kopf. „Oooch, die ist so toll Duuu." Sagt sie zu mir und ich lache. Oh ja, Tina, das glaube ich dir. Ich habe sie ja gesehen für diesen kurzen Moment. Das glaube ich dir, dass die toll ist, das finde ich nämlich auch. Manmanman, das ist ein Zoo hier, denke ich und fühle mich sehr zuhause. ABER…. Jemand schlägt mir auf die Schulter. Ich drehe mich um. Ah! Der Micha! Tinas Mann ist auch hier. Schön!

So nimmt der Abend seinen Lauf. Langsam leeren sich die Räume. Gegen vier, halb fünf, beginnt das Stadium der Resterampe. Wer jetzt noch hier und munter ist, ist entweder nüchtern oder total drauf. Es ist Zeit zu gehen.

Zu guter Letzt begegne ich wieder der Gazelle. Sie sitzt neben einer Box und unterhält sich geschafft, splitternackt und ziemlich durchgevögelt mit Inett. Hallo Inett. Noch gar nicht gesehen, hallo. Ein Nicken zwischen uns reicht.

Was man da an Leuten trifft auf so einer Party, es ist der Hammer! Wen und was man alles kennt! Unglaublich ist das.

Das war eine gute Party, resümiere ich und suche nach meinem Garderobenzettel. Ein ABER flackert in mir auf. Genau, ein ABER. Ein ABER, das mich zum Kern der Geschichte zurückführt: Dem Rätzel!

Das Rätzel also, also hier: Was macht diesen Abend zu solch einem Abend? Was erzeugt diesen Verlauf? Hast du es bemerkt?

Lösung: .masnie thcam tiekmasthcA. (von rechts nach links zu lesen)

Jetzt lächelt sie

Latexallergie. Sie hat eine Latexallergie! Sowas. Das so etwas in unserer Community überlebt. Damit hat sie es nicht einfach bei uns. Jede zweite Person trägt hier Latex. Das ist auf Fetischfeten so. Jeder zweiten Person muss sie ausweichen. Mach das mal! Allein der Gang zur Bar mausert sich zum Hindernislauf.

Berührt ihre Haut Latex, so rötet sie sich. Die Rötung steigert sich gelegentlich. Sie steigert sich zum Ausschlag. Und, ohje, ja, je nachdem wie groß, wie viel und wo sie Latex berührt, entsteht eine ausgewachsene allergische Reaktion, so mit Atemnot und so.

Das ist sehr ungünstig. Latexallergie. Gibt es eine ungünstigere Disposition für eine Fetischfetengängerin? Ich denke nein.

Das ist eine waschechte Behinderung. Und es behindert uns auch jetzt, gerade jetzt. Wir – sie und ich – sind gerade an einem Punkt … nun wir sind gerade an einen Punkt angelangt, wo Latex traditionell eine unrühmliche, aber tragende Rolle spielt.

Sie, meine Begleitung, die Dame des Abends, hockt nämlich vor mir auf den Knien die Beine gespreizt, den Oberkörper nach hinten gebeugt. Das ist ein schönes Bild. Ihr Haar ist verschwitzt, ihr Mund ist geöffnet, sie zischt und… hm, wenn ich das richtig deute, so blickt sie zu mir gierig.

Ich hocke vor ihr und mein Schwanz spielt vor ihrer Muschi. Ich helfe mit der Hand und führe die Eichel hinauf und hinab durch den Schlitz. Nicht hinein, nein, nur knapp am Eingang vorbei auf und ab. Hehe. Das ist ein schönes Spiel. Das ist ein Spiel, das schön erhitzt und erhitzt - das könnt ihr mir glauben - sind wir.

Seit zwei Stunden blockieren wir diese Matte. Die alleinstehenden Herren sind hocherfreut. Sie stehen herum und schauen zu, onanieren und kommentieren. Es ist ein Spiel mit der eigenen Konzentration die Zaungäste zu ignorieren. Gelegentlich pirscht sich einer an, ignoriert den virtuellen Zaun. Wir scheuchen sie weg, alle. Wir sind für uns, nur für uns und spielen ein Solospiel. Solo bedeutet hier zwei: sie und ich.

Wir haben schon so ziemlich alles durch, was das Standartsetting in Mitteleuropa so an Stellungen zu bieten hat. Nur eben eines noch nicht, den Fick.

Der Fick geht nämlich nicht. Was uns fehlt, ist das Kondom. Es ist ein kleines, aber entscheidendes Detail. Es fehlt sehr. Sehr sehr. Und die Kondome, die herumliegen, liegen hier herum wie zum Hohn. Sie sind aus Latex, nicht aus Polyisopren oder Silikon. Damit scheiden sie aus. Wir können sie nicht benutzen. Latex ist tabu, es ist allergen. Wir wollen ja keinen Notfall hier.

Sie hat nicht dran gedacht, hat keines mitgebracht von den Spezialkondomen. Wer hätte denn gedacht, welche Wendung dieser Abend macht? Wir kennen uns nicht. Kannten uns nicht, bis eben.

Und jetzt hocken wir hier und schwitzen. Wir schwitzen vor Anstrengung und Geilheit. Wir schwitzen vor Wollen. Das ist anstrengend, was wir hier machen und besonders anstrengend ist es, diese eine letzte Barriere nicht zu überspringen. Davor zu bleiben, so knapp nur davor, so ganz knapp. Ich schlucke. Sie fletscht die Zähne, kommt zu mir hin, gibt mir einen Kuss.

Ihn nicht reinzustecken, sich nicht draufzusetzen, nicht zu vögeln … schwierig. „Boh, wie gemein.", sagt sie. Recht hat sie. Ihr geht es wie mir. „Rein, rein, rein!", will ich. Ich möchte in sie hinein. Ich möchte spüren, wie sie sich um meinen Schwanz schließt, wie sie mich aufnimmt, ich in ihr gleite. Sie will ausgefüllt sein, die Stöße spüren, parieren. Das sagen der Körper und das Gefühl. Wir brauchen das jetzt. Es ist Zeit dafür. Aber: „Auf keinen Fall!", sagt der Kopf und Recht hat er.

Sie hat sich aufgesetzt, sitzt dicht vor mir, in meinem Schoß. Ich spüre ihre Brüste an meiner Brust. Sie gleiten an mir. Sie pustet Luft in mein Gesicht. Mir ist heiß, ich schwitze.

Wir schmunzeln. Unsere Blicke treffen sich. Wir schielen, so nah sind wir einander. Sie hebt ihren Blick zur Decke. „Das ich diese Dinger nicht mitgenommen habe.", schimpft sie mit sich, meint ihre Kondome und schlägt mit der Hand gegen ihre Stirn. Sie schüttelt den Kopf.

Ich mag diese Frau. Die ist toll. Sie fühlt sich gut an, sie weiß was sie will und schön ist sie auch.

Ich schmunzle. Auch ich schüttle jetzt meinen Kopf. „Nein, gut so. Das hast du gut gemacht.", erkläre ich. Sie runzelt die Stirn, schaut fragend zu mir. Ich zucke mit den Schultern.

„Es zwingt uns zum Langsam… Spannungskurve und so…", spreche ich. „Wann hast du Zeit?", frage ich. Jetzt lächelt sie.

Der Blick

„Das gibt mir gar nix.", sagt er. - Und meint die Fickerei auf den Feten. Sie hängen, liegen sitzen, lehnen in den Nischen und treiben es miteinander.

„Das ist nicht mein Sex. Ich brauche Intensität, Enge, Dichte, Bindung zu der Partnerin, ein Minimum davon.", erklärt er.

„Das ist mir zu beliebig, diese Dreier, Vierer, das öffentlich mit Fremden.", sagt er.

„Ich will da gar nicht sein, in der Ecke.", spürt er.

„Das erregt mich gar nicht. Es interessiert mich nicht einmal.", spricht er und lacht.

„Ich bin neidisch.", fühlt er.

„Das ist mir nicht intim genug.", winkt er ab.

„Ich habe Angst.", spürt er.

„Es interessiert mich wirklich nicht für fünf Pfennig, wenn welche an der Bar neben mir vögeln.", lacht er.

„Es lässt mich kalt.", behauptet er.

„Nicht wirklich… Es lässt mich nicht wirklich kalt.", ahnt er.

„Mit mir will das keine.", weiß er.

Da ist wieder so eine Szene. Gerade jetzt. Es ist Maya, er kennt sie flüchtig.

Sie liegt zwischen zwei Dutzend Partygängern bäuchlings auf einem Fickbock. Die Beine gespreizt hält sie den Hintern hoch. Zwanzig Männer und Frauen stehen herum, blicken zu ihr, zehn davon blicken ihr in Schlitz. Alle halten etwas Abstand. Sie wurde gerade fertig gefickt.

Das sieht schon ziemlich scharf aus, bemerkt er. Tut es auch. Es sieht scharf aus! Ein sehr geiler Hintern eines sehr geilen Körpers in sehr geiler Stellung windet sich langsam in Geilheit und wartet auf Neues. Ihre Haut glänzt blass im Clublicht. Ringsherum steht Lack und Latex schwarz. Lichter tanzen, die Musik wummert. Es wirkt surreal, kennt man den Anblick nicht.

Er will weiter gehen. Er hat das oft genug gesehen. Er will nicht hier herumstehen und gaffen, wie all die Anderen. Er ist nicht einer der Anderen, denkt er, weiß er. Anderes Denken denkt er sich.

Da senkt Maya ihren Kopf. Er hängt herunter jetzt. Sie schaut an ihrem Körper vorbei nach hinten. Ihr Blick trifft ihn. Sie lächelt und blickt nur zu ihm. Nur zu ihm! Sie lockt! Sie lächelt noch mehr, steigert das Locken, windet sich auf ihrem Bock.

Er ist gemeint. Es erreicht ihn. Er! Diesmal, jetzt, er, niemand sonst! Er schluckt. Niemals! Das kann er nicht. Fünf Sekunden gleiten, sie lockt. Keiner stört, keiner tritt dazwischen. Ein Wunder! Er wünscht es sich, wünscht sich, dass jemand dazwischentritt, aber keiner bewegt sich, alle stehen still, zumindest hier in der Ecke.

Ihr Blick reißt nicht ab. Sie lässt nicht locker. Etwas knackt in ihm. Ihr Blick lockt. Zehn Sekunden. Sie dreht leicht den Kopf, lächelt, strahlt. Ein Riss entsteht. Es ist ein Riss in seinem Kopf. Um Millimeter windet sie ihren Körper, ihr Blick lässt ihn nicht los. Er kann nicht entkommen. Sie ist Sirene, er kann nicht fort.

Zwanzig Sekunden. Es klirrt. Seine Fassade zerspringt. Niemand hört es, nur er. Sie sieht es, sie grinst. Sie hat gesiegt. Es war ihr Blick, ihr Strahlen.

„Endlich! Endlich! Endlich!", denkt er. Er geht hin, fasst ihr ins Haar, beugt sich tief. Dann spielt er mit.

Zu dürr, zu blass, zu schön

Wie konnte mir das denn passieren? Da sucht man eine Begleitung für den Swingerclub, fragt seine angeblich besten Bekannten und die vermitteln einem so eine! Hätte ich das doch selber gemacht!

Wie verabredet halte ich vor ihrer Türe und hupe zwei Mal. Ich steige nicht aus. Ich bin zu faul und es regnet. Ich sehe eine Bewegung durch die tropfenbesetzte Scheibe, die Autotür öffnet sich und dann huscht eine Gestalt in das Auto hinein.

„Hallo ich bin die Nicole." Zwitschert sie und streckt mir ihr Händchen entgegen. Jaaaaa, du bist die Nicole, ist klar! Genauso siehst du auch aus. Sie sieht ihr ähnlich. Zumindest ist sie der gleiche Typ, der gleiche Typ wie Nicole Kidman und der Typ ist selten. Ich schau mir die Frau erst mal von unten bis oben an, während sie sich anschnallt. Man will ja wissen, wen man da so kutschiert. Sie hat Defizite, vergleicht man sie mit dem Original aus Downunder. Ihr Gesicht ist ein wenig anders. Ich glaube auch, Kidmans Augen sind nicht in diesem schäbigen Grün. Der andere auffällige Mangel sind ihre Beine. Sie sind viel länger bei der Nicole aus Königsforst als bei der Australierin. Es ist unglaublich, aber wahr: Ellenlange dürre, gerade Stelzen, staken dort im Fußraum rum. Sie hält sie auch noch schief. Es sieht unmöglich aus. Außerdem ist diese Nicole neben mir offensichtlich dümmer. Das sehe ich auf den ersten Blick. So weiß sie nichts von ihrem Mangel. Überhaupt keine Selbstwahrnehmung hat die. Sie versteckt den Makel nicht und trägt einen kurzen Rock. Sie lächelt, ich starte den Motor.

Meine Laune sinkt. Das kann ja etwas werden.

Meine Beschreibung ist natürlich Ulkerei. Diese Frau ist der absolute Hammer. Diese Frau ist objektiv bildschön. So ein Weib und auf dem Weg zum Swingerclub und ich nehme sie mit! Es könnte gar nicht besser laufen, wenn man, ja wenn man, Nicole Kidman mag. Die mag aber nicht jeder. Es gibt Menschen, denen ist die Farbe Rot im Haar zuwider. Diese dürre Figur ist der perfekte Kleiderständer, doch viele mögen insgeheim den ganz normalen Körperbau. Diese bleiche Haut Nicoles, dieser transparente Teint, der an den Fesseln lila Adern zeigt, kann widerwärtig erscheinen, wenn man transparent nicht mag, oder blaue Adern. Das ist alles so fragil, so gar nicht handfest. So eine Frau traut man doch gar nicht anzufassen aus Angst, dass sie zerbricht. Die pudert man nur mit feinen Pinseln ab, so etwa, wie ein Archäologe es mit fragilen Knochen tut.

Das Schlimme an allen gutaussehenden Frauen ist ihre Psyche. Die Hälfte dieser Frauen ist arrogant. Die andere Hälfte ist einfach nur abweisend. Beides mag ich nicht. Ich bevorzuge die offene, natürliche Art. Ich bevorzuge Frauen, die entgegenkommend sind. Festungen, die eingenommen werden wollen sind mir zuwider. Die Haltung dieser gutaussehenden Frauen, dass sie jeden haben wollen würde, wenn sie wollen würde, turnt mich ab.

Ich verstehe ihre Haltung, das schon. Bei so viel Attraktivität muss man abweisend sein, sonst rennen einem die Interessenten die Bude ein und zertrümmern das Inventar. Zugegeben, ich wäre auch gerne abweisend. Ich kann es mir aber nicht leisten, höchstens in der Geisterbahn. Jajaja, da ist ein wenig Neid im Spiel.

Außerdem ist bei Königinnen die Performance im Bett unter aller Kanone. Sie sind eben Königinnen. Sie lassen sich bedienen. Arbeiten tun die nicht im Bett.

Tut mir leid, ich bin zu erfahren dafür. Ich falle auf die Fassade nicht herein. Die attraktive Frau mit Mängeln, der Mittelbau, der ist der sexuelle Hauptgewinn.

Das sage ich ihr auch: „Was willst du denn in einem Swingerclub? Bei deinem Aussehen stellst du dich doch an ein Fenster und suchst dir von den Passanten einfach einen aus." „Die werde ich aber nicht mehr los und ich will Sex, nicht mehr.", antwortet sie lächelnd. Klingt logisch, aber: Da ist sie, diese Arroganz! Als ob ihr die ganze Welt gehöre. Bohh, ich werde aggressiv. Ich möchte sie zerbrechen. Warum ist es nur so weit bis zu unsrem Club?

Wir schweigen. Stur schaue ich auf die Straße, biege auf die Autobahn. Im Augenwinkel sehe ich, wie sie ihr Kinn nach oben reckt. Es ist die arroganteste Geste, die man sich nur denken kann. Mit langen Fingern streicht sie sich durchs Haar, versonnen wie bei den Elfen abgeguckt. Elfen, igitt!

„Puh, mir ist kalt.", spricht sie und streicht sich übers Bein. Fimschig ist sie auch, war ja klar. Dürre frieren schnell. Ich bin nicht gemein und stelle die Heizung höher. Das war es dann auch mit dem Entgegenkommen meiner Seite. Ich muss jetzt Arbeiten. Ich muss meiner federzart-herben Begleiterin vermitteln, dass ich sie nicht mag. Mit so einer im Schlepp im Schwingerclub kann ich einpacken. Prinzipiell können gutaussehende Frauen ein Türöffner sein. Eine interessante Frau am Arm hebt des Mannes Status. Königinnen aber verscheuchen und Nicole ist eine Königin. Zwar nicht meine, aber eine. Keine Frau traut sich da an mich heran, steht sie neben mir.

Ich dehne das Schweigen, bis sie es bricht, bis sie es brechen muss.

„Danke, dass du mich mitnimmst.", flötet sie.

„Kein Ding."

„Machst du das öfters mit fremden Frauen in die Clubs zu fahren? Erst recht, mit ihr ein Zimmer zu teilen?"

„Kommt vor."

Sie lässt nicht locker: „Woher kennst du die Anderen." Ich zucke mit der Schulter. Ich sehe, dass sie ihre Brauen hebt und wieder fallen lässt. Es wirkt. Jetzt kann ich gegensteuern. Ich beginne zu erzählen. Berichte ihr von den Anderen, die sie nicht zur Gänze kennt. Besonders auf Olli verweise ich. „Der Olli der ist ein ganz, ganz Netter und der steht ganz, ganz sicher auf Klappergestelle deiner Art." Auch preise ich, Olli sei zwar klein, aber schwer in Ordnung. Seinen Wachbrettbrauch sehe sie ja später selbst.

Ich betone, mein Ding sei mehr der südländische Typ. Dunkel und klein sollen sie sein, meine Favoritinnen und das auch was dran sein solle an der Frau. „Titten, Titten, Titten.", spreche ich und balle meine Faust. Wenn ich irgendetwas nicht leiden könne, plaudere ich munter, seien das Frauen nach dem Modediktat.

Sie kichert, sie hat Spaß. Sie ist gar nicht arrogant. Sie wirkt eher nett. Aber ich lasse mich nicht täuschen. Das ist alles Fassade. Ich lege noch eine Schippe drauf und werde zotig. Das wirkt immer. „Ist dein Schamhaar auch fussig?" frage ich. Sie bleibt cool. Sie bejaht. Auf den Mund gefallen ist sie nicht. „Das habe ich allerdings seit der Pubertät nicht mehr gesehen, aber damals war es rot, ja ich erinnere mich.", sinnt sie nach und macht betont versonnen eine Geste Richtung Außenspiegel. Gedankenverloren tippt sie mit dem schlanken Finger auf ihren wunderschönen Mund.

„Gut", spreche ich und zucke mit der Schulter, „wer weiß wie es heute wäre, die Pubertät ist ja auch schon mächtig lange her."

Auf dem Zimmer angekommen geht der erste Blick zum Bett. Das ist ja klar. Es ist ein Doppelbett. Ich rücke ein wenig daran herum, ob man es nicht trennen kann, doch nix gelingt. Derweil sitzt sie mit akkurat überschlagenen sehr rasierten nackten Beinen auf dem einzigen Stuhl und wippt mit ihrem Fuß. Ungeduldig ist sie auch noch.

Sei es drum, das überstehe ich. Ich erzähle ihr die alte Geschichte, als ich bei einer ähnlichen Tour neben einer Frau geschlafen habe, die grauenvoll gestunken hat. Außerdem gestehe ich, dass ich eigentlich lieber mit Männern auf solchen Abenteuern übernachte, da ich nach Clubbesuchen meist fürchterlich betrunken bin.

Sie breitet sich im Badezimmer aus. Döschen klimpern auf Keramik. Weiber.

Ich sitze auf dem Stuhl die Beine auf dem Bett und setze mir den Piccolo an den Hals. Sekt! Fabelhaft! Der Abend kann kommen.

Im Club angekommen sind schon alle da. Wir sind die Letzten. Anette begrüßt mich. Sie grinst über beide Wangen, dieses Aas.

„Und habe ich dir etwas Nettes vermittelt?", zwitschert sie honigsüß bösartig. Anette ist eine Schlange. Ich küsse sie links und rechts. Mein Gegengift ist die Gelassenheit. Sie weiß ganz genau, was ich mag und was nicht. Man sieht sich immer zwei Mal im Leben Anette, schon Recht Anette, jetzt sind wir quitt.

„Wahnsinnsfrau", spreche ich und nicke. „Nur nicht mein Typ, das weißt du genau. Eine Kidman für Arme, aber danke für den Versuch."

„Kein Problem.", flötet sie, grinst breit und nippt an ihrem Getränk. Es ist grün. Es ist ein Irgendetwas mit Zuckerrand am Glas. Ich strebe zur Theke. Aus Versehen stelle ich mich neben Nicole. Sie begrüßt gerade Olli, der nicht weiß, wo er hingucken soll. Nicole ist geschickt gekleidet. Das muss ich ihr lassen. Sie trägt ein Negligé in Pastell. Es weht zart wie Gaze um sie herum. Die Silhouette, die man darunter sehr gut erkennt, ist perfekt. Sie ist perfekt, wenn man blasse Bohnenstangen mag. Alle Frauen blicken zu ihr. Die Männer trauen sich gar nicht. Nicole lässt alle erblassen. Nur die Gründe sind verschieden.

Ich grinse. Ich weiß, was gleich passiert. Es wird passieren, was immer passiert bei schönen Frauen: Nicole wird zur Statur erstarren. Schmierige Bedürfnisse werden schmierig angetragen und alle werden abgewehrt. Hier ist kein Mann ihrer Liga außer Olli. Aber kenne ich ihren Geschmack? Auch egal.

Ich mag das nicht. Diese Frauen wollen bestaunt werden. Sie haben diese „Mich kriegst du nie - Attitüde", lassen die Männer auflaufen und weiden sich daran. Vielleicht, vielleicht, lassen sie sich irgendwann zu einem herab und gewähren ihm Gnade. Irgendeinem, ich bin das nie. Ich traue es Nicole zu. Danke! An so etwas nehme ich nicht teil.

Ich bestelle Nicole und mir einen Sekt. So viel Anstand muss sein. Aber ich lasse immer einen halben Meter zwischen uns und bezahlen muss sie selbst. Ich gebe ihr keinen aus. Ich bin ja kein Narr. Es reicht, wenn ich das Zimmer bezahle. Das hatte ich zugesagt in der mail. Das war ein Fehler. Das muss ich mir merken.

Mein Verhalten irritiert sie. Sie ist anderes gewöhnt. Hier jetzt im Club, mit den Spiegeln dem Licht und der warmen Atmosphäre hat sie anderes erwartet. Ich kann es spüren über den halben Meter hinweg. Ich weiß nicht warum, aber ich bin ihr nicht egal. Zwei Mal erwische ich ihren Blick, einmal über Eck und zwei Spiegel. Ich sehe, dass sie mich von der Seite ansieht mit zugezogenen Brauen. Kurz sind ihre Blicke, aber ich sehe sie.

Es ist Zeit, dass ich Land gewinne. Ich muss von ihr weg, sonst gehöre ich offiziell zu ihr. Zwei Minuten stehe ich neben ihr, das muss reichen an Höflichkeit. Ich gehe kommentarlos. Ich lasse sie sitzen an der Theke. Viel Spaß mit der Meute. Ich wechsle den Raum. Ich bin frei! Yes! Die Party kann beginnen. Jetzt schimpfe ich erst einmal mit Anette ... Schimpfen macht frei und vielleicht entschuldigt sie sich bei mir in angemessener weise. Tut sie nicht, weiß ich später, auch egal.

Es kommt, wie ich geweissagt habe. Ich sollte Orakel werden. Nicole sitzt königinnengleich auf ihrem Thron und sonnt sich mit kaltem Blick an all dem Begehren der Bewerber. Es prallt an ihr ab, als sei sie aus Stahl. Sie lässt sich aushalten und fertigt, den Bewerber ab, während ihr der spendierte Drink gereicht wird. Sogar Olli steht einmal kurz mit hängenden Flügeln neben ihr wie ein bepisster Kormoran. Ich habe es ja noch nicht mitbekommen, war bei der fiesen Anette, aber es ist offensichtlich: Körbe austeilen kann sie. Nicole ist eine Kobra. Anette, ich könnte dich klatschen.

Der arme Olli. Ach, der Olli. Andererseits: Der ist unkaputtbar. Der kommt immer wieder.

Etwas später mache ich einen Fehler. Ich rette Nicole aus einer Situation. Na ja, ein wirkliches Retten ist das nicht. Zwei Idioten stehen neben ihr und haben sich festgebissen. Sie sitzt noch immer an der Bar. Warum soll sie sich auch bewegen? Kommen ja eh alle zu ihr. Die Königin hält Hof, eieiei. Gut, dass ich nicht der Narr bin.

Gelangweilt ist Nicoles Blick. Ich habe das schon gesehen, so ist das ja nicht. Nach zehn Minuten gehe dazwischen. Ich gehe zwischen den Typen hindurch und stelle mich ohne jede Distanz zu ihr hin, zwischen die beiden Strategen. Nicoles Negligé kitzelt mich am Bauch. Ich spüre ihre Wärme. Meine Distanzlosigkeit irritiert die beiden Freienden und schließlich suchen sie das Weite. Sie denken, Nicole wäre mein Besitz.

Nun sitze ich neben ihr und wir trinken gemeinsamen Drink Nummer zwei. Die Unterhaltung gelingt. Mehr als das: Es ist wunderbar. Wir haben Spaß. Wir springen von Thema zu Thema. Ich will gar nicht mehr weg. Sie ist eine kluge Frau, die weiß was sie will. Wenn sie nicht so schön wäre, wenn sie nicht immer das Kinn so heben würde, wenn sie ihre Tentakel – gemeint sind ihre unfassbar langen Arme – nicht immer so weich bewegen würde, fände ich sie vielleicht sogar ein wenig sympathisch. Vielleicht, vielleicht. Aber keine Sorge: Immer wieder bricht sie durch, diese Arroganz, dieses Zucken der Augen, dieses Abwenden, ekelhaft! Trotzdem, ich hätte nie gedacht, dass sie so … - ach lassen wir das.

Ich bemerke meinen Fehler. Ich sitze schon viel zu lange hier. Sie lullt mich ein und den Rest vollbringen die Drinks. Ich werde weich. Olli erscheint neben mir. Da ist er wieder, das Stehaufmännchen! Ich sollte wirklich Hellseher werden. Ich nutze die Gunst des Moments und wende mich nach links. Eine Dame holt gerade eine Partie Drinks. Sie ist genauso eine dürre Stange wie Nicole. Nur schäbig ist sie wie die Nacht. Ich biete mich der Dame schnell zum Drinktragen an und schon bin ich weg. Das war knapp. Olli macht das schon.

Und richtig: Eine halbe Stunde später ist ihr Thekenthron verweist. Die beiden sind im Separee. Ich atme durch. Eine weitere halbe Stunde später erscheint meine unwillkommene Begleitung mit Olli an der Hand. Ich sehe es ihr an. Es geht ihr gut. Und Olli erst! Er strahlt. Also, wie der Olli halt so strahlt, nach vollbrachter Tat. Ich lache. Ich klatsche ihn ab. „Super!", tuschle ich zu ihm. „Bleib bloß an der dran und halt mir die vom Leib." Kurz guckt er irritiert, bis er begreift, wie wenig ich sie leiden kann. „Nimm sie ruhig mit aufs Hotel. So sicherst du mir guten Schlaf. Ich will die nicht. Zu dürr, zu blass, zu schön."
Sie kann nicht hören, was wir sprechen. Sie steht schon an der Bar. Aber und schaut mich an unergründlich.

Das gelingt dem Olli nicht. Vielleicht will er auch nicht. Auf jeden Fall bin am Ende ich derjenige, der mit ihr die kleine Straße zum Hotel hinauf geht. Wir sind beschwipst. Sie hält meinen Arm. Wir wackeln über den Bürgersteig. Wir lachen. Anlässe gibt es genug. So ein Abend im Swingerclub ist lustig.
„Du hast ja gar keine abgekriegt.", neckt sich mich.
„Die hast du nur nicht gesehen, die saßen unterm Tisch.", pariere ich.
So finde ich sie prima, die Nicole. Sie sollte öfters trinken. Ein bisschen desarrangiert tut ihr gut. Wir haben richtig Spaß, doch wir beeilen uns. Es regnet. Das Wetter ist fies.

Nicole ist nackt. Sie sitzt versonnen auf der Bettkante und bindet sich das Haar für die Nacht. Das macht die natürlich mit Absicht. Sie weiß, was sie da tut. Sie weiß, wie das wirkt. Ich kenne diese Attitüde. Ich könnte kotzen bei diesem Kitsch. Gelangweilt streift sie mein Blick. Sie spürt das wohl. Sie atmet ein und greift zur Decke, sitzt sehr an ihrer Kante unseres Bettes. Ich fange ihren Blick.

Ich sehe es ihr an. Meine Saat ist aufgegangen. Ich habe Zweifel gesät, wo eigentlich kein Zweifel wachsen kann. Sie weiß nicht, was sie von mir halten soll. Sie weiß nicht, was ich will. Sie weiß nicht, ob sie bei mir landen kann. Das kennt sie nicht. Die Ungewissheit treibt sie an. Sie ist gewöhnt, dass jeder will.

Der Mensch strebt nach den Dingen besonders, die er nur vielleicht bekommen kann. Sie dampft vor Lust. Ich kann es riechen. Nur außen ist sie cool. Ich habe es geschafft!

Ausdauer lohnt sich. Und ich habe wahrlich ausdauernd gespielt. Ich habe Alles gegeben. Mehr kann ich nicht. Meine Tricks sind aufgebraucht.

Oh Anette! Was hast du da eingefädelt? Wie kannst du mir diese Frau vor die Füße legen? Sie passt perfekt! Sie hat alles, was ich mag! Anette, wie kann ich dir das je erstatten?

Eine Frau dieser Kategorie, trifft man nur drei Mal im Leben. Maximal. Und diese hier sitzt auf meiner Bettkante! Diese Frau ist so schön, so freundlich, so sinnlich, dass mir seit dem Einsteigen in mein Auto von ihr schwindelig ist. Ich platze vor Gier.

Mit langen Armen zieht sie an der Decke. Ihre Brüste, klein und fest in apricot. Ich kann nicht mehr. Sie lächelt zu mir hin. Eine letzte coole Geste gelingt mir: Ich klopfe drei Mal mit der flachen Hand auf die Matratze neben mir. Leise mache ich das. Sie verharrt und schaut mich an. Meine Coolness ist dahin. „Komm doch mal her…", forme ich lautlos mit den Lippen. Ich grinse. Ich kann nicht anders. Sie setzt sich auf, öffnet den Mund und schließt ihn wieder. Sie schaut zur Decke und wieder zu mir. Ich strecke meine Arme. Bitte sie herbei. „Nicht im Club. Nie wenn es wichtig ist.", sage ich. Grün funkelt ihr Blick. Sie löst ihr Haar, dann gleitet sie zu mir.

Oh mein Gott, ist das Leben schön!

Zu zweit

„Ne, das kann ich nicht! Nieemaaals!", kreischt sie hysterisch und legt ihren Kopf schief.

Halt! Ich muss dazu etwas erklären: Zu zweit ist es schöner. Zu zweit ist es schöner auf den Partys, jetzt ganz allgemein. Alleine hast du alle Freiheiten der Welt und kannst machen, was du willst. Theoretisch. Diese Vorstellung kann Verheißung sein. Was da alles möglich wäre .... Ist es auch.

Trotzdem, die Realität sieht anders aus. Zu zweit ist es schöner. Von einigen Exoten abgesehen, und einigen besonderen Gelegenheiten auch, ist es schöner zu zweit, egal ob als Mann oder Frau. Man tritt ganz anders auf, kommt ganz anders an. Wenn!!! – ja, wenn die Begleitung geeignet ist! Das ist das große Wenn!

Als eifersüchtiges Paar zum Beispiel ist es suboptimal. Eifersucht auf so einem Fest ist einfach nicht schlau. Da ist dann so viel Wunsch und du bist angekettet, oder kettest an mental. Das verdirbt euch den Abend. Ihr steht nur dumm herum. Einfach so abstellen kann man Eifersucht kaum.

Da ist eine lockere Begleitung schon besser. Jemanden, den man nicht so gut kennt, der keine Ansprüche erhebt. Da ist man nicht allein und zugleich nicht gebunden. Tatsächlich machen das viele. Man verabredet sich für die Party, kennt einander kaum, oder nicht, oder gut. Und ist die Party schlecht, oder man ist erhitzt, so kann man sich gemeinsam abreagieren danach und miteinander ins Bett.

Perfekt sind diese Partys für jene Paare, die loslassen können, die das mit der Freiheit können. Wenn man einander nicht bewacht und/oder sogar gemeinsam etwas mit anderen macht … man kann ja auch gemeinsam … Das geht! Diese Partys sind dafür erfunden! Ein Sternenhimmel voller schillernder Möglichkeiten spannt sich auf!

Spannend ist der Moment, wenn man seiner Liebe die Idee einpflanzt auf so eine Party zu gehen. Also mit jemandem, mit dem man in Beziehung ist, so richtig, nicht irgendwem. Die Idee ist verlockend, kennt man diesen Sternenhimmel dort. Und natürlich ist es spannend: Gelingt das denn mit ihr oder ihm?

Also gibt man sich einen Ruck, erzählt hier und da von den Partys, streut etwas von den Erlebnissen ein, lockt und dann, in einem geeigneten Moment, fragt man die Liebe: „Willst du nicht mit? Lass uns zusammen gehen, das wäre doch schön."

Die Reaktion ist absehbar: „Ne, das kann ich nicht! Nieemaals!", kreischen sie. Und du schmunzelst.

Die Wahrheit ist: Hast du etwas Erfahrung, weißt du längst, ob dein Herzblatt geeignet ist. Du weißt es einfach. Man kann es nämlich sehen. Man sieht es den Menschen an, ob sie für diese Partys brennen werden oder nicht, ob sie es können dort. Ganz einfach zu erkennen ist es, man muss nur … nein, ich schweige lieber. Findet es selbst.

Amanda Lears

Meine erste Fetisch-Party

„Ne, das kann ich nicht! Nieemaaaals!", kreische ich hysterisch und lege meinen Kopf schief.

„Niemals gehe ich auf soooo (ich ziehe das wirklich so lang) eine Party mit den ganzen Nackideis, da!" Nackidei ist ein schönes Wort denke ich.

Paul lacht.

„Hehe!", macht der und grinst. Wahrscheinlich, weil er weiß, dass ich da sehr wohl hingehen werde und dass es … na ja. Lest selbst weiter. Ich verrate nicht zu viel jetzt.

Ich ziehe eine Schnute.

„Nieeemals werde ich mich unter kaum angezogenen Menschen aufhalten, die womöglich auch noch mitten im Getümmel ficken, und dabei auch noch Spaß haben. Ich könnte nie an fickenden Menschen vorbei gehen, nein, nein, nein! Niemals!"

Ich unterstreiche meine Entschlossenheit indem ich bestimmend mit dem Zeigefinger auf einen imaginären Punkt auf dem Tisch tippe. Mir tut mein Finger schon etwas weh, so energisch tippe ich …

Paul beißt in den grad servierten Burger und mampft.

„Ja. Das sagten sie alle am Anfang!", kaut der.

Ich kenne alle Details, ich habe alles erzählt bekommen. Dass es da diese Orte gibt, diese Orte, wenn die Nacht lebt. Man findet sie in Industriegebieten in größeren Städten, die Rhein- und Ruhr-Metropolen sind die bekanntesten dieser Szene.

Fetisch-Partys.

Partys für sogenannte „Hedonisten", so nennt man Menschen die Sinne und Körper feiern, ein- zweimal die Woche den strengen Business-Anzug gegen Lack und Leder tauschen und es sich gut gehen lassen. Das Pikante daran ist: Es geht da außerordentlich freizügig und sexuell zu. Der Dresscode erlaubt alles außer Textil und Turnschuhe. Je mehr Haut desto besser. Dreht man sich auf der Straße nach dir um, bist du richtig.

Turnschuhe, Tennissocken und Badehose? Fehlanzeige!

Schlappen und String? No way! Wir sind hier nicht in der Swinger-Szene, sondern in der Party-Szene. Man kleidet sich stilvoll, wenn auch freizügig und sexy. Das bedeutet viel nackte Haut.

„Komm' einmal mit, ich möchte es dir mal zeigen dort!"

Ich nehme nun auch mein Besteck in die Hand, diese Fingertipperei tut allmählich weh.

„Warum?" und funkele mit den Augen, währenddessen Paul seine verdreht. „Weil du dahin gehörst, basta. Du bist da zu Hause mit deiner quirligen flippigen Art, deiner Begeisterung für Menschen und für schöne Musik und Tanzen. Außerdem zeigst du dich gern, und das ist der perfekte Ort da für dich!"

Ok, so langsam glaube ich daran. Ich sollte es einmal probieren. So ganz ist das ja nicht von der Hand zu weisen was er da sagt, denn er kennt mich ein ganz kleines bisschen. Der Paul. „Aber wehe du lässt mich da einfach so alleine! Das wäre ja furchtbar, stell' einmal vor!", dramatisiere ich.

„Das schlimmste, was dir passieren kann, ist, dass du gefickt wirst!", sagt Paul und putzt sich mit einer Serviette den Mund ab. Ne, also das wäre es ja noch. Ich gehe vielleicht auf so eine Party aber dort auch noch vögeln? Völliger Irrsinn, denke ich mir.

Aber na gut, ich bin zu neugierig. Ich habe bis jetzt sehr wenig von dieser Party-Welt mitbekommen, außer das Paul da immer mal hingeht, um Bekannte zu treffen. Ich will da auch mal gucken gehen, was es da so Spannendes gibt.

Also gut, der Entschluss ist gefasst, es gibt jetzt kein Zurück. Wir haben Februar 2017 und die erste Party für Amanda stand im Raum. So war das damals.

Blicke ich zurück ist das schon ganz schön niedlich.
Aber es ging ja noch weiter mit der Niedlichkeit.

Zwei Tage nach der Unterhaltung im Restaurant mit Paul ging ich durch die Stadt, denn ich brauchte ein Outfit. Was zieht man denn auf seinem ersten Nackidei-Event an, bzw. was genau und wieviel lässt man weg? Das wusste ich ja nicht.

Paul schickte mir ein paar Bilder wo es so hingehen könnte mit dem Outfit. Er war bis dahin der Einzige, den ich aus dieser Szene kannte, ich habe vor ihm weder von so was gehört, noch so was gesehen. Für mich totales Neuland. Vor allem die Türsteherin machte mir Sorgen … Die schauen doch drauf wie und was man da trägt. Normalos kommen nicht rein. Die „Türsteherin" wird da auch nicht Türsteherin sondern „Doorbitch" genannt.

Ja, glaubt es mir, ich musste mich an diesen Sprech auch erst gewöhnen.

Zurück zu den Bildern die als Beispiel dienen sollten: Auf dem einen Bild sieht man Natalie, sie trägt etwas Richtung Burlesque: Tüllrock, Korsage und Stiefel. Auf dem nächsten Antonia mit einem Netzbody, da liegt der Schlitz frei. Ein weiteres zeigt Nicole mit Kettenbustier und Lederrock. Daran könne ich mich orientieren.

Ich sagte zwar, dass ich damit so aussehe wie eine Durchschnittsprostituierte, aber es half nichts. „Dann liegst du goldrichtig!", meinte Paul und ich dachte ich drehe am Rad. Oder dass die alle ein Rad ab hätten je nachdem. Mir war die Sache immer noch nicht so ganz geheuer. Aber ok. Ich ging mal los, ich wusste zwar nicht genau wonach ich suchen sollte und vor allem auch nicht wo aber okay.

In einem sehr billigen Laden war es dann soweit. Ich glaube, dass sich in diesem Laden tatsächlich auch Prostituierte einkleiden, es gab hohe weiße Lack-Stiefel und durchsichtige Blusen, Ketten-Gürtel, alles was ich so gar nicht unter Stil subsummieren würde. Aber siehe da, ich fand einen Lederrock und einen schönen Body aus Spitze, durchsichtig. Ich verschwand in der Umkleide und alles wurde abgenickt.

„Ja, scharf, kannste tragen!" las ich auf dem Handy.

Außerdem fand ich noch ein Netzkleid aus groben Maschen. Ich zog es in der Umkleide über meine Unterwäsche und schickte Paul ein Bild. Ich glaubte das das jetzt zu viel des Guten sei, das wäre auch für einen Paul too much, dachte ich.

„Ey, wenn du das anziehst, dann bist du echt taff. Das und nichts drunter. Das ist der Hammer!", las ich auf dem Display.

Ähm, ok. Krass. Der meint das ernst. Aber never ziehe ich das an. Niemals. Keine Chance. Ich nahm das Teil aber trotzdem mit. Wer weiß schon was so kommt. Ok. na dann, Klamotten haben wir schon mal.

Am nächsten Wochenende war die Party und ich quetschte Paul davor aus. Und so konnte mit allerhand Mythen aufgeräumt werden wie zum Beispiel:

Wird man da einfach so an gegrapscht? Nein, wird man nicht, dort wird sehr streng darauf geachtet. Was mache ich, wenn jemand aufdringlich wird? Dann wird er achtkantig rausgeschmissen, da gilt null Toleranz gegenüber Übergriffigkeit. Muss ich da irgendwas Sexuelles tun? Nein man muss da gar nichts tun außer atmen. Ok, damit waren meine ersten Zweifel beruhigt.

Am Abend vor der Party trafen wir uns im Hotel direkt gegenüber von der Party-Location.

Ich öffnete meine Tasche mit den ganzen nuttigen Klamotten darin. Irgendwie fand ich das schon sehr geil das anziehen zu können. Trotzdem: Außer in Spitzen-Unterwäsche habe ich mich noch in gar nichts Ähnlichem gesehen. Meine Wahl fiel auf ein Netzkleid, dass aus großen Maschen und Kordeln bestand. Man könnte alles sehen, grobmaschig mit großen Löchern verteilten sich die Strippen über meinen Körper.

Ich drehte mich zu Paul um. Der saß gemütlich im Sessel und schüttelte den Kopf.

„Ne! Ne geht gar nicht so! Das Kleid ist Hammer, aber so kannste nicht gehen!" Er zeigte auf meinen Slip, den ich noch an hatte. „Sorry aber so ganz nackt geht nicht!", sprach ich empört. „Du machst das ganze Outfit kaputt, wenn du da was drunter anziehst. Zieh das ohne an. Ich garantiere dir, dass es extrem geil ist!" rief Paul.

Na gut. Ich war überzeugt. Mit angezogener Handbremse wollte ich hier jetzt auch nicht losgehen. Also streifte ich den Slip runter. Mantel drüber und fertig.

Ich war etwas aufgeregt, schon allein, weil ich förmlich nackt war. Aber, ich hatte bis dahin schon so einiges erlebt in meinem promiskuitiven Leben und ich dachte, dass das jetzt nicht so wild sein könne, was da kommt. Ich kann ja immer gehen, wenn es mir nicht gefällt, dachte ich.

Und genau so war es. Wir machten uns in Ruhe fertig und gingen über die Straße. Es bildete sich eine kleine Schlange vor dem Eingang. Am Eingang trafen wir Bekannte von Paul. Man erzählte und verkürzte so die Wartezeit. Ich lernte jetzt das erste Mal Menschen aus dieser Szene kennen, die meisten natürlich aus Pauls Bekanntenkreis. Logisch.

Die Doorbitch war kein Problem. Die Doorbitch war übrigens auch gar keine Bitch, sondern eine Transe, sehr geschmackvoll gekleidet in Lack und super geschminkt. Das hat mich fasziniert, diese Präzision. Da war alles aufeinander abgestimmt. Und so sahen da die meisten Menschen aus. Alle haben sehr aufwendige Outfits getragen. Es ging ein wenig zu wie beim Karneval, nur eben in Lack. Leder und Ketten. Und mit viel nackter Haut.

Paul löste sich von meiner Hand und brachte unsere Klamotten zur Garderobe. Ich stand ein wenig im Foyer herum und lugte in den großen Saal mit der Tanzfläche. Die Musik war schon mal voll meins und es ging lebendig zu dort. Überall lachten die Menschen, man zwinkerte mir zu oder grüßte mich sehr freundlich. Ich hatte das Gefühl sofort Anschluss zu bekommen, wäre ich alleine hier. Und noch etwas spürte ich. Hatte ich vorher den Eindruck ich würde mich in diesem Netzkleid nicht wohl fühlen bemerkte ich jetzt in Anbetracht dessen das alle so rumliefen, wie geil ich das finde. So freizügig und sexuell sein zu dürfen, ohne dass man schräg und abfällig angeschaut wird, das habe ich noch nie erlebt. Und so bekam ich Lust auf diese Party, ich tanzte ein wenig vor mich hin bis Paul kam, meine Hand nahm und wir in den großen Saal gingen.

Ganz am Anfang des Saals stand Vivienne mit Marc, beide kannten Paul. Küsschen hier und Küsschen da, auch bei mir, na klar: „Ich bin Amanda, schön euch kennenzulernen", flötete ich fröhlich zu den beiden.

Mit einem Mal kam etwas sehr schnell auf uns zu gerannt, beziehungsweise auf Paul. Er wurde fast überrannt von einer Frau, es ging so schnell, ich konnte es nur aus den Augenwinkeln sehen. Ich drehte mich reflexartig um und sah die beiden eng umschlungen knutschen.

Ich schaute zu Vivienne, sie schaute zu mir. Wir lachten beide herzlich, Paul wandte sich wieder zu uns und erklärte das er grade auf eine weitere Bekannte gestoßen sei, oder sie auf ihn, je nachdem. Aha. Das meinte er also mit diesem anderen Verhalten hier. Man knutscht einfach drauf los, wenn einem danach ist beziehungsweise, wenn man das einfach mal so schon öfter getan hat zur Begrüßung. „Macht die immer so, die ist so!", kommentierte Paul und nahm mich wieder an die Hand.

Wir gingen zur Bar, für mich gab es Mineralwasser, und Paul trank Sekt. „Da oben sind Tanja und Frederic! Lass uns mal hoch gehen!"

Paul zeigte auf die zweite Ebene, eine Art Galerie und die beiden standen am Geländer. Er winkte beiden, gab ihnen ein Zeichen sie sollten warten und so gingen wir hinauf.

Durch den einen schmalen Gang hindurch konnte man eine Treppe finden, rechts ging es runter zu den Toiletten und links ging es nach oben. Und schon trafen wir die nächste Bekannte.

Wanda war sehr süß, brauche lange Haare, sehr blaue Augen und grinste uns an. Paul flüsterte in mein Ohr: "Die findet dich gut!" Ich erwiderte: „Okay!" Wanda unterhielt sich kurz mit uns, wir müssten gleich hoch kommen zur Tanzfläche zu den anderen. Wanda legte ihre Hand auf meine Hüfte und hauchte mir einen Kuss auf die Wange: „Bis gleich Süße!"

Das war schön, dachte ich. Ich mochte das, dieses nahe, körperlich unaufgeregte. Wir waren auf dem Weg nach oben, offenbar war dort auch der Spielbereich der Veranstaltung. Paul schaute zu mir, ich folgte ihm die Treppe rauf. Man konnte etwas weiter entfernt einige Möbel erkennen auf denen gespielt und gevögelt wurde. Am Rand saßen Menschen und unterhielten sich.

„Komm, wir schauen einmal!", sagte Paul und wir gingen gucken.

Alles ganz normal. Bis auf, dass sich da einige ein bisschen am Amüsieren waren. Mich störte das nicht und regte mich auch nicht sonderlich auf. Geil fand ich es auch nicht, denn ich spürte, dass es da bei der Sache um das Zeigen und Gesehen-werden ging, nicht um den Sex oder das Zugewandtsein an sich. Und das triggerte mich nicht.

Ich notierte für mich: „Menschen beim Vögeln gesehen – check!" Ich machte einen imaginären Haken in die Luft. Es war erstaunlich wie dermaßen unspektakulär das war. Null besonders oder so was. Es war ganz normales Verhalten. Das spürte ich. Ich hätte jetzt keine Lust gehabt da mitzumachen, aber na ja. So war es erstmal.

Wir trafen noch Tanja und Frederic, die beiden wurden mir ebenfalls vorgestellt. Tanja war eine sehr enge Freundin von Paul, und Frederic ihr Mann. Paul ging eine Zeit lang mit Tanja auf die Partys, wenn ihr Mann nicht konnte und ab und zu trafen sie sich auch zum Vögeln. Jetzt standen wir zur viert in illustrerer Runde und quatschten. Ich erzählte von meiner Ehe und das mein Mann heute zu Hause sei. Zustimmendes Nicken auf den Gesichtern. Ja, das Verhalten hier war wirklich ein völlig anderes. Die beiden Männer kamen sehr gut miteinander klar und ich erfuhr nebenbei, dass auch Tanja bisexuell sei. Sie nahm mich in die Mitte und gab mir von ihrem Wasser ab. Meins war nämlich schon leer. Dass es meine erste Party sei, darüber wurde geredet und wow, wie toll ich das doch machen würde, das hätten sie nicht gedacht. Ich war etwas verwirrt, ich wusste nicht was sie meinten. Paul erklärte mir später, dass sie damit meinten das ich total locker und cool gewirkt hätte, so als würde ich das ständig machen. Jaaa, sicheres Auftreten bei vollkommener Ahnungslosigkeit ist meine Spezialität, kicherte ich in mich hinein.

Wir gingen alle nach unten in den großen Saal. Wir trafen auf weitere Freunde und Bekannte. Mike war einer von ihnen. „Ich liebe diesen Mann!", sagte er zu mir als Paul sah, er küsste mich auf die Wange und war sehr lieb zu mir. Seine Frau, Pauls beste Freundin, sei heute nicht dabei, ich müsse sie aber unbedingt demnächst kennenlernen.

Wir waren schon eine Weile dort als ich müde wurde. Die Musik, die Menschen, dieses andere Verhalten, diese Welt, wo bin ich hier? Alles war so fremd und neu und auf eine ungewohnte Art unglaublich vertraut und normal. Das war wirklich viel. Halbnackte bis nackte tanzende Menschen, an den Wänden Fernseher mit pornographischen Filmszenen, Geschlechtsorgane in

Frontalansicht, diese Reizüberflutung, flackernde Lichter, Euphorie überall ... und Vivienne und Marc neben mir am Ficken.

WAS?!

Ja und richtig. Ich setzte mich für einen Augenblick um zu Verschnaufen, die ganze Bagage von Paul war mittlerweile hier auf dieser Empore und feierte und rechts neben mir kniete doch tatsächlich Vivienne mit einem angewinkelten Bein auf der Couch, stütze ihren Oberkörper auf die Rückenlehne, während Marc sie hinter ihr stehend am Bearbeiten war.

Ich dachte, ich wäre im falschen Film. Viviennes Gesicht lustverzerrt, sie schaute zu mir und zwinkerte mir zu. Ich zwinkerte zurück. Ja, sollen sie doch. Dachte ich. Ich blieb sitzen, denn mir taten die Füße weh.

Wanda kam und setzte sich neben mich.

„Hey meine Liebe, tanzt du nicht?", sagte sie und sie kam ganz nah. Wanda war offensichtlich ein Freund von Mutters kleinen Helferleins – Pillen – sie hatte schon ein bisschen was intus wie ich an ihren Tellergroßen Pupillen sah.

„Ne ich ruhe aus, meine Füße bringen mich um!" und ich zeigte auf meine Schuhe.

Wanda gluckste und schielte zu Vivienne und Marc, sie fragte ob ich es schon bemerkt hätte hinter mir. „Was denn? Ach so ja, die ficken da ein bisschen, ich weiß", entgegnete ich und Wanda zog die Augenbrauen hoch. Paul erkundigte sich, ob alles klar sei und schaute Wanda an. „Paul, deine Freundin ist krass!" Und weiter führte sie aus: „Die war noch nie auf so einer Party, hinter ihr ficken die sich die Seele aus dem Leib und die sagt einfach nur: Jo!"

„Cooles Mäuschen du!", sprach Wanda und küsste mich auf den Mund. Dann schaute sie mich an. Paul war verschwunden. Er tanzte in Sichtweite mit Susann. Ich schaute Wanda an. Ihr Gesicht war so schön, ihre Lippen so weich. Und so küsste ich sie. Ich wollte das noch mal. Langsam öffnete sie den Mund und unsere Zungen spielten miteinander. Ich spürte das ich Lust bekam auf dieses Wandakind da vor mir. Ich spielte mit meinen Fingern in ihrem Haar und genoss den schönen Kuss.

Paul setzte sich neben mich und ich löste mich von Wanda. Vivienne und Marc waren fertig und ich stupste Paul an, zeigte auf das Sofa: „Pass auf, hier ist alles voller Wichse!"

Ich lachte und Paul lachte auch. „Ja, das kann hier schon mal vorkommen!", sagte er. „Das merke ich!" antwortete ich. Paul küsste mich und legte kurz den Arm um mich. „Sollen wir gehen, bist du k.o.?"

„Nein ich halte noch durch!" sagte ich, legte den Kopf auf seine Schuler. „Nur kurz einmal die Augen zu machen!", murmelte ich.

Später dann auf der Tanzfläche lernte ich mein erstes männliches Ziel kennen aus der Szene. Das männliche Ziel hieß Rafael. Rafael tanzte auf mich zu, erst mit Abstand dann kam er näher, denn er durfte. Ich lachte ihn an und er traute sich. Was mich wunderte, viele Männer kommen nicht näher bei mir, das machen die nicht. Rafael kam ganz sachte näher, ich tanzte im Takt der Musik. Ich bedeutete ihm noch näher zu kommen und so fasste er meine Taille und zog mich an sich heran. Das war super, denn Rafael war toll. Ich schaute ihn an und küsste ihn direkt auf den Mund. Es ging ja, es war erlaubt dort. Er umschlang sofort mit beiden Armen meinen Oberkörper und wir knutschten mitten auf der Tanzfläche. Wir küssten noch eine ganze Weile und versprachen uns auf der nächsten Party wiederzusehen. Mit dem wollte ich unbedingt ins Bett. Den merke ich mir, dachte ich.

Mir fiel auf, dass das dort auf so einer Party ganz normal ist. Das Anfassen, das Körperliche, das Ausdrücken, dass man aneinander heranwill. Man kann ganz offen sein und muss sich nicht verstecken, sich verstellen, wenn man sexuell interessiert ist.

Auf der Galerie unterdessen stand Paul mit Hank am Geländer. Sie unterhielten sich eine Weile.

„Bist du alleine hier?" fragte Hank.

Paul zeigte nach unten auf die Tanzfläche:" Siehst du die mit den langen blonden Haaren?"

„Habe ich noch nie gesehen, die Torte!" sagte sein Bekannter mit hochgezogenen Augenbrauen.

Paul nippte an seinem Sekt: „Es ist ihre Erste."

Hank prostete ihm zu und lachte: „Na dann schnall dich an!"

Zwei Seiten einer Medaille

Eng ist es hier und stickig. Es sind viele Menschen auf kleinem Raum. Es wirkt fast wie ein Hinterzimmer, in dem wir stehen. Ganz dicht gedrängt stehen wir hier im Swinger Club auf der Party. Ich kann die Feuchtigkeit der Luft auf meiner Haut spüren. Atmen kann man hier fast nicht, es fällt mir schwer. Ich brauche erstmal was zu trinken. Aber keinen Alkohol, denn Alkohol reibt mich noch mehr auf, macht mich noch unruhiger und dünnhäutiger. Die Menschen reden durcheinander und meine Ohren dröhnen, alles scheint sich gleichzeitig abzuspielen. Ich brauche einen Moment, um in dieser Szenerie anzukommen. Ich setze mich auf einen Hocker, stütze mich auf der Theke der Bar ab. Wow, wie mich diese Reizüberflutung stresst. Und dann ist da noch Andreas.

Andreas und ich flirten schon den ganzen Abend: immer mal wieder trafen sich unsere Blicke, und unsere Augen wanderten über den Körper des anderen. Jetzt kommt er zu mir, streicht mit der linken Hand über meinen Arm während er mit mir spricht. Ein bisschen Smalltalk und schon knutschen wir. Ich lege den Kopf schief, lächle und berühre kurz seinen Arm, dann kommt er näher und küsst mich. Er drückt mich zurück Richtung Hocker, ich öffne ein Stück meine Beine, Andreas presst seinen Unterleib gegen meinen, ich kann seinen Schwanz spüren. Ich mag das, dieses Vorgeplänkel vor dem eigentlichen Main Act. Das Küssen mag ich, die Spannung mag ich, und am liebsten ist es mir, wenn sich das lange hinzieht. Wenn man nicht weiß, was passieren wird. Es ist toll mit ihm, aber ich brauche eine Pause. Andreas steht neben mir und schaut mich an. Andreas.

Ich will nicht Vögeln, nicht hier. Ich kann das nicht. Nicht so. Es ist zu viel. Alles ist zu viel. Meine Sinne sind überreizt, mein Nacken brennt. Der Nerv an meinen Schläfen pulsiert. Andreas ist cool, aber mir ist es hier zu laut, zu voll und zu stickig. Ich habe zu viele Gedanken im Kopf, mein Geist fährt Achterbahn und ich kann es nicht abstellen. Ich nehme alles wahr, ungefiltert, so scheint es. Ich kann alles fühlen was in diesem Raum vor sich geht. Ich fühle die Menschen, spüre ihre Emotionen. Vor mir Andreas, ich scanne ihn, ich lese ihn unentwegt aus: Seinen Blick, seine Mimik, seine Stimme, was er sagt, wie er sich bewegt, ich spüre seinen Puls auf meiner Haut und das alles ist viel. Ich zerspringe fast. Ich beobachte zeitgleich den Raum, beobachte meinen Partner, was der tut, sendet. All das arbeitet in meinem Kopf und ich soll hier jetzt auch noch vögeln, irgendwie geil werden? Mein Kopf ist zu sehr beschäftigt, sorry, mein Körper kann das jetzt nicht. Andreas ist deutlich jünger als ich, auf jeden Fall so um die 25 schätze ich. Und süß ist er auch. Wie ein Hundewelpe steht er mitten im Partyvolk. Unbeholfen wirkt er. Aber dennoch süß. Er ist heute allein gekommen, er kennt den Veranstalter. Und dessen Freundin hat ihn herumgeführt, bis er schließlich bei mir gelandet ist. Andreas hat, obwohl jung, total verstanden wie das hier läuft. Kompetent ist er, er weiß wann er an die Frau ran treten kann, er kann lesen, wenn sie will, wenn sie ihn lässt. Das mag ich an ihm. Das können nicht alle Männer. Schade, dass es nicht mehr wird hier. Ich belasse es dabei für heute.

Meinen Liebsten, der mich heute begleitet, habe ich aus den Augen verloren. Wir kennen uns gut, treffen uns oft, begehren, lieben und mögen uns. Wir sind ein Paar und doch wieder nicht. Wir haben unsere eigenen Leben, treffen einander, um Zeit zu teilen und gemeinsam Partys zu durchstreifen. Wir genießen jede Sekunde miteinander. Mit ihm bin ich heute hier. Er ist heute meine Basis. Und jetzt ist er weg, er kennt hier viele Leute. Sicher ist er mit Anastasia los. Wahrscheinlich haben sie Spaß und rauchen, tanzen, oder vögeln, ich gehe gleich einmal nach ihm sehen.

Und dann sehe ich sie tanzen. Der Beat hämmert durch die verwinkelten Räume, es ist heiß und stickig. Ganz hinten auf der leeren Tanzfläche wirbeln zwei Körper durch die Nacht. Er kommt ihr ganz dicht, ihre Gesichter sind sich zugewandt. Er hält sie mit einem Arm über ihre Schultern umklammert - mit der anderen fasst er ihre Taille. Sie hängt förmlich in seinem Griff, ohne an Spannung nachzulassen. Sie reckte ihren Hals nach oben und schließt die Augen. Ihr pechschwarzes Haar wirbelt im Takt der Musik. Klatschnass sind ihre Körper. Der Schweiß fließt. Sie in Netzkleid und er in Leder gekleidet, geben sie ein hübsches Bild ab. Beide bemerkten mich nicht. Sollen sie auch nicht., denn ich genieße ihren Anblick.

Es wirkt so wohlig warm zwischen den beiden, so gewogen und zugewandt. Wie fröhlich ihre Gesichter sind und wie freudig ihre

Körper miteinander tanzen. Ich kann in diesen Emotionen baden, unglaublich nah wirkt das, so als wäre ich selbst beteiligt. Ich spüre ihre Freude, Lust und Lebendigkeit. Intensiv fühle ich wie vertraut sie miteinander sind. So schön ist das zu sehen, dass da zwei Menschen einfach eine gute Zeit haben, dass sie das Leben und sich selbst genießen. Sie strahlen und ich strahle mit, obwohl ich mich kein Stück von der Stelle bewege. Mein Herz hüpft mit, ich bin schwer bewegt von dieser Situation.

Er und Anastasia schauen einander mit Freude und Lust an. Sie sind sehr vertraut miteinander. Das kann ich erkennen. Innig schaut das aus, wie sie so da durch die Nacht wirbeln. Wie er sie hält, wie sie seine Bewegungen erwidert. Diese zierliche Frau wirkt in seinen Armen zerbrechlich wie Porzellan. Ihre Hände fassen nach ihm. Synchron und aufeinander abgestimmt bewegen sich diese zwei Körper im Takt der Musik. Und - so scheint es mir - im Takt ihrer eigenen Geschichte. Denn die haben sie. Eine Geschichte vor meiner Zeit. Ein bisschen kann ich sie lesen, ich lese sie in dem Ausdruck ihrer Augen, ich kann sie fühlen. Dieses Band da zwischen den beiden. Es ist ganz liebevoll. Und das erfüllt mich sehr, es erfüllt mich meinen Partner so zu sehen, ich fühle, dass er glücklich ist.

Beide waren damals auf den Partys gemeinsam unterwegs, teilten Bett, Zigarettenschachteln und Sekt. Er bot ihr Einhalt, wenn sie mal zu sehr über die Strenge schlug, oder passte auf, dass sich die Männer beim Vögeln mit ihr brav der Reihe nach anstellten. Müde kippte danach ihr Kopf auf seine Schulter und sie gingen ins Hotel. Für das alles braucht man Vertrauen zueinander. Anastasia kann das. Und er sowieso. Zwei oder drei gleichzeitig Begehren, lieben, befreundet sein. Egal wie man es nennen mag. Die beiden verloren sich irgendwann, zu unterschiedlich waren ihre Leben, sie alleinerziehend mit viel Stress im Job, da werden Prioritäten anders gesetzt.

Aber heute trafen sie sich zufällig wieder, und nun lassen sie es krachen. Für die beiden bin ich gerade nicht da. Der Moment gehört nur ihnen. Ich stehe hinten, nehme meinen Sekt und beobachte. Jetzt genieße ich diesen Anblick der beiden Feierwütigen. Diese Lebendigkeit, Freude und Lebenslust der beiden macht mich glücklich. Dass meine Begleitung sich kurzerhand Anastasia gepackt hat und mit ihr Richtung Tanzfläche auf ist, stört mich nicht im Geringsten. Im Gegenteil sogar. Ich bin eifersuchtsfrei. Denn ich fühle mich den beiden grad sehr nah. Ich kann ihre Lust und ihre Wärme spüren. Sie überträgt sich förmlich auf mich, durchflutet meinen Körper mit Hitze und mir läuft der Schweiß die Beine entlang in meine hohen Schuhe. Mich macht es an, was ich da beobachte zwischen den beiden. Ich bin Teil von den beiden, ich erlebe den Moment mit ihnen zusammen.

Da, jetzt, der Beat wechselt, kurz gehen sie auseinander. Sie haben mich immer noch nicht bemerkt. Ihr klebt ein Papierstreifen am Schuh, er zeigt darauf, während er sich eine Zigarette anzündet. Sie ist ganz glänzend und lacht ihm ins Gesicht, schaut herunter und stützt sich mit einer Hand bei ihm ab, während sie ihr Bein hebt und den Streifen versucht zu fassen. Es funktioniert aber nicht, sie bekommt ihn nicht zu fassen. Er beobachtet ihr Tun, ohne sich zu bewegen. „Lass mich mal!", sehe ich seine Lippen die Worte formen, er bedeutet ihr seine Zigarette zu halten dann beugt er sich runter fasst mit einer Hand ihr Fußgelenk, sie stützt sich derweil an der Theke ab, mit der anderen entfernt er dieses lästige Stück Papier. Da, jetzt ist es ab. Beide lachen herzlich und sie stellt sich wieder in seinen Arm. Die Zigarette der beiden ist geraucht, die Pause vorbei und so, denke ich mir, leiste ich den beiden mal Gesellschaft.

Wir respektieren einander, kennen die Verbindung der jeweils anderen zu ihm, und so geht das völlig in Ordnung, dass wir nun beide in seinem Arm stehen. Denn was ihn glücklich macht, freut auch mich, wie sollte ich mich da gekränkt fühlen? Mich freut und erregt das so sehr, das er dort diese Frau kennt, mit der ihn so viel verbindet. Er küsst sie auf den Mund, fährt ihr mit der Hand über ihr Dekolleté und streichelt ihren Nippel, während er den Griff um mich nicht lockert. Ich ziehe an seiner Zigarette, während sie mir, den Arm hinter seinem Rücken, im Haar rumspielt. Es ist hier so normal, dass es dem einen Partner Freude bereitet, wenn es dem anderen Partner gut geht.

Im Swingerclub versucht man seine Eifersucht an der Garderobe abzugeben. Mit mittelmäßigem Erfolg, na klar, das ist auch extrem schwer und einfach nur menschlich. Der Nachteil, dass ich hier nicht vögeln kann, weil der Kopf zu voll und die Reize zu viel sind hat den Vorteil, dass es mir auf der anderen Seite große Freude bereitet, wenn mein Liebster mit einer anderen ist. Mich persönlich macht das sogar richtig scharf. Denn was ihn scharf macht, macht mich auch scharf.

Auch wenn das in Gesellschaft sein für mich sehr anstrengend ist, weil alles so intensiv erlebt wird, erlebe ich ebenfalls das Positive und Schöne 1:1 mit. Ich fühle das einfach mit. Ob ich will oder nicht.

So habe auch ich etwas von seinen lustvollen Stelldicheins.

So ist es mir möglich Lust und Liebe zu teilen. Wenn er vögelt, habe ich auch meinen Spaß, deshalb muss ich das hier heute nicht tun.

Empathie und eine hohe Sensitivität hat enorm viele Nachteile. Aber die schönen Gefühle und Erlebnisse lassen mich diese eben auch intensiver empfinden. Die Grenzen verschwinden und ich fühle einfach, was mir lieb gewonnene Menschen bewegt. Das ist dann schön.

Und weil ich offenbar nicht die Einzige bin, der es so geht, knutschen wir drei noch ein bisschen, und dann tanzen wir und dann küssen wir wieder, und wahrscheinlich nehmen wir Anastasia mit ins Hotel. Scharf ist sie für uns beide gleichermaßen. Genau wie wir für sie. Das ist die schöne Seite der Empathie. Und schön, wenn man gleich zwei ebenfalls empathische Menschen mit ins Bett nehmen darf.

Ich komme also doch noch zu meinem Sex. Eben nur nicht auf der Swinger-Party. Das macht aber nichts. Den Preis zahle ich gern.

Dings

Schon wieder Party und die Standardbegleitung.

Wie ich das kenne.

Jetzt sind wir im Hotel. Das Kleid sitzt nicht, Kippen vergessen, aber dafür habe ich die richtigen Schuhe dabei, Begleitung ist auch mau. Aber nett ist er ja, immerhin.

Also alles wie immer.

Gleich stehen wir da dumm rum in der Schlange, treffen Dingens und Bummens, mit denen aber nicht gebummenst wird, weil die mal wieder nix gewickelt bekommen. Aber die Mucke wird gut und hinterher sind wir alle happy. Nach dem dritten Sekt kommt man schon rein, die Leute machen Laune, sind nett, also alles gut.

Halbnackt stehe ich im Hotelzimmer und drehe mich vor dem Spiegel.

Gleich kommt Caro und bringt ihre neue Begleitung mit. Dings, ich weiß nicht, wie er heißt.

„Sag mal, was ist denn mit Jens?", rufe ich Tom zu. Der sitzt auf dem Bett und trinkt Sekt.

„Ach, die Caro hatte mir letzte Woche eine ellenlange Geschichte erzählt von wegen großes Drama, Trennung, tatütata, keine Ahnung. Frag die selbst gleich, wenn sie kommt!"

„Bin mal gespannt, wen die da anschleppt, das ist ja immer so eine Sache!", sage ich und puste mir eine Strähne aus dem Gesicht. Ich beäuge mich kritisch im Spiegel, das Outfit schon angezogen: Netzbody, der mehr aus großen Löchern besteht als aus Body und schwarze Stiefel. Die Haare sind noch nicht gemacht, geschminkt bin ich auch noch nicht.

Es klopft an der Zimmertür.

„Hey, die sind zu früh, ich habe meine Haare usw. noch nicht fertig!", rufe ich aus.

Ich mache die Tür auf und murmele ein „Ach ist auch egal, ich finde ehe niemanden der mir gefällt, ich kann auch gehen wie …!", unterbreche ich, denn vor mir steht Caro und drückt mich. Sie marschiert in unser Zimmer und hinter ihr gleich folgend dieser, na ja, dieser Dings.

Ich schaue vom Boden hoch, enge Hose, schwarz, tolle Beine, Boots, weißes Hemd, breites Kreuz, breite Schultern, und ein süßes breites Grinsen.

„… Mauerblümchen!", spreche ich meinen Satz zu Ende.

„Äh!", sage ich.

Der Typ kommt auf mich zu, küsst mich auf die Wange. Und ich fall gleich um, denk ich. „Hey, ich bin Alex!"

„Amanda!" sage ich tonlos, ohne mit der Wimper zu zucken. Ich starre dieser Erscheinung hinterher, ich muss aufpassen nicht anzufangen zu sabbern.

„Scheiße. Jetzt sieht der mich hier noch nicht fertig. Scheiße, scheiße…!", fluche ich vor mich hin. Ein hilfloser Blick zu Tom der breit grinsend im Sessel sitzt. Sein Blick sagt mehr als tausend Worte und ich bin endlos genervt davon, verdrehe die Augen, mache eine hilflose Geste mit den Händen.

Na toll! Der pure Sex ist grad zu Besuch gekommen. Es gibt sehr, sehr wenige Männer, die es schaffen mich nervös zu machen. Dings schafft es sofort. Das ist ja der Super-Gau.

„Ich gehe noch mal kurz ins Bad!", rufe ich hektisch unseren Gästen zu und knalle die Tür. Natürlich überlege ich, ob ich mich noch mal umziehen soll. Und ob die Schuhe nicht doch die falschen sind, ich lieber die Heels anziehen solle, ob das Outfit nicht zu billig ist, die Haare lieber hoch oder offen lassen … Und überhaupt wie ich aussehe, das geht gar nicht. Hilfe!

Was soll Dings jetzt denken. So halbnackt und noch nicht geschminkt, geil ist das nicht!

Na gut, der Fall ist einfach klar: Den Typen MUSS ich in der Kiste haben, und zwar UNBEDINGT. Scheiße was mache ich jetzt? Mit so einer Situation war ich bis dato nicht vertraut. Mir passiert es wirklich ausgesprochen selten, dass ich beim Anblick eines Typen fast nen Eisprung kriege, hier ist es aber so. Halleluja. Ist der scharf. Aber so was von.

„Ok, du bist cool. Cool jetzt!", wiederhole ich mein Mantra vor dem Spiegel. Ich schaue mir ernst ins Gesicht. Natürlich bin ich cool. Sicheres Auftreten und so tun als hätte man die Welt in der Dose: voll mein Ding. Schauspielern kann ich, ob man mir das abnimmt, keine Ahnung. Mit wackeligen Beinen stöckele ich aus dem Badezimmer.

Ich setze mich Caro und dem Typ gegenüber.

Der Typ der heiß Alex, nur kann ich mir seinen Namen nicht merken, weil er viel zu scharf für die Welt ist. Er ist es wirklich. Er sitzt mir gegenüber und schaut mich an. Oh Gott. Direkt in die Augen, kann der mal weggucken?

Mir wird abwechselnd heiß und kalt. Ich bin bereit alle rauszuschmeißen und Dings in die Federn zu drücken, Party, Anstand, Manieren, alles scheißegal, die sollen sich mal nicht so anstellen ... denke ich ...

Ich wende mich direkt an ihn, viel zu cool, um schüchtern rumzumachen, was sonst, und beginne ein Gespräch: " Du bist also die neue Begleitung, wie ich sehe?", spreche ich mit etwas zu hoher Stimme und räuspere mich.

Man versucht als Frau so cool und taff wie nur möglich zu sein, in solch einer Situation, aber wenn einem der richtige Typ gegenübersteht, der einen einfach nur total schwach werden lässt, ist es total vorbei damit. Dann gilt nur noch eine Strategie: Das total zu überspielen und nicht die totale Krise zu kriegen. Also bin ich cool. Obwohl eigentlich heillos überfordert, aber das soll ja keiner merken ... schon gar nicht Dings. Gut, mindestens einen im Raum gibt, es der es weiß. Der lacht sich kaputt, was mich echt wurmt. Und das ist auf jeden Fall nicht Dings.

Ich greife also so lässig wie möglich zum Sektglas. Ich lege mir noch ein Handtuch unter, denn ich tropfe den Sitzplatz voll. Kein Witz, es ist urkomisch, aber es ist so. Ich sage was von „Nicht auf dem kalten Stein sitzen und bla...!“ es ist vollkommen gelogen. Ich siede.

Alex rückt etwas vor auf die Sofakante: „Ja, wir haben uns auf Joy gefunden und für die Party zusammengetan. So als Begleitungen sozusagen!“, fügt er schnell hinzu.

Ich finde heraus, dass sie nicht zusammen sind, liiert oder so was Kompliziertes. Sie sind nur für die Party so gemeinsam unterwegs, das ist sehr guuuut! Denn dann habe ich jetzt freie

Bahn bei Dings … Alex. Wir unterhalten uns über unseren Beziehungsstand. Alex fragt mit Blick auf meinen Ehering und Tom: „Und ihr, seid … verheiratet?"

Tom und ich schauen uns an und lachen. „Ja, wir sind verheiratet!", Tom nimmt einen Schluck Sekt. „Nur nicht miteinander!", spreche ich und lache.

„Ach so, ihr habt noch Ehepartner daheim, sozusagen?", Alex begreift langsam. Auch er sondierte die Lage. „Ihr kennt euch aber schon länger, oder?", fragte Alex. „Jaaa … sage ich gedehnt. „Das kann man so sagen!", kommentiert Tom.

Das sorgt noch für weiteren Gesprächsstoff Richtung Ehe, Familie und weiterem asexuellen Kram, den ich gar nicht ausstehen kann, weil Mr. Universum vor mir sitzt und ich gerade andere Sorgen habe.

Caro weist auf die Kleinigkeiten auf dem Tisch „Hier, ich habe doch ein paar Snacks mitgebracht, habt ihr schon was gegessen?"

Außer Alex' Schwanz habe ich schon alles gegessen, denke ich.

Meine Fresse bin ich geil.

Alex und ich unterhalten uns wunderbar und ich spüre ihm geht es genauso. Super! Das wird ein super Abend heute, denke ich. Wir lachen und flirten und dann ist es Zeit sich noch mal kurz frisch zu machen, bevor wir Richtung Party aufbrechen. Alex und Caro stehen im Flur, wir verabreden uns gleich unten zu treffen. „Ja, machen wir, wir kommen dann auch direkt runter!", spreche ich und Alex, der schräg hinter mir stand berührt meine Taille. Das ist wie ein Stromschlag und ich wanke ein wenig.

„Bis gleich!", rufen Tom und ich, bevor sich die Zimmertür schließt.

Für einen Moment ist Stille im Raum. Ich wende mich an Tom. Er schaut mich bloß an, dem Ausbruch eines schallenden Lachens nahe. „Halt gefälligst die Klappe!", drohe ich, den Zeigefinger erhebend. „Halt einfach die Klappe, ok! Ich will nix hören!" „Ja, ja, du bist geil auf Dings und ich habe meinen Spaß!", zankt Tom.

„Hör auf jetzt, ich muss mich konzentrieren! Keine Witze jetzt, keine doofen Sprüche und schon gar keinen Alkohol. Ich muss jetzt meine Sinne zusammenhalten. Wenn ich mit Dings Bumms haben will, dann brauch ich die jetzt. Kapiert?" Ich zicke herum. Und Tom hat Spaß. „Fahr mir da nicht in die Parade jetzt!", ermahne ich ihn.

„Wieso, ich mache nichts. Ich steh am Rand und schaue mir das Schauspiel an. Das kommt nicht alle Tage vor. Eine Amanda die scharf auf einen Typen ist, in freier Wildbahn sozusagen! Wenn ihr später zusammen verschwinden wollt, könnt ihr hier ins Zimmer, ich schnapp mir dann die Caro und gehe mit zu ihr, sowieso ein scharfes Gerät, die könnte ich auch mal gut!"

Seelenruhig schlürft Tom seinen Sekt.

„Ja ja, komm jetzt!" meine ich und greife nach Toms Arm, damit der sich in Bewegung setzt.

„Süß ist das, wenn du so bist. Voll niedlich!", sagt der.

Augenverdreh …

Auf dem Weg zur Party sind wir alle sehr heiter und quasseln fröhlich durcheinander, wir gackern und tratschen was das Zeug hält und sind guter Dinge.

Wir passieren den Eingang und gehen zum Umkleidebereich. Dings und Caro sind schon vor Richtung Party, ich sehe aber, dass sie auf uns warten und im Flur stehen. Tom wartet ebenfalls bis ich mir Jeans und Pulli abstreife und alles in die Tasche packe. Wir gehen kurz zur Garderobe und folgen dann den anderen.

„Hui, der Herr, Sie sehen ja fabelhaft aus!", rufe ich und fahre mit meiner Hand über Alex' Brust. Der freut sich, berührt meinen Rücken und küsst meine Wange.

Alex ist der Knaller. Der schaut in seinem Shirt noch besser aus. Braun ist seine Haut und das weiße Shirt strahlt. Sein Körper ist schön proportioniert und kommt super zu Geltung.

„Danke meine Liebe, das freut mich ganz besonders", sagt der.

Die Gruppe setzt sich in Bewegung. Ich gehe vor und nehme Alex bei der Hand. So einer darf mir nicht verloren gehen, denke ich. Alex gibt mir einen Klaps auf den blanken Hintern und ich lache laut. Lustig ist das, der Typ gefällt mit. Super.

Tom läuft links neben mir, Dings habe ich rechts an der Hand. „Du, ich ziehe mit Dings mal los hier, gell, der ist ja Zucker!", zwitschere ich Tom ins Ohr.

Wir stoßen jetzt auf sehr viele Menschen. Tom verabschiedet sich mit Kuss und einem „Bis später! Ich suche mal die anderen!"

Na, dann kann die Party ja los gehen. Alex habe ich hier am Händchen und der macht keine Anstalten abzuhauen. Das ist schon mal super, denke ich.

Caro ist sofort in Richtung ihrer Mädels verschwunden und so stehen wir am Rande der Tanzfläche und schauen.

Alex spricht mit Bekannten, die er trifft und stellt mich vor. Er legt den Arm um mich und das fühlt sich vertraut und schön an. Der Bekannte fragt, ob wir zusammen da seien. Er organisiert große Swinger-Partys in einem Schloss und für das nächste Mal bin ich eingeladen, sagt der. Ich bedanke mich für die Einladung. Ich bin zwar null Komma null ein Swinger-Typ, aber ok. Der Bekannte der Pierre heißt, was ich mittlerweile erfahren habe, kommt näher an mich heran. Er schaut zu Alex und der zu ihm. Ich stehe zwischen den beiden Männern, die mich nun beide im Arm halten. „Amanda du bist ein scharfes Mäuschen, du musst mir unbedingt die Ehre geben, das nächste Mal!", Pierres Blick ruht auf der tanzenden Menge. Wahrscheinlich hält er Ausschau nach weiteren Rekruten für seine Party. „Pierre mein Lieber, sei mir nicht böse, die Swingerei ist nichts für mich. Ich probiere ja alles gern mal aus, aber das ist einfach nicht mein Ding! Nicht traurig sein, Schatz!", ich streiche Pierre über die Wange.

„Man kann nicht alle zu ihrem Glück zwingen, nicht wahr Alex?", sagt er und zuckt mit den Schultern und prostet Alex zu. Der prostet zurück. „Wahrlich nicht!", sagt der.

Pierre verabschiedet sich, er gehe jetzt mal eine Runde drehen.

Wir stehen auf den Stufen zur Tanzfläche. Direkt unter einem Bogen. Dings hat sich direkt vor der Säule platziert. Ich stehe eine Stufe tiefer und tanze ein bisschen. Er steht da und hat die Hände in den Taschen, bewegt sich nicht und wirkt unfassbar cool. Der könnte echt jede hier haben denke ich, nein sehe ich. Die Weiber verrenken sich den Hals, der wird hundert Prozent noch wo landen heute. So lange Dings hier bei mir steht freue ich mich, denn das ich den für mich alleine habe, wird nicht lange dauern. Die Guten sind halt immer umschwärmt.

Ich drehe mich zu ... ach ja Alex. Der macht mich einfach fertig, wie der da so rumsteht. Fürchterlich, ich würde direkt mit dem vögeln hier, der muss gar nichts mehr sagen. Schlimm dieser Typ. Das geht mir durch den Kopf und ich gehe einfach noch einen Schritt auf ihn zu. Mein Gott bin ich scharf. Alex legt den Kopf schief und scheint genau um seine Wirkung zu wissen. „Du bist dir ja ganz sicher, was?", ärgere ich den. „Was denn?" entgegnet Alex. Ich lege meinen Arm um seine Schultern, greife seinen Nacken. Ich spiele mit den Fingerspitzen in seinem Haaransatz, den ich an sich allein auch schon todesgeil finde. An dem ist ja alles geil, denke ich. Das darf nicht wahr sein ... Meine Fresse ... Ich lege meinen Kopf schief und schaue von unten nach oben in seine braunen Knopfaugen. Mein Blick ruht in seinem und ich bewege mich nicht. Wir machen keinen Schritt aufeinander zu, wir verharren einfach in der Bewegung und die Hitze steigt, es fühlt sich so an als würden wir uns jede Sekunde auffressen. Ich löse mich und mache einen Schritt zurück. Das ist einfach zauberhaft mit ihm, der hält das einfach aus, diese Spannung zwischen uns, ohne das direkt weiter anzutreiben. Genau wie ich das mag. Wir schweben darin.

„Puhhhh, ey. Du machst mich ganz schön durcheinander, Hut ab, mein Lieber!", sage ich.

„Ja du mich auch!", entgegnet Alex. Möchtest du was trinken? „Ja! Sekt!", antworte ich und Alex setzt sich in Bewegung. Er tritt eine Stufe herab, da wo ich jetzt stehe, dann streift sein Arm meinen Rücken und ich packe ihn am Arm. Ich halte dieses Gespanntsein nicht mehr aus. Es ist einfach ein Impuls, ich will diesen Typen jetzt. Er dreht sich wieder zu mir und ich ziehe ihn an mich heran und küsse ihn auf den Mund. Alex Arme umfangen meinen Oberkörper und ich sinke hinein, in diesen großen Mann. Ich verliere das Zeitgefühl, unsere Zungen spielen miteinander, mir ist heiß und kalt und ich will ihm direkt die Klamotten vom Leib reißen.

Plötzlich spüre ich ein Tippen auf meiner Schulter. Ich löse mich von den Lippen meines Gegenübers und sehe Tom der einen Schritt zurückgetreten ist. „Du, ich wollte nur sehen, wo du bist und mal kurz durchgeben: Ich gehe eine rauchen, mit den Mäusen da drüben, wenn du mich suchst!"

„Ja klar, ich komme nach!", sage ich. Wobei ich nicht weiß wann, denn Mr. Sex steht hier und ich weiß beim besten Willen nicht wie ich hier ungefickt wieder wegkommen soll.

Tom blickt zu Alex, was so viel heißt: „Ich lass sie mal bei dir, das geht in Ordnung, weil sie sich selbst gehört!" Die beiden Nicken sich zu und Tom verschwindet Richtung Raucherbereich.

Alex und ich trinken Sekt und tanzen noch eine ganze Weile. Irgendwann löse ich mich und gehe auf die Suche nach Tom. Alex wird sofort von anderen Weibern besetzt. Das sehe ich, sobald ich gehe. Witzig finde ich das. Ist ja auch kein Wunder.

Vögeln wollen wir hier nicht, das ist nicht meins, das müssen wir einfach vertagen, so weh es mir auch tut. Aber auf dieser Party angenehm und zugewandt Sex zu haben ist nicht möglich. Es fehlen einfach die räumlichen Möglichkeiten, die es auf anderen Partys manchmal gibt.

Ich gehe raus und suche Tom. Ich finde ihn zwischen Anna und Laura, sie haben anscheinend ihren Spaß zu dritt. Ich lache, das ist ja ein Abend hier. Ich setze mich neben die drei Grazien und schlürfe meinen Sekt. Neben mir wird geknutscht und in Muschis gefingert und allerhand Zeug gemacht. Ein Arm von Tom liegt hinter Laura auf der Armlehne. Ich küsse seine Hand, um mich kurz bemerkbar zu machen. Tom schaut auf und streichelt meine Schulter. Laura legt sich jetzt quer: „Hey Süße, wo warst du denn, ich leg mich mal kurz so hin, ok?" Ihre Beine liegen nun über Toms Schoß, der an ihren Nippeln spielt, während Anna ihr die gespreizten Beine runterfährt. Tom schaut zu mir. Ich streichele Lauras Kopf, die lustvoll vor sich hin stöhnt. „Und du?", sagt Tom, während der den Oberkörper von Laura streichelt, er hat ihre Titten mittlerweile ausgepackt und kneift und zupft und schlägt sie ein wenig. „Joh, ach! Du meinst, ob wir …!", lasse ich den Satz offen.

Laura mischt sich ein: „Du warst mit dem geilen Typ von Caro unterwegs? Der ist der Hammer, neu hier auf den Partys aber neu!" „Ja, ich weiß ..!", spreche ich, nippe am Sekt und gebe Laura auch einen Schluck. „Wie heißt der noch mal?", fragt Laura. „Ich vergesse ständig seinen Namen, der ist einfach zu geil für einen Namen!", lacht sie.

Tom beißt Laura in eine Brustwarze, schaut auf und sagt „Alex!"

Annas Kopf ist mittlerweile zwischen Lauras Beinen verschwunden. „Ja und?" wiederholt Tom. „Du hast den nicht einfach so abhauen lassen!" „Ne, wir haben Nummern getauscht ...und geknutscht!", sage ich verlegen. Ich schaue auf den Boden. „Das ist auch das Mindeste was du von dem Mitnimmst!", lacht Tom. „Von wem redet ihr?", sagt Anna die jetzt ihren Kopf über Lauras Scham hebt. „Von Dings!", antworten wir drei im Gleichklang und lachen.

Am Geländer

Die Lichter flackern, überall sind Menschen.

Ich stehe auf einer der größten Erotik-Partys Deutschlands. Der Abend ist fortgeschritten, alles hat sich warm gefeiert und getanzt. Eigentlich sind wir für heute durch hier, die Party ist über dem Zenit, vorhin taten mir die Füße weh. Für eine Weile lief ich lustlos an der Hand von John und quengelte ich wolle ins Hotel. „Ja, gleich gehen wir zurück, noch einen Drink, ok?" „Ok, bring mir noch einen Prosecco mit!", antwortete ich. Heute passiert doch eh' nichts Spektakuläres mehr, denke ich. Wir streifen durch die Menschen, da oben über der Tanzfläche, auf der Empore, ist unsere Clique, wir steuern dahin.

Ich stelle mich ans Geländer, unter mir ist die Tanzfläche, ich kann alles überblicken. Elisa und Ramon kann ich sehen, dahinten stehen Timo und Kate. Sie feiern prosten sich zu. Ich tanze ein wenig vor mich hin. Das schwarze Latex-Kleid rutscht immer wieder hoch, scheiße, das ist so heiß hier. Unter dem Ding schwitze ich wie noch nie. Natürlich trage ich nichts drunter. Ich gleite in meinem eigenen Saft in diesem Gummi-Teil hin und her. Obwohl es super eng ist, habe ich das Gefühl zu schwimmen. Ach, mir soll es jetzt egal sein, Frisur und Makeup halten der Hitze sowieso nicht mehr Stand. Ich tanze und werfe den Kopf nach hinten, der Beat ist gut, der DJ hat einen Lauf und haut ein Ding nach dem anderen raus. Wow, der Sekt pusht meine müden Glieder, ich werde wieder munter.

John nähert sich, er ist gut drauf, ich sehe das. Ich drehe mich zu ihm und küsse ihn, er fasst mich kurz bei der Taille und erwidert den Kuss. Der Beat, die Hitze und der Kuss drehen mich auf. Der Kuss war wie ein Peitschenhieb. Er macht die Umarmung enger, zieht mich näher heran, küsst mich noch mal. Mein Herz schlägt wild und mir wird schwindelig, der Sekt - ich bin ihn nicht gewöhnt. Er küsst meinen Hals und mir schießt die Hitze in den Unterleib. Wir tanzen weiter, bewegen uns und lösen uns nicht voneinander. Er streift meinen Rücken hoch, greift mir in die Haare. Ich fauche, ich will ihn jetzt. Meine Hände greifen sein Kinn und ich setze noch mal an, ein intensiver Kuss ist das, lang und frech. Ich spiele mit meiner Zunge an seinem Mund, mir macht das Spaß. Ich atme schneller, er streicht über Brust und Dekolleté, greift mir in den Nacken. Ich werde umgedreht.

Ich sehe all die Menschen unter mir. In der Ferne erkenne ich ein paar Gesichter. Dann stutze ich, denn es geht alles sehr schnell. Ich spüre wie mir das Kleid hochgeschoben wird, eine Hand geht zwischen meine Beine und noch ehe ich reagieren, kann dringt er von hinten in mich ein. Was passiert hier gerade, denk ich. Die Menschen, oh Gott, sie sehen uns, schießt es mir durch den Kopf, was mache ich hier, das kann nicht sein! Ich muss mich festhalten, ich werde nach vorn geschoben, immer weiter an das Geländer gedrückt, das Kleid hochgeschoben, die Scham vorn frei.

Ich triefe, Nässe und Feuchte überall. Es rinnt mir in die Schuhe. Klatschnass bin ich. Ich kann nicht mehr klar denken und Zweifel und Scham schwinden, denn dafür muss man denken. Und denken kann ich nicht mehr. Ich spüre, dass ich das will, und ich spüre, dass ich Angst habe. Diese Angst kommt von ganz weit unten, sie ist ganz alt. Diese Angst sagt dumpf: „Das darfst du nicht, das verdienst du nicht. Du bist ein schmutziges Mädchen!" Ich halte inne, dieser Widerhall, dieser Reflex zuzumachen ist so automatisch, dass ich mich mit aller Gewalt in mir dagegenstemme. Etwas will unten zumachen, etwas in mir will weichen, abwinken, den Rock glattstreichen.

Doch etwas anderes hält dagegen. Ich will das jetzt. Ich will hier auf der Party vor allen Leuten gefickt werden. Weil ich das kann und darf. ICH DARF DAS HIER! Kommt es von unten hoch und überschattet alle Zweifel. Ja, jetzt, ich will das jetzt! Nichts anderes will ich, ich mach dich fertig, du wirst schon sehen, jubiliert es, triumphiert es in mir. Ha! Denke ich. Ihr könnt mich mal. Ich ficke jetzt hier und keiner wird mich daran hindern. Das sieht mein John auch so und gibt Gas.

Er steht hinter mir, hält mich an den Hüften. Eine Hand ruht auf meinem Rücken. Er streicht mir die Flanken entlang und greift nun um. Eine andere Hand geht an meine Brust, er zieht mein Kleid runter, fasst an meine Brustwarze, spielt damit. Die Menge feiert. Unter mir ist der Dancefloor. Knapp 1200 Menschen im wildesten Getümmel. Elektromusik dröhnt. Die Menschen schreien, jubeln, tanzen. Sie knutschen oder fummeln. Hinter uns ein paar Freunde. Carmen und Nadine prosten sich zu. Ich schaue mich um, niemanden stört, was wir hier tun. Im Gegenteil. Eine Hand streift meine, irgendwer streichelt mich. Eine dritte Hand gesellt sich zu den meinen. Sie greifen um den Stahl des Geländers. Kühl ist er und feucht. Ich kann mich kaum mehr auf den Beinen halten. Diese Beine stecken in hohen Stiefeln. Schwarz. Lack. Eng. Passend zum Kleid. Mit Plateau-Sohle, na klar. Groß bin ich. Viel größer als ohne Stiefel. Das Schwarze Latex überzieht meinen Körper wie eine schwarze zweite Haut. Darunter mein Selbst. Nackt. Feucht. Das Kleid ist maßgeschneidert. Maßanfertigung. Es sitzt. Es wirkt. Offensichtlich.

Der Beat wechselt. Ich werde noch mal umgedreht. Nun kniet er vor mir, unten. Ich schaue zweifelnd. „Bist du sicher?", steht in meinen Augen geschrieben. Er liest mich, kann meine Zweifel sehen. Doch er lässt sich nicht beirren. Bleibt an mir dran, er wankt nicht, so wie ich. Er hat Lust und macht. Der Kopf ist aus. Und so hält eine Hand meine Fessel und die Zweite wandert hoch zwischen meine Beine. Ich schaue ihm zu, kann kaum fassen was ich hier tue. So was hätte man mir mal vor einem Jahr erzählen müssen.

„Ich könnte niemals cool an vögelnden Menschen vorbeigehen, geschweige denn es selbst vor Menschen tun!" „Warte mal ab!", sagte er. „Wenn du erstmal mal deine Moral los bist!"

Ich verkrampfe, es läuft nicht. Das Echo ist wieder da, ich setze aus. Ich denke zu viel, John steht auf kommt hoch, hält mich im Rücken und streicht mir mit der Hand vom Hals abwärts hinunter zwischen die Beine. Er drückt mich nach hinten. Ich soll mich anlehnen. Er flüstert mir zu „Das darf man hier!", dann küsst er mich auf den Hals. Ganz zart und lieb ist das, ganz zugewandt. Und ich werde wieder scharf.

Nadine steht neben uns. Sie beobachtet uns. Ich schaue sie kurz an. Wir kennen uns, haben schon oft miteinander gefeiert. Sie lächelt, ihr scheint zu gefallen was wir hier treiben. Nadine ist toll. Ich mag sie und ich hätte sie gern mal im Bett. Sie soll der Hammer sein. Habe ich gehört. Ich grinse. Ich schaue zu John. Und dann wieder zu ihr. Ich drehe mich in ihre Richtung, ein kleines bisschen nur, genug dafür, dass er versteht. Ich berühre ihren Arm. Sie streichelt zurück. Ich zögere kurz, doch dann entschließe ich mich,

ich ziehe sie zu mir, signalisiere „Komm zu uns!", und Nadine versteht. Nadine kann. Sie ist kompetent und hat Freude daran, uns zu erleben. Sie beugt sich zu mir und streicht mir über meine Haare. Mein Kopf reckt sich in ihre Richtung und ich küsse sie. Nadine ist toll. Sie ist ganz weich, so herzlich und offen. Mir ihr verbinden mich viele Gespräche und tolle Partynächte. Wir drei, wir kennen uns gut. Wir alle mögen uns. Wir können gut miteinander. Nun knutsche ich mit Nadine, während John uns beide umfasst. Er streichelt sie, sie öffnet die Beine, er nimmt sie langsam, dreht sie um, stellt sie vor sich auf. Ich stehe vor ihr und küsse sie, streichele sie, halte sie fest. Dann drehe ich mich kurz zur Seite. Ich brauche eine Minute Pause.

Ich rücke alles an mir etwas zurecht zu, puh, ich bin ganz schön durcheinandergeraten. Das Kleid lässt sich gar nicht mehr runter schieben, meine Brust liegt frei, die Scham sowieso und alles ist feucht. Ich schaue an mir herab, dann sehe ich John. Er ist immer noch mit Nadine beschäftigt, er schaut mich an und ich küsse ihn, bevor ich wieder zu Nadine gehe. Mein Gefühl ist ganz warm. Ich habe sie gern. Ich mische mich dazu, mache einfach mit, knutsche mit ihr oder mit ihm, streichele berühre und mache alles wonach mir gerade ist. Wir sind ein ineinander verschlungenes Knäul aus Mündern, Händen und Beinen. Wir spielen, der eine hält, der andere stützt. Wir reiten auf einer Welle. Jetzt. Jetzt ist der Moment. Ich lasse mich einfach fallen, in diese Arme zweier Menschen. Ich tue was mir gefällt, ich genieße diesen Moment, er scheint endlos lange zu dauern. Mein Zeitgefühl ist vollkommen verschwunden.

Zwei Stunden später sitze ich beim Rauchen draußen auf dem Sofa. Es dämmert, es ist halb fünf durch. Der Tag kündigt sich an. Die ersten Vögel zwitschern. Ich schaue in die Flammen der Feuerschale, ich bin etwas fertig vom Abend. Die Füße tun mir jetzt wirklich weh und ich ziehe diese mords-hohen Stiefel aus. Ich ziehe an meiner Zigarette und an meinem Strohhalm, der in meiner Wasserflasche steckt.

John ist da, er setzt sich neben mich, lehnt sich zurück. Er beobachtet das Publikum, die meisten machen sich auf den Heimweg. Seine Arme sind ausgebreitet, er streichelt meinen Rücken.

„Und?", sagt er. „Alles ok?"

„Ähm, ja….ähm!", stottere ich.

„Was war das denn, sag mal? Was vögelst du mich einfach, wenn ich da so rumstehe, ohne zu fragen?", ärgere ich ihn.

Er lacht. „Hey, du hier so am Geländer, was erwartest du?"

Ich könnte …

Ich könnte mir jetzt den Kopf zerbrechen über alles. Über Beziehungen und wie sie funktionieren, darüber was Liebe ist, was Verliebtsein ist, was Sex ist und auch wie alles mit allem zusammenhängt.

Ich könnte das große Rad drehen, von kultureller Prägung, historischem Gewordensein, der Gesellschaftsordnung, von Patriarchat und Monogamie, von Kapitalismus und Individualisierung, von der Freiheit der Liebe und der Liberalisierung der Sexualität.

Vom Hundertsten ins Tausende könnte ich gehen.

Ich könnte.

Ich könnte dann auch noch analysieren was hier passiert. Tue ich ständig, ich bin da super drin. Ich bin sozusagen emotional hochbegabt und zudem hochsensibel. Was denkst du denn, was ich da alles denke, fühle, wahrnehme, und zwar bewusst.

So könnte ich mir ausmalen, was als nächstes passiert, welche Konsequenzen das alles hat für mich, für meine Ehe, für meine Beziehung zu John.

Oh Gott. Ganze Endzeitszenarien könnte ich kreieren, da bin ich nämlich gut drin. Ich könnte dann auch noch, weil es noch nicht genug ist, die große Keule Moral schwingen und mich für all dies verurteilen, mich abwerten, und mich dann beschämt verziehen.

Ich könnte mir auf der Schablone meiner bisherigen Erfahrungen und Prägung ein Bild machen. Mit uns. Und mit uns Dreien im Speziellen.

Aber ich weiß, diese Schablonen sind starr verankert, sie sind immer gleich. Das funktioniert zum Beispiel über Glaubenssätze, über Annahmen über mich und die Welt. Gebastelt werden die in der Kindheit. Da werden die Glaubenssätze über das Ich und die Welt, über das Geliebt- und Angenommen sein gelegt. Da entscheidet sich, ob der Selbstwert groß oder niedrig, ob man wackelig steht in seinen psychischen Instanzen, oder ob alles immer Katastrophe bedeutet, und vor allem was allen in unseren Kulturkreis eingeimpft ist: Dass die Liebe immer weh tut und Leid verursacht. Das glauben sowieso alle. Weil alle diese Starre und diese Verwundbarkeit aus der Kindheit mit sich schleppen.

Genau, ach ja, über meine Kindheit könnte ich mir jetzt auch Gedanken machen. Über etwas das nicht mehr zu verändern ist und sowieso vorbei ist.

Das alles könnte ich denken. In einem bioelektrischen Impuls steckt so viel Wucht und Schub für abertausende parallele Gedanken.

Ich könnte.

Ich könnte mir den Kopf zerbrechen über die Menschen um uns herum. Sind sie empört, neidisch, geil, gierig, lüstern oder erschrocken? Vielleicht sind sie verletzt? Was denkt man, wenn die meisten Menschen um einen herum, einem in die freigelegte Muschi schauen können? Was denkt man so, sitzt man mit zwei attraktiven Menschen inmitten einer Party und spielt da gemeinsam so an sich herum, als wenn es kein Morgen geben würde?

Und vor allem: Als wäre es ganz normal. Was es hier auch ist. Eigentlich. Normalerweise darf man das hier. Tut nur keiner.

Außer uns.

So was wie hier habe ich noch nie erlebt. Vorhin küssten wir drei uns heftig, hier auf der Couch. Hinter uns ist die Bar, die Leute kommen und gehen. Momentan kommen sie wohl eher, als dass sie gehen. Es scheint sich rumgesprochen haben, dass sich hier etwas interessantes abspielt.

Zwei Couchgarnituren und ein Tisch stehen in der Mitte der kleinen Empore. Wir drei sitzen links, steht man mit dem Rücken zur Bar. Ich stelle ein Bein auf den Tisch, meine Schuhe habe ich verloren, wo sind sie eigentlich, blitzt es durch meinen Kopf. Ich weiß es grad nicht. Ich habe zwischen Küssen, Anfassen und Geilsein die Orientierung verloren. Niedrig ist der Tisch, meine Zehenspitzen sind gestreckt.

Nun küssen sich die beiden - er und sie - und ich lehne mich nach vorn. Ich küsse ihre Brust, streiche, necke ihre Warzen. Dann gehe ich tiefer. Diese schwarze Spitze macht ihre Haut noch interessanter, noch sinnlicher. Oh, wie schön das ist. Das ist ein

Fest, das ist schon mal klar, und damit meine ich nicht die eigentliche Party.

Ich werde wieder zu den beiden gezogen, mein Oberkörper richtet sich auf, John greift meine Haare und küsst mich heftig, sie gleitet wieder in meinen Schritt und bespielt meine Muschi.

Auch John drängt danach, er beißt mir in den Hals, ich schreie, dieser Schmerz peitscht mich auf. Ich fließe, bin nass, mein Netzkleid ist schon kaum noch vorhanden, es ist hochgeschoben bis über meine Brüste, ich könnte es auch ausziehen.

Ich lasse meinen Kopf zurückfallen.

Wieder küssen sich die beiden und gleichzeitig streicht mir John über meine Brust.

Dann ein Stellungswechsel, ich soll hoch, mich über ihn knien. Mache ich sofort, während ich mich bei ihr abstütze und sie auf ihren Mund küsse hebe ich mein Bein, es kniet nun auf der Rücklehne. Das andre kniet neben ihr. Ich bin quer positioniert, strecke Becken und Rücken, John kann nun ohne Probleme unter meine Muschi gleiten, er hat vollen Zugriff.

Und doch, so verquer es erscheinen mag, ich könnte mir grad jetzt allerhand Gedanken machen. Gedanken, die mich blockieren, die mich sogar übel runterziehen:

„Hat er sie grad mehr angefasst als mich, das geht nicht, schließlich sind wir ja zusammen!"

Oder: „Sie will mich eigentlich nur wegen ihm. Eigentlich will sie mich gar nicht!"

Oder auch total beliebt: „Ich bin das Dritte Rad am Wagen, mich dulden sie nur, weil sie eigentlich nur geil aufeinander sind, aber nicht auf mich!"

Was übrigens alles völlig an den Haaren herbeigezogen ist, denn beide kümmern sich grad um mich, und zwar sehr deutlich.

Ach, wie herrlich könnte mein Verstand das jetzt alles kaputt machen. Das hier. Diesen Moment. Diese Wärme, Zuneigung und das Gewogensein.

Mein Herz ist ganz warm. Diese Frau ist so viel. Sie ist nicht nur Sexgespielin, nein sie kann mir Freundin sein, ein Herzmensch werden, weil wir uns mögen, weil wir schwingen, weil wir das Warme und Intensive teilen.

Oh ja, all das und noch mehr.

Und John?

Ich liebe ihn und nie zuvor spürte ich das mehr. Das alles ist liebevoll und wir verstehen uns ohne Worte. Er und ich. Wir beide machen das hier in Vertrauen. Und vor allem: Wir können das. Das alles! Mit ihr. Hier, in dem Set, mitten unter den Leuten. Wir verheddern uns nicht, wir genießen.

Genießen uns heute Nacht.

Dafür haben wir etwas gebraucht. Dazu mussten wir etwas verstehen, etwas fühlen und erkennen:

Der Kopf macht bis zu einem gewissen Grad zu viele Probleme. Er produziert sie ständig, denn es ist sein verdammter Job das zu tun. Und weil wir schlaue Menschen sind, hört er nicht damit auf.

Man könnte jetzt sagen, dass wir uns irren, wir sollten mal mehr darüber nachdenken.

Man könnte das alles damit zerstören. Das Warme, das Freie, das Liebevolle. Diesen Moment.

Man könnte auch einfach sein Herz öffnen, den Verstand und alles was er tut, so sein lassen, und beginnen zu fliegen.

Und wir fliegen hoch.

Heute Nacht.

Statt einem Nachwort eine Warnung

Wenn auf Zigarettenpackungen Warnhinweise gedruckt sind, dann gehören hier ganz bestimmt Warnhinweise hin.

Solltest du dich mit dem Gedanken tragen auch einmal in diese Partyszene einzutauchen, so rate ich dir nicht ab, sondern zu.

Aber Vorsicht: Entweder du findest es dort doof, oder es lässt dich nie wieder los. Es gibt kein Dazwischen. Wenn ja, wird dir das Normale nicht mehr gefallen, du kommst nicht mehr zurecht unter Muggles. Es dauert eine Weile aber dann: Das normale Leben verblasst, die Leute sind so bescheuert verkrampft. Muggels sind sie, kennen das Geheimnis nicht ... Sei gewarnt!

Der Grund ist simpel: Alle Sexpartygänger haben einen Dachschaden. Die einen mehr und die anderen weniger. Darin unterscheiden sie sich nicht von allen anderen Menschen, bis dahin ist alles normal. Der Unterschied ist: Dein Dachschaden wird in dieser Szene toleriert. Keiner hat ein Problem damit. Du musst ihn nicht verstecken. Das ist verlockend ... Du kannst nie wieder zurück.

Einfacher formuliert: Herzlich willkommen, wenn dein Dachschaden zu unseren Dachschäden passt.

Dachschaden? Sexpartys? Ich? Sind die bescheuert? Was hat das miteinander zu tun, ich will doch nur auf ne Party und ...? - Fragst du dich das jetzt? – Dann sei doppelt gewarnt, denn, höre auf Amanda. Lies ihren Beipackzettel.

Ich sag schon mal Tschüss. Wir sehen uns mittendrin. Paul Kaufmann

Amandas Party-Beipackzettel

Ist schon geil da, aber ...

> *„... Und sie laufen! Naß und nässer*
> *Wird's im Saal und auf den Stufen.*
> *Welch entsetzliches Gewässer!*
> *Herr und Meister! hör mich rufen! -*
> *Ach, da kommt der Meister!*
> *Herr, die Not ist groß!*
> *Die ich rief, die Geister,*
> *Werd ich nun nicht los...“*
> *(Aus Der Zauberlehrling; J. W. Goethe)*

Entweder Goethe war auch in der Partywelt unterwegs, oder er hat einfach so erkannt, was Begierden und Leidenschaften mit den Menschen machen können.

Die Geister, die man ruft, indem man auf solche Partys geht, man ruft sie meist sehr unfreiwillig. Im Nachhinein versteht man erst langsam, in was für einem emotionalen Minenfeld man da eigentlich steht, in was für einem Schlamassel, man sich auf einmal befindet. So dachte wohl auch der Zauberlehrling und Recht hat er.

Hier ein Aufruf zur Wachsamkeit sich in dieser Welt nicht zu verlieren, denn Vorsicht, wenn erst einmal ein Schritt hineingetan wurde, ist es meist schon zu spät. Ich persönlich habe meinen Anker gefunden und das war auch Sinn und Zweck der ganzen Party-Turnerei. Mich hat es gelehrt was passiert, wenn man von seinen Wünschen, Mustern und Konditionierungen unbewusst vor sich selbst hergetrieben wird. Nirgendwo sonst treiben uns die unbewussten Prozesse mehr durch die engen Gassen des Egos, als auf diesen Partys.

Vor allem ist diese Sexpartywelt Eines, wenn du umtriebig nach Sinn und Erfüllung suchst dort und dich dort verlierst: Leer - Diese Welt des unverbindlichen Sex ist leer. Es ist die eigene Leere, die versucht wird zu füllen, wenn man in anderen Menschen ständig sucht das zu bekommen, was man entbehrt hat als Kind. Denn darum geht es letztendlich. Es ist und bleibt die Jagd nach dem Füllen einer alten Wunde, des Versuchs es wieder gut zu machen. Doch je mehr man das versucht zu füllen, ob durch Zuneigung, Beziehung, Verbindung oder Sex, desto mehr verwickelt man sich in diese Welt des Verlustes. Man erschafft das Leid von damals neu. Jedes Mal. Man ruft die Geister, die einen plagen jedes Mal aufs Neue. Deshalb ist es geil und reizvoll, denn genau dieses Leiden ist der Seele vertraut.

Lass dich ein auf diese innere Reise, oder lass es sein. Dazwischen wird kaum etwas möglich sein. Schade, wenn du die Chance verstreichen lässt, es lässt sich viel mehr herausholen als nur eine geile und besondere Zeit. Wobei das ja für das ganze Leben gilt. Entweder man geht tief, oder bleibt an der Oberfläche. Und da ist es fast egal, ob du auf einer Fetisch-Party stehst oder nicht. Lasse dich berühren. Lass dich darauf ein. Es ist die Sache wert.

Ein „Ja" zu allen menschlichen Erfahrungen, die es einfach braucht dafür. Das wünsche ich. Denn es gibt sowieso nur den einen Weg: Hindurch.

Alles Liebe
Deine Amanda Lears

Karten, Informationen zu Neuerscheinungen und Hinweise zu der Romanwelt Kap Kishon unter:

www.kapkishon.com

Amanda Lears Veröffentlichungen und Blog:

www.amandalears.wordpress.com

Bisher erschienen auf Kap Kishon

Abby Band 1 – ein sirrend schöner Auftakt einer sexuellen Romanreihe. „Erotik" träfe es nicht, denn es ist mehr. Mitgenommen wird der Leser bei der sexuellen Entwicklung einer jungen Frau.
Was als Scherz gedacht war, weckt Abbys Sexualität und die ist gewaltig und wunderschön. Zart fängt es an, aber es hört überhaupt nicht mehr auf.
Taschenbuch & e-book

Abby Band 2 – Fortsetzung der Romanreihe „Abby".
Abby lässt sich treiben, und es ist fabelhaft, denn sie sind zu dritt. Wer genau hinschaut erkennt: Abby ist kein Miststück. Sie wird von etwas getrieben, was viel größer ist, als alle glauben.
Sehr frivol, sehr munter entdeckt Abby, was in ihr steckt.
Taschenbuch & Kindle

Hinter Bandan – Kommissar Waporetzkis erster Fall – Erotischer Kriminalroman aus Kap Kishon.
Unvergleichlich dieser Kommissar. Er hat da diese besondere Art. Dabei will er weder Ermitteln, noch das mit den Frauen. Er will seine Ruhe. Aber er muss und so erwacht Waporetzki in seiner Polizeiwache am Strand aus seinem Dornröschenschlaf.
Taschenbuch & Kindle

offen lieben – 47 Erzählungen aus offener Beziehung

Offene Beziehung ist ganz anders als man denkt. Mit so vielen Personen kommt man in Kontakt und so eng und so heiß… Eine verrückte Welt. Davon muss man einfach berichten.

Offen lieben ist pure Konfrontation mit dem Leben.

Taschenbuch & Kindle

Luder sind mir willkommen – Erzählungen und Essays aus einem Leben in sexueller Freizügigkeit

Lebt man sexuell ausschweifend, hält sich nicht an Monogamie und das übliche Leid, so fällt einem so einiges auf. Eine ganz andere Perspektive öffnet sich auf die Welt. Erzählungen davon und gegen die Moral.

Taschenbuch & Hardcover & e-book

Weitere Erzählungen aus Kap Kishon:

Janina schwebt: erotische Erzählung aus Kap Kishon
Lulu lacht: erotische Novelle aus einem Schattenreich
Das Rollenspiel: erotische Erzählung
Die Floristin 01: vor Feierabend. Erotische Erzählung wider der Schüchternheit.
Mikes Garage Teil 1: mit nassen Beinen. Natursekterzählung
Mikes Garage Teil 2: nackt unter Männern
Die Scat-Prinzessin Teil 1 bis Teil 7

Stand Februar 2020

kapkishon.com

erotische Erzählungen